朱顏

【參】

滄月 著

Kadokawa Fantastic Novels DX

第二十六章 往世夢

黎明終於降臨，可一切彷彿已經結束。

星海雲庭已經成為一片廢墟，籠罩在上面的結界破碎之後，濛濛細雨從天上飄落，無聲地打濕了她一頭一臉，冰冷而濕潤，如同死去的人，用手指輕觸著她的髮梢。

朱顏跪在廢墟地底，心裡空空蕩蕩，一聲哭喊都無法發出，連眼神都是空白的。頭頂有一片雲停留在那裡，遲遲不去，飽含了水分，灑落下雨滴。

傳說中，鮫人和陸地上的人類不同，是沒有三魂七魄的。他們來自大海，死後也不會去往黃泉轉生，只會化成潔淨的雲，升到天上，再成為雨水重新落回碧落海，在星空和長風之下進入永恆的安眠。

此刻，頭頂的這一片雲，會是淵嗎？

淵是不是已經回到海天之間呢？他說過鮫人生命漫長，他要等很久才能見到曜儀的轉世，現在卻是再也等不到了……這一切，都是因為她。如果不是因為她，淵不會死；如果不是因為她，師父也不會死。

如果她不存在於這個世界上，眼前的一切都不會發生！

可是，她為什麼會活著，又為什麼會在這裡？

朱顏滿手是血地跪在地底，茫茫然地想著這一切，思緒極慢也極紛亂，每轉過一個念頭都有刺骨的痛，一顆心在刀山劍海裡輾轉，血肉模糊，永無停息。

她一直僵在那裡，魂不守舍。直到頭上漸漸地有人聲鼎沸，似乎是天亮之後，這邊的動靜終於驚動外界，有路人陸續路過，開始圍觀。

「星海雲庭怎麼了？怎麼忽然就塌了？」

「難道是前頭打仗，有火炮射歪，落到這裡來了？」

「還好這兒剛被查封，平時裡面可天天都有好幾百人。」

「唉，說不定裡頭還留著人呢。我剛才依稀聽到底下有人喊了幾聲……」

「不會吧？要不要下去看看？」

頭頂的喧鬧聲越來越響，不停有人聚集，甚至還有人試圖從地面上爬下來。她沒有理會，甚至來不及去想如果被人看到這一幕該怎麼辦，腦子裡一片空空蕩蕩，只是木然跪在地底的泉水裡。

是的……該結束了。淵死了，師父也死了……這一切都結束了。她為什麼還活著？太痛苦了。

如果一切在這一刻結束，這種痛也就戛然而止了吧？

然而，那些看熱鬧的路人還沒爬下來，地面上忽然傳來急促的馬蹄聲，接著傳來呵斥聲，勒令所有圍觀的人即刻退去。

後面的驍騎軍追兵終於趕來，團團圍住成為廢墟的星海雲庭。

青罡將軍在方才的戰場上受了重傷，領人追來的是葉城總督白風麟。此刻，他看到坍塌的星海雲庭，心裡也不由得吃了一驚。星海雲庭怎麼坍塌了？眼前這一切不是火炮轟擊的結果，而是術法造成的吧？又是誰會有這樣的能力？難道……

今天一整天都沒看到時影，莫非他親自坐鎮在這裡？

剛才那個漏網的復國軍領袖，明明是朝著星海雲庭的方向跑，該不是被他給擒獲了吧？該死的，他們在前方一番苦鬥，最後居然被那個傢伙搶得頭功？

「來人，給我下去。」白風麟心裡暗自不悅，表面卻不顯露，只是看著地上那個深不見底的大坑，吩咐：「看看那個復國軍餘孽在不在裡面。」

「是！」下屬紛紛翻身下馬，準備下地察看。

只要再過一瞬，他們就能察覺大神官和復國軍領袖一起死在這裡，他們身邊還有赤之一族的小郡主朱顏。

然而，就在這一瞬，頭頂忽然黑了下來。

不好！所有人之中，只有修為最高的玄燦倏地驚覺，雙手一翻合攏在胸口，試圖抵抗。然而那片黑暗擴散的速度太過於驚人，他手指剛動了一下，那一股力量已經當頭籠罩下來，封閉他的全部知覺。

不會吧？誰做的？是時影那傢伙嗎？他想幹什……

看到黑暗剎那壓頂，白風麟最後只來得及轉過這一個念頭，便和方圓一里內的所有人一樣，在一瞬失去意識。

整個星海雲庭的廢墟一片寂靜，如同被定格的黑白畫面。

頭頂聲音起伏變化，情況危急，朱顏卻沒有絲毫反應。她只是木然跪坐在地底的泉水裡，手裡握著斷刀，看著面前死去的兩個人，心裡被強烈的求死意志纏繞，眼神空洞，似乎魂魄都游離在外。

直到有人從天而降，落在她的面前。

「神啊……」她聽到來者發出一聲驚呼：「還是晚了嗎？」

是誰？誰來了……朱顏遲鈍地想著，終於勉力抬起頭——那一刻，她看到巨大的羽翼籠罩在頭頂，有四隻血紅的眼睛定定地盯著她。

「四……四眼鳥？」她腦子裡轟然一響，脫口而出。

那是重明！重明怎麼會在這裡？牠……牠看到了這一幕，會不會……

那一刻，她下意識地扭開頭去，羞愧、內疚、哀傷一齊湧來。朱顏抬起手捂住臉，恨不得大地瞬間裂開，將她吞噬進去。

重明神鳥看了她一眼，看了看地上死去的人，似乎不敢相信，又看了她一眼，又看了一遍地上的時影——忽然，全身的羽毛「唰」地豎起來。

牠血紅色的眼裡有劇烈的震驚，喉嚨裡發出含糊的咕噥聲，伸出脖子用腦袋推了推躺在地上的時影，用尖厲的叫聲呼喚著主人。然而，大神官只是隨著牠的動作微微側了側身，無聲無息。

那一瞬，重明神鳥愣住了，全身的羽毛頹然坍塌，四隻眼睛更加血紅，惡狠狠地看著朱顏，低低吼著，眼裡殺機四射，幾乎要滴出血來。

朱顏不敢和牠對視，全身發抖，只是反復喃喃說：「對不起……對不起。」

重明死死看著她，忽然仰起頭，爆發出了一聲響徹雲霄的呼嘯，猛然急衝而來，竟是狂怒地對著她一口啄了下來。

怎麼？牠是要吃掉自己，為師父報仇嗎？

朱顏恍惚地想著，一動也不想動，就這樣跪坐在地底的泉水裡，閉上眼睛，感覺萬念俱灰，任憑鋒利的巨喙迎頭落下，一口吞噬她的頭顱。

「住手！」就在此刻，一個低沉的聲音厲喝。

重明那一啄，啄在了屏障上，整個身子往後退了一步。

「重明，你先退下。」一個聲音低聲喝止。水中有腳步聲響起，一步一步走近，在恍惚中聽來極其遙遠，如從彼岸涉水而來。

是誰？是誰在這時候出現在這裡？

彷彿過了一個輪迴之久，那個腳步聲終於停在她的面前，似是不可思議地審視著這一切，發出一聲長嘆：「事情怎麼會變成這樣……」

誰？朱顏恍恍惚惚地抬起頭，看到眼前垂落的一襲黑袍，上面繡滿了雲紋，袍子裡的手，骨節修長、皮膚蒼老。她順著那雙手吃力地抬起頭，終於看到這個第一時間來到她面前的人。

那是一個銀髮如雪的老人，枯瘦的手指裡握著一枚純黑玉簡，和師父的幾乎一模一樣。他凝視著她，眼裡充滿震驚和悲傷。

她猛然一震，失聲：「大……大司命？」

此刻，出現在這個終結一切地方的人，竟然是空桑的大司命。

這個人是師父的啟蒙者，也是當今雲荒術法宗師級的人物，他為什麼會忽然和重明一起來到這裡？他……是知道了這一切會發生，想要趕來阻攔，卻終究來遲了一步嗎？

看到躺在血泊中的時影，大司命蒼老的臉微微抽搐一下，立刻俯下身飛快施用咒術，試圖挽回這個新死不久的人。

那一刻，朱顏眼睛一亮，死去的心竟然跳了一跳——是的，大司命來了！這位老人若是出手，說不定能救回師父！

她屏聲息氣地等著，從未覺得一生中有哪一刻如同現在這樣漫長。

然而，過了大半個時辰，大司命最終還是頹然鬆開手。

「沒用……」大司命喃喃說道：「來晚了。」

瞬間，朱顏如遭雷擊，臉上血色盡褪，只覺全身發冷。連大司命都說晚了，那麼這個天下，已是再也沒有任何人能夠挽救師父。

老人抬起眼睛盯著她，忽然爆發出怒吼：「該死！是妳殺了影！」

怒吼中，大司命抬起手，對著朱顏的頭顱就是一抓。那一瞬，空氣裡凝結出巨大的利爪，如同猛獸一樣向她攫來。

然而，朱顏只是抬起頭茫然地看著，並不閃避，亦不覺得害怕。

當利爪扣住她頭顱的瞬間，一道閃電忽然掠過。

只聽「叮」的一聲，閃電向上而擊，刺穿那只虛無的利爪，如錐刺冰，利爪剎那間碎裂成千片。同一瞬間，大司命的身體微微晃了一晃，往後退一步，露出極其詫異的表情。

「影！」大司命看了一眼死去的大神官，脫口驚呼：「是你？」

時影並沒有回答。他靜靜閉著眼睛，蒼白的面容在地底冷泉中浮沉，平靜而明亮，如同秋日的冷泉。在他的頭頂，那一道閃電凌空盤旋，散發出一道道光華——那是玉骨。在虛空中盤旋，一圈又一圈，環繞著朱顏，寸步不離。

「影……你……」大司命不可思議地低聲道：「就算死去，還要護著她？」

身為空桑的大司命，他一眼就明白此刻的情況：影在死之前，曾把自己的靈力注入玉骨，讓它守護著這個闖下彌天大禍的少女。此刻，一旦覺察大司命要對她不利，那一根玉骨便如同閃電一般掠出。

「真蠢啊……影。」大司命喃喃說著，忽然眼裡掠過了一道冷光，厲聲道：「你以為事到如今，還能護著她嗎？」

話音未落，大司命倏地抬起手，手指之間綻放出激烈的光華，在虛空中交織成網，轉瞬便困住玉骨。玉骨在網裡左衝右突、激烈跳躍，然而畢竟只是最後殘留於世上的一縷靈力，一時間怎麼也掙不出雲荒術法宗師的控制。

「償命吧！」大司命伸出另一隻手，按向朱顏的頭頂。

那一瞬，一股極寒的氣息從她頭頂直灌而下，幾乎將她凍僵。朱顏雖然知道死在頃刻，卻依舊沒有躲閃，只是默默閉上了眼睛。

她雖然不掙扎，多年的苦修本能卻在生死關頭突顯出來，當大司命痛下殺手的瞬間，一股靈力同時從她的靈台爆發，幻化成陣，「唰」地抵住了大司命扣下來的手。

那種力量是如此明亮純粹，一時間讓雲荒術法宗師不由得也愣了一下。這個女娃不愧是影的唯一親傳弟子，小小年紀，修為竟然到了如此地步。

大司命眼神變了又變，忽然間收回手。

頭顱上的殺意瞬間移去，朱顏怔了一怔，睜開眼睛。

老人的目光複雜，上下打量著面色灰敗、一心求死的朱顏，似在思考著某件事情，沉吟不決。

「死，其實是最容易的事。豈能讓妳就這樣一死了之？」大司命凝視著臉色蒼白的朱顏，搖頭說道：「不，妳還有用。現在不能讓妳死在這裡。這不僅是為了尊重影的心願，也是為了空桑未來的國運。」

什麼？她沒有明白他的意思，茫然看著老人。

「事情的確很糟糕，但也不是沒有挽回的餘地。」大司命抬頭看了看頭頂的天空。「幸虧重明及時通知我，讓我第一時間趕到這裡。到現在為止，只有妳我兩人知道究竟發生了什麼。」

重明的眼神充滿恨意和敵意，瞪著朱顏，如同要滴血。大司命的手在神鳥的羽毛上輕輕掠過，安撫著牠的情緒。「我會盡力把這件事情解決。」

朱顏愣了一下，嘴唇微微動了動。解決？怎麼解決？她已經殺了師父，還能怎麼解決？大司命……他到底想怎麼樣？

「其實，我真的很想現在就殺了妳。」老人彷彿洞察她的心思，抬起枯瘦的手指點向她的眉心，語音裡帶著冰冷的殺氣。「妳這個不祥的災星，不知天高地厚，本來就不該出現在影的命宮裡。」

就在那一瞬，虛空中跳動的玉骨終於掙脫大司命的束縛，不顧一切「唰」地躍起，閃出耀眼的光華，橫擋在朱顏的面前。

「影啊影……」大司命忍不住苦笑起來。「好吧，看在你的分上，我再給她一次機會。」大司命收斂了唇邊的苦笑，在晨曦中彎下腰來，手指點向少女的額頭。「好，妳先和我回去吧。讓我看看這件事是不是還有什麼轉圜的餘地。」

那一指裡沒有殺氣。這一次，玉骨沒有阻攔。

被點中眉心的瞬間，朱顏只覺得鋪天蓋地的黑暗瞬間壓來，眼前的光線慢慢消失，整個人朝著水裡倒了下去，只覺得自己在不停沉溺、沉溺，似乎墜入了深淵。

最後的知覺裡，只有雨絲落在臉上的微涼。

細細密密，如同淚水。

朱顏不知道自己是怎麼離開那個地方，也不知道自己這一覺睡了多久。甚至，有一段時間裡，她覺得自己已經死了，只剩下一縷魂魄遊蕩在這個世上，在無邊無際的黑夜裡飄然遊蕩，四處尋找著死去的人。

淵呢？師父呢？他們在何處？他們是不是已經先走一步，她再也追不上？

她在黑暗裡狂奔，卻始終找不到一個人。

惡夢裡翻湧著各種聲音，遠遠近近。

「我不是個好老師——跟著我學術法，會很辛苦。」

「我不怕辛苦！我可以跟你一起住山洞！」

「也會很孤獨。」

「不會的！以前山谷裡只有死人，你一個人當然孤零零的。可是從現在開始，就有我陪著你了呀！」

「如果不聽話，可是要挨打的。妳到時候可不要哭哭啼啼。」

「好！」

……

這些久遠的對話忽然間迴響起來，一字一句，迴盪在記憶裡。

師父……師父！她忍不住顫抖著放聲大哭。雖然想要捂住耳朵，然而怎麼也無法阻止那些聲音從回憶深處一個接著一個浮起來。

那些聲音，驟然將已經流逝的時光又帶回到眼前。

她在飛速下墜，完全不受控制。

眼前是一望無際的黑暗，最底下隱約有一線深紅，彷彿是地獄深處有一隻巨大的眼睛悄然睜開。那是深不見底的裂淵，灼熱的火從大地深處湧出，滿天都是狂暴的金色閃電，彷彿是末日的滅頂景象。

這是哪裡？如此熟悉，好像曾經來過……

對了，這裡是黃泉瀑布的盡頭，是傳說中的蒼梧之淵。她是不是已經死了，所以才會來到這個地方？

快要墜入其中的瞬間，她終於竭盡全力將身形停了下來。

地獄只在不遠的地方，黃泉之水從裂縫裡倒流而上，帶著無數死靈的哭喊和哀號。她拖著沉重的身體往頭頂那一線亮光挪去，然而，那一線光遙遠得彷彿在天的盡頭。奇怪，為什麼身上這麼重？難道是……

她勉力回過頭，發現自己的背上竟然揹著另一個人。

那個人……竟是師父？

師父臉色蒼白，閉著眼睛一動不動，看上去他的容貌似乎只有二十歲出頭，身上並沒有穿著大神官的長袍。這難道是……

那一瞬，在無邊無際的恍惚中，介於生死之間的她忽然想起來：原來，這不是死後，而是在她十三歲那年的惡夢裡。

此刻，她正揹著垂死的師父從深淵地底爬出來。背後是烈烈的地獄之火、滔滔的黃泉之水，以及憤怒狂吼的蛟龍。那些金色並不是閃電，而是鎖住龍神的鎖鏈，由空桑遠古的星尊大帝所設下的困龍結界。

這是她十三歲時的回憶。

那時候，師父帶著她在夢魘森林修行，不料卻在密林裡遭到滄流帝國猝不及防的伏擊。他們殺出重圍，墜入蒼梧之淵，永無活人可以渡過的可怕煉獄。師父快要死了，而她也筋疲力盡。

十三歲的她力氣不夠，揹著一個比自己還重的人在絕壁上攀爬著，十指鮮血淋漓，心裡只有一個念頭：一定要帶師父活著出去！

背後的深淵裡忽然發出一聲可怕的呼嘯。她剛一回頭，就看到一只巨大的爪子從黑黝黝的深淵裡探出，一掌就把她拍在崖壁上。

巨大的雙目如炯炯的太陽，從地底浮現，瞪著這兩個闖入者。那一刻，她被壓在絕壁上，再也忍不住地失聲尖叫起來——是龍！從深淵裡飛騰而出的，竟是傳說中海國的龍神！

被驚動的神靈騰出了蒼梧之淵，一把抓住他們，迎面張開巨口，噴出巨大火焰，將要焚燒一切。

「不！不要！」她下意識地張開雙臂迎向火焰，護住背後昏迷的師父，大聲喊：「不要傷害我師父！」

足以吞噬一切的烈焰撲面而來，舔舐著她的髮梢，將她捲入烈火。

然而，奇跡發生了。

當烈焰過後，她的頭髮被舔舐殆盡，整個人卻安然無恙。

看到爪子底下的小東西居然完好無損，被困在深淵地底數千年的龍神發出更加憤怒的呼嘯，朝著她飛撲過來。

小女孩看到如此可怕的景象，不由得尖叫著捂住眼睛，卻死活不曾挪開自己的身體。師父受傷昏迷，她如果挪開身體，這個可怕的怪物就會攻擊師父。

利齒抵住她的咽喉，卻在千鈞一髮之際停住了。深淵裡的龍神低下頭看著朱顏，忽地發出一聲疑惑的低吼。

怎……怎麼了？她戰慄地睜開眼，看到龍神如同日輪一般巨大的金色雙眼直直凝視著她的胸口。龍神噴出的氣息，如同一陣陣旋風帶起她的衣襟。在她衣襟碎裂處有一樣東西熠熠生輝，煥發出了如同寶石一樣的光亮。

這是……那塊淵送給她貼身帶著的古玉。

龍神垂下頭，似是疑惑地打量著爪子間露出的那一張蒼白驚恐的小臉，低下頭湊近，在她身上嗅了一嗅，鼻息如同狂風捲起。而她身上佩戴的那塊古玉，呼應著巨龍的鼻息，竟然發出明滅的光芒。

「是妳？」龍神開口了，深淵裡迴盪著一個雄渾的聲音。

什麼？這條龍……居然會說人話？祂、祂在和她說話嗎？

她茫然失措地看著那條巨大的龍，身上的重壓卻一下子減輕。龍神挪開了壓住她的爪子，低頭細細端詳著她，狂烈暴怒的眼眸裡漸漸失去剛開始的憤怒和殺意，流露出一種困惑，甚至伸出巨爪，用爪尖撥了撥她的頭髮。

她嚇得全身發抖，卻始終不敢挪開身體，生怕祂會傷害背後昏迷的師父。

「嗯……一個空桑人？」龍神細細地端詳著這個小女孩，搖了搖頭吐出一句話：

「奇怪……妳似乎不是我要等的那個人……」

「你……你在和我說話？」她結結巴巴地問，聲音發抖。

「不是妳。雖然妳有些像她。」龍神反復打量著這個掉下深淵的女孩，看到她衣角的徽章，搖了搖頭。「妳是赤族的公主，而我在等待的那個空桑女子……應該是來自白之一族。一定是什麼地方出錯了……」

龍神用巨大的爪子撥動一下小女孩，嘀咕：「妳不該出現在這裡。可是，為何妳會佩戴著這個東西？」

朱顏一時間沒明白龍神在說什麼，只是一寸寸地往後縮去，漸漸從巨大的利爪縫隙裡挪出來。然而她來不及逃跑，龍神的爪子再度抬起，「啪」的一聲又把她扣在岩壁上。她嚇得尖叫一聲，閉上眼睛。

「妳來這裡做什麼？是空桑皇帝派妳來的嗎？」巨龍低下頭，聲音低沉雄渾，帶著肅殺。「蒼梧之淵，不是活人該來的地方！」

「我……我不是故意要來打擾您的！」朱顏急急忙忙分辯：「我們……我們中了埋伏，一不小心才掉進來！」

「中了埋伏？」龍神沉吟著，低頭凝視她一番。「誰要殺妳？」

「我……我不知道！」她慌亂地喃喃說：「那些人有冰藍色的眼睛……好像是冰

族人……他們是來殺我師父的！」

「妳師父？」龍神看著她的背後，忽然道：「妳身後的那個人是誰？讓開，讓我看看！」

「他是我師父。」她顫聲回答，卻不肯挪開身體。「他……他是九嶷神廟的少神官，是個好人！」

「少神官？不，不可能……他身上有奇怪的氣息……有著千年之前困住我的那個人的氣息！」龍神忽然變得暴躁，咆哮著，「唰」地伸出利爪，想要把那個昏迷的人攫取過來。「究竟是誰？讓我看看！」

「不！」朱顏不知道哪裡來的膽量，雙臂交叉，「唰」地就結了一個結界，大聲喊：「不許碰我師父！」

話音未落，龍神的利爪已經觸碰到她。

在轟然的響聲中，小女孩往後猛然一個踉蹌，如果不是身後的石壁托著，幾乎要跌出幾丈之外。她胸口劇痛，「哇」地吐出一口血來，卻依舊死死地擋在師父的身前。「你要幹什麼？不……不許你碰我師父！」

龍神縮回爪子，爪尖有了被烈焰灼燒的痕跡。祂低下頭打量一番這個正在發抖的小女孩，有些意外。這麼柔弱的小生命，這一瞬間卻爆發出一股猛烈的力量，如同火焰轟然旺盛。

「還真的是在拚命啊？」龍神似乎是想了一想，眼裡的金光漸漸暗下去，似乎露出了睏倦，喃喃說：「是我算錯了時間……離開始還有七十年呢……」

算錯了時間？祂在說什麼？什麼還有七十年？

龍神的爪子縮回來，嘀咕一句：「但是妳既然來到這裡，身上又戴著這個東西，必然是和海國的命運有所關聯。萬一我殺了妳，或許就會打亂命輪的起始點？嗯……不能冒這個險。」

她不明白這個巨龍在說什麼，只是聽出祂語氣裡的殺意在慢慢減弱。然而小女孩還是不敢挪動身體，死死護著身後的師父。

龍神打了個呵欠，搖了搖頭說：「好了……小姑娘，這次我就放過妳。趁著我還沒改變心意，快回去妳應該待的地方吧。」

朱顏還沒有回過神，忽然間身子一輕，宛如騰雲駕霧一般飛起來。

「唰」的一聲，她被龍神從蒼梧之淵甩出來，揹著師父跌落在蒼梧之淵頂上的草地。陽光透過樹葉灑落在臉上，帶來新生般的燦爛溫暖，瞬間令小女孩喜極而泣——他們，終於從地獄裡逃出來了！

她面目焦黑，長髮幾乎被燒光，全身傷痕累累，但仍咬牙揹起師父，幾乎是手腳

並用地在夢魘森林裡艱難跋涉。

這一路，路途遙遠，荊棘叢生，妖鬼遍地。

「不要死……不要死！」一路上，她一遍一遍地在心裡祈禱，強忍著不哭出聲音來，不敢回頭看背後的師父是不是還在呼吸。

當筋疲力盡的她暈倒在九嶷神廟前的台階上時，她並不知道自己的重新出現給整個雲荒帶來多大的震驚。那時候，所有人都以為他們已經死在蒼梧之淵，屍骨無存。在這兩個月裡，北冕帝已經聽從青妃的讒言，冊封時雨為皇太子。

山中方一日，世上已千年。一切都已經截然不同。

然而，小女孩並不知曉政局的險惡，她只知道自己拚盡全力把師父帶了回來，就要好好看護著他，直到他甦醒為止。

「妳的臉怎麼了？」過了半個月，師父終於從昏迷中醒來，睜開眼睛看到她，第一句話就問。

「燒……燒傷了。」她坐在一邊，臉上纏滿紗布，熱辣辣地疼，卻不敢在他面前訴苦，只道：「大神官說敷了藥就好，不會留疤。」

他默然點了點頭，過了片刻，忽然又問：「是妳……救了我？」

小女孩辛苦了數月，就在等師父問這句話，嘴角不由得翹起來，滿懷自豪地點頭：「嗯！」

然而，聽到這樣的回答，時影臉上掠過一絲奇特而複雜的表情，默然轉開頭去，許久沒有說話。

她原本滿心期待地昂著頭，等師父表揚她幾句，此刻看到這種情景，忽然間忐忑起來。呃，師父這樣驕傲的人，向來只有他救別人的分，現在居然生平第一次被別人給救了，他……他會生她的氣嗎？她是不是要挨罵了？

她惴惴不安地等著，卻只聽到一句簡短的回答：「將來會還妳。」

「嗯？」她有些納悶，不明白師父在說什麼，心裡卻隱約覺得那是一句不祥的話，下意識地伸出手去，想要拉住他的衣袖。

然而，一個恍惚，眼前又變成血海。

星海雲庭的廢墟裡，鋒利的刀刺穿心口，鮮血如泉水噴湧。

「那一年，妳從蒼梧之淵救了我……我說過，將來一定會還妳這條命。」他看著她，輕聲道：「知知道嗎？我說的『將來』……就是指今日。」

不……不！她再也忍不住地叫了起來。

「不要死！」她哭得撕心裂肺，想用盡全部的力量去抓住正在消逝的一切，失聲道：「不是今日！不是在今日！不要丟下我一個人！」

然而，他還是永遠地閉上眼睛。

那樣深的痛苦，幾乎要把她從內而外粉碎，卻永無休止。

為什麼？為什麼這一切還不停止？如果她就這樣死了，這一切的痛苦就會結束了吧？為什麼還不能死？

她在永不見底的苦痛裡掙扎，用盡全力卻無法結束。

恍惚中，有人拍了一下她的額頭。

「夠了……醒來吧。」

她驟然驚醒——那隻手蒼老而枯槁，彷彿是剎那間伸入夢境裡，強行將被夢魘纏住的她，一把拖了出來。

第二十七章　星空

朱顏在一瞬間醒來，全身冰冷。眼前是一片深深淺淺的光點，模糊成一片。額頭上有一隻手，按在那裡一動不動——這是哪裡？

她想坐起來，卻發現整個身體都無法動彈。

「唉，妳實在是個不安分的孩子……」她拚命掙扎，卻無法衝破周身無形的束縛，忽然一個聲音在耳邊響起，低沉而蒼老，帶著醺醺醉意。「我一把老骨頭了，經不起妳的折騰，只能暫時將妳封住。」

誰？朱顏轉不過頭，只能努力轉動眼珠，眼角終於瞥到一襲黑色的長袍，從長袍裡伸出的手枯槁如木，握著一枚純黑的玉簡。

大司命？那一瞬，她認出了對方，忽然如夢初醒。

初醒片刻的懵懂過去之後，一切從腦海裡瞬間復甦，清晰浮現。最可怕的那一天所發生的事情陡然浮出水面，一幕一幕掠過，令她全身如同風中枯葉般顫抖起來——她想起發生過什麼樣的事情了。

淵死了，師父也死了！

她的人生已片片碎裂，再也無法拼湊完整。

大司命在最後一刻出現在星海雲庭的地底下，如今又把她帶到了哪裡？

「這裡是伽藍白塔頂上的神廟，除了我無人可以隨意進入。」彷彿直接讀取了她心裡的想法，大司命淡淡回答。「妳太虛弱，已經昏迷了三天三夜。時間不等人，我只能催妳儘快醒來。」

什麼？這裡就是傳說中的伽藍白塔神廟？

她周身不能動，只能努力轉動著眼睛，四處打量——視線漸漸清晰起來，眼前卻還是一片漆黑，只有光點浮動。

那是神廟內無數的燭火，明滅如星辰。

白塔神廟的內部輝煌而深遠，供奉著巨大的孿生雙神塑像。

雲荒的上古傳說中，鴻蒙天神在創造雲荒時用的是右手，如果造出的雛形不滿意則用左手毀去。創造出天地之後，天神耗盡了所有力量，倒地死亡。在神倒下的地方，出現了綿延萬頃的湖泊，就是如今的鏡湖。從天神的身體裡誕生了一對孿生兒，分別繼承天神的兩種力量：創造，以及毀滅。

——也就是神之右手和魔之左手。

那一對奇異的孿生兄妹擁有無上的力量，主宰著雲荒大地的枯榮。亙古以來，他們的力量維持著微妙的均衡，此消彼長，如日月更替。

此刻，高達十丈的孿生雙神像俯視著這座空蕩蕩的神廟，創世神一手持蓮花，另一手平平伸出，掌心向上，象徵生長；破壞神一手持辟天長劍，一手掌心向下，象徵毀滅。黑瞳平和，金眸璀璨，如同日月輝映，俯視著空曠的大殿。

而主殿的上空居然是一座透明的拱頂，細密的拱肋交織出繁複的圖騰，星月羅列。拱肋之間鑲嵌著不知道是不是用巨大的水晶磨成的鏡片，清透如無物，竟然可以在室內直視星月。

此刻，她就躺在神殿的祭壇上，頭頂籠罩著天穹。

這個大司命把她帶到這裡，到底是想做什麼？

「我剛才看到妳的夢境……原來妳曾經在蒼梧之淵救過影的命？」大司命看著她，聲音溫和了一些，嘆息說道：「一還一報，一飲一啄，俱是注定啊……」

「你……你為什麼不殺我？你不是要替師父報仇嗎？」她受不了這樣的語氣，眼前不停回閃著最後那一幕，漸漸失去了冷靜，在絕望和痛苦中失聲大喊起來。「我……我殺了師父！你快殺了我！」

大司命冷冷看著被定住身形的她。「妳以為一死了之就可以了嗎？」

「你還想怎樣？」她不敢相信地看著大司命。

「還想怎樣？」大司命看著她，眼神犀利，一字一頓地說：「赤之一族的小郡主，妳犯下了滔天大罪知道嗎？竟敢弒師犯上、勾結叛軍、殺死帝君嫡長子！妳自己死了還不夠，還得株連九族、滿門抄斬！」

什麼？朱顏猛然一震，彷彿被人迎頭潑了一盆冰雪。

當淵死的那一刻，她腦裡一片空白，被狂烈的憎恨和憤怒驅使著，毫不猶豫地選擇復仇。然而此刻她終於冷靜下來，明白自己做了什麼樣可怕的事——她殺了空桑的大神官、帝君的嫡長子！

這等罪名，足以讓赤之一族血流成河！

她僵在那裡，臉色倏地慘白，全身微微發抖。

大司命手指微微一動，一把斷刀「唰」地飛到手裡，正是她用來刺入時影胸口的凶器。這把九環金背大砍刀原本是赤王的武器，刀背上鑄著赤王府家徽，染著時影的血。

大司命冷冷看著她道：「這把刀一旦交給帝君，妳也知道會有什麼樣的後果。」

「不！」她終於恐懼地叫了出來：「不要！」

「妳怕了？」大司命看著她，嘴角露出鋒利的譏誚。「赤之一族的小郡主，妳從小天不怕、地不怕，到這個時候，才終於想起自己還有父母和族人嗎？」

朱顏劇烈地發抖，半晌才聲音嘶啞地開口，哀求這個老人：「一人做事一人當！師父是我殺的，你……你把我五馬分屍、千刀萬剮都可以，但求求你，不要連累我的父母和族人！」

「說得倒是輕鬆。」大司命冷笑一聲，卻毫不讓步。「妳是想一命抵一命，但空桑律法在上，哪裡容得了妳做主？」

朱顏顫抖一下，臉色灰敗如死，抬起眼看著這個老人。

「你……你到底想要怎樣？」她顫聲問：「你不殺我，又帶我來這裡，肯定有你的打算，是不是？」

「倒是個聰明孩子。」大司命看著她，原本冰冷的語氣忽然緩和一些。「其實我知道這一切不能全歸罪於妳。時影並不能算是妳殺的，對吧？他這樣的人，這世上原本也沒有人能殺得了他。他是自己願意赴死的，是不是？」

朱顏一顫，沒有料到這個老人竟然連這一點都洞察了，心裡一時不知是喜是悲。她咬著嘴唇，許久才點了點頭，輕聲道：「是的！師父他……他在交手的最後，忽然撤掉咒術！我……我一點都沒有想到……」

說到最後，她的聲音已經哽咽。

大司命沉默下去，蒼老的手微微發抖。

「果然。」停頓了許久，老人喃喃說：「影從小就是一個心思深沉的孩子，甚至連我都不能得知他究竟在想些什麼。」他長長嘆息一聲，轉頭看著頭頂蒼穹的冷月。「上一次見到他，還是一個多月之前。那天他突然告訴我，他想要辭去大神官的職務。」

朱顏大吃一驚：「我……我怎麼不知道！」

「妳不知道？」大司命愣了一下，看著這個明麗懵懂的十八歲少女，忽然明白了過來，眼眸裡滿是苦笑。「對，妳當然不會知道。妳的心在別處，自然什麼都看不見。」看到朱顏沉默，大司命不由得喟然長嘆：「真是孽緣啊……影的脾氣，簡直和他母親一模一樣。」

師父的母親？他是說白嫣皇后嗎？

朱顏愣愣地聽著，卻看到大司命的眼裡露出一種哀傷的神情，似乎陷入遙遠的回憶。許久，老人終於回過神來，搖頭說：「從他生下來開始，我就為他操心了一輩子，看著他成長到如今，本來以為他已經逃過劫數。沒想到，唉……」

大司命搖著頭，一口氣將酒喝得底朝天，隨手把杯子往地上一扔。

「人力畢竟強不過天命！他自願因妳而死，又豈是我能夠阻擋？」

師父……師父自願因她而死？

朱顏呆呆聽著，只覺得心裡極混亂，卻又極清楚。她只覺得痛得發抖，然而，眼裡掉不下一滴淚。

「他這個人，想什麼、要什麼，從來不需要別人知道。連我，都被他弄了個措手不及。」大司命喃喃說道，灰色的眼眸裡有複雜的表情。「唉，即便是相交數十載，他也從來不是一個會預先和你告別的人啊……」

老人低聲說著，搖了搖頭，看著手裡的一物。

——那是玉骨，被他暫時封印起來，卻一直還是躁動不安。

「妳看，一直到死，影都在保護妳。所以，我也沒有把妳交給帝君處置。」大司命咳嗽著，看著赤之一族的小郡主。「放心吧。如果我想要為影復仇，那麼妳睜開眼的時候，妳的父母和族人早已屍橫遍野了。」

朱顏猛然顫抖了一下問：「那、那你想怎樣？」

大司命忽然問：「赤之一族的小郡主，妳還恨妳師父嗎？」

朱顏一震，竟然說不出話來。

是啊……恨嗎？在那一刻，當然是恨的。當淵在眼前死去的瞬間，她恨極了他！甚至，恨到想和他同歸於盡！可是，隨著那一刀刺入，那樣強烈的恨意轉眼間煙消雲散，只留下深不見底的苦痛。

原來，仇恨的終點，竟然是無盡的空虛。

她抵達了那裡，卻只有天地無路的絕望。

「不。」終於，她緩慢地搖了搖頭。「不恨了。」

是的，不恨了。在她將刀刺入師父胸口的一瞬，在他慢慢中斷呼吸的一瞬，她心裡滿腔如火的憎恨已經全數轟然釋放，然後轉瞬熄滅，只留下無邊無際的虛無和悲哀。那一刻，她只想大喊、大哭，只想自己也隨之死去，讓所有的痛苦都戛然而止。

不恨了。她所有愛的人都死了，還恨什麼？她剩下的唯一願望，是自己也立刻追隨他們離開。

可是，為何這個老人把她拘來此處，苦苦相逼？

「不恨就好。」大司命凝視著她的表情變化，鬆一口氣。「如果妳心裡還有絲毫恨意，那後面的計畫就無法進行。」

後面的計畫？朱顏愣了一下，不由得抬頭。

「這個我先留著。」大司命袍袖一捲，將那把染血的斷刀收起來，冷冷道：「這是妳弒師叛國的罪證。」說到這裡，他卻頓了一頓，又道：「不過，今日的一切也可以這樣解釋：復國軍在葉城發動叛亂，大神官出手誅滅叛軍的領袖，不幸自己也身受重傷——從頭到尾，這一切和妳沒有絲毫關係。」

大司命意味深長地看著她。

「妳覺得，這個結果怎麼樣？」

什麼？朱顏一下子驚住，不可思議地看著大司命，說不出話來。

他……他的意思，是要替她瞞下這一切？

「到現在為止，除了妳我，沒有任何人知道在這次的葉城內亂裡發生過什麼。沒人知道妳出手幫助過復國軍，也沒有人知道影已經死了。」大司命看著這個失魂落魄的女孩，循循善誘。「我第一時間趕到現場，把妳帶到這裡，就是為了爭取時間妥善處理這件事，好給妳一個機會。」

她愕然看著這個老人問：「機……機會？」

「是。」大司命一字一句地開口：「可以挽回妳一家性命、逆轉這一切的機會！只有一次的機會。」

「逆轉？」朱顏大吃一驚。「你……你難道可以令時間倒流嗎？」

即便大司命是雲荒第一人，也不可能做到讓時間倒流、逆轉星辰吧？難道他能憑著自己的力量回到三天前，去制止這一場慘劇的發生？

「當然不能。」大司命果然搖了搖頭，卻道：「但是我有一個方法。」

「什麼方法？」朱顏一震，只覺心跳都加快了幾拍。

「看這裡。」大司命並沒有回答，只是伸出手拍了一下，將她身上的禁錮解除。

「看到那一顆在紫微垣右上方的星辰了嗎？那顆暗紫色的大星。」

朱顏得到了自由，一躍而起，循聲看向伽藍神廟穹頂東南方的星域，脫口道：

「看到了，是那顆顏色很漂亮的大星嗎？」

「是，那就是影的司命星辰。看上去還是很亮，是不是？」大司命的聲音低沉。

「我用術法讓它在隕落之後還繼續保持虛光，不被外人覺察。」

朱顏不由得愕然。「還有這等術法？」

維持星辰令其不墜，這需要極大的力量。這個老人，居然能做到？

「這個雲荒除了我和時影，只怕也沒有第二人能夠用出這個術法。」大司命眼裡掠過一絲傲然。「這是接近『天道』的術法，需要耗費極大的靈力。」

朱顏腦子有些遲鈍，訥訥問：「那……你為什麼要這麼做？」

「為了不讓雲荒陷入大亂，我同時操控了兩顆星辰。」老人的聲音疲倦。「再持續一段時間，我也會筋疲力盡。」

兩顆星辰？那另一顆又是誰的？

然而朱顏此刻心裡極亂，已經不想多問其他，只是抬頭看著大司命問道：「你為什麼要瞞住這個消息？」

大司命並沒有直接回答這個問題，只道：「人死如燈滅。現在，影的那顆星已經黯淡了，只有幻影尚存。此階段非生非死，屬於中陰身。而我用盡了我的所能，聚攏魂魄，將中陰的時間延長到七七四十九日。」

她有些茫然。「那……之後呢？」

「在那之後，三魂七魄消散，星辰隨之隕落，這點幻影自然消失不見。」大司命嘆了一口氣，眼神嚴肅。「一旦到了那個時候，輪迴的業力啟動，便會將他帶往下一世。」

「不！」朱顏失聲，默默握緊了手。

「在這之前，我們還有機會。」大司命看著她頷首，語氣意味深長。「只是需要付出相應的代價。」

朱顏失聲問：「什麼代價？告訴我！」

大司命沒有回答，只是從袖子裡拿出一件東西，放在她的面前——那是一張薄薄的紙。然而朱顏只看了一眼，忽然間臉色大變。

那張紙上，赫然寫著四個字：星魂血誓。

「這……這是……」她的手指開始微微發抖，死死盯著那一張紙，似乎上面有神奇的力量，令她完全移不開視線——這是師父給她的手札上缺失的最後一頁，有起死回生力量的術法。

她竟然忘記了，除了師父，這個雲荒還有第二個人掌握這個最高的術法，那就是大司命。

大司命嘆一口氣：「妳應該知道，這是可以轉移星辰、逆天改命的禁忌之術。」

「太好了……太好了！」朱顏的眼睛猛然亮一下，感覺心臟不受控制地跳動。「快教給我！學會這個，我……我就可以救師父了！」

「妳願意付出代價？」大司命盯著她，語氣森然。「妳雖然說不恨他了，但是，妳願意付出一半生命的代價來交換他的命嗎？」

「當然！」她想也不想地打斷老人的話，「我也願意付出另一半的命來換回淵的命！只要他們都能活過來，我……我就算是死了也可以！」

「別妄想。」聽到這個回答，大司命不屑地冷笑一聲。「鮫人並沒有魂魄。妳說的那個淵，此刻應該已經化為雲，回到碧落海了吧？如果妳願意贖罪，也只有影的命還可以盡點力。」

「我當然願意！」她忍不住叫了起來。

「那就好。」大司命默默點了點頭，似乎在慎重地思考什麼。

直到此刻，朱顏的眼神才一點一點亮了起來，似乎那一點渺小的希望之火在心底燃起。她看著大司命，迫不及待地追問：「那……你應該知道我還剩下多少年的壽命吧？」

大司命點頭。「妳的福報很好，原本可以活到七十二歲。」

「我現在十八歲零七個月，那就是說，現在我還剩下五十四年左右的壽命？」朱顏飛快地在心裡計算，「如果我分給師父一半，他就還能活二十七年，是不是？太少了，可以多分給他一點嗎？」

大司命冷然看了她一眼。「這不是可以討價還價的事。」

朱顏頹然閉上嘴。好吧，能有二十七年……那也是好的。

大司命嘆了口氣，喃喃說：「原本，我自己也可以用星魂血誓來復活影。只可惜我剩下的壽命不多了……」老人搖了搖頭，露出一絲苦笑。「我也有我的定數，一切都是逃不過的。」

「沒關係，讓我來！」朱顏握緊拳頭，眼神灼灼。「只要你教導我星魂血誓！」

「並沒有那麼容易。」大司命回頭看著這個急不可待的少女，搖頭說：「別看星魂血誓只有一頁紙，但它是雲荒所有術法裡最艱深的，一萬個修行者裡也不見得有一個能練成。」

「不會的。」她卻是信心滿滿，「我一定學得會！」

「是嗎？」大司命將那張紙扔在她的面前，「妳看看？」

朱顏只看了一眼，眼裡的亮光頓時凝住——怎麼回事？乍然一眼看過去，這張紙上起首的第一句，她居然就無法看懂。

她不敢相信，重新凝聚心神又從頭看一眼，發現這一頁紙上每一個大字，居然都是由無數個極其細小的字所組成，當她凝視著這一張薄薄的紙時，這些字一個一個從視線裡跳了出來，如同活了一般在她眼前扭曲、展開，一變十、十變百，轉眼無窮無盡，密密麻麻地林立在她眼前。

這些光點，一個個都在動，如同漫天星斗飛快地運行。朱顏只看了一眼，便覺得一陣暈眩，喉頭血氣上湧，「哇」的一聲幾乎嘔血。

大司命袍袖一捲，將那一頁紙拿了回去，冷眼看著她問：「怎樣？」

當那些文字從眼前消失後，朱顏全身一震，這才艱難地回過神，深深吸一口氣，臉色煞白。「這……這術法，好生邪門！」

「妳說得不錯。」大司命點了點頭。「作為血系咒術的最高奧祕，星魂血誓和雲荒的普通術法的確有所不同。它在星尊大帝時期還不存在，直到一千年前，才由僧侶從中州西天竺傳入。妳出身於九嶷神廟門下，第一眼看到它覺得不適應，也是自然的。」

「血咒？」朱顏思索著，猛然顫了一下。

在蘇薩哈魯，那個霍圖部的大巫用的不就是血咒嗎？那時候，他居然用幾十個鮫人的性命，憑空造出一個和她一模一樣的死靈。那是源自魔的暗之巫術，向來為空桑術法宗派所不齒。

可是，為何九嶷神廟裡的最高奧義居然也是血咒？

「星魂血誓當然不是邪術。」大司命彷彿知道她內心的想法，立刻皺起眉頭。「妳別胡思亂想。」

朱顏忍不住質疑：「都是用人命來做法，又有什麼不同？」

「暗之巫術以血為靈媒，以他人的性命為祭品，自然是違逆天道。」大司命耐心地為她解釋。「但星魂血誓與之不同，它只能獻祭施術者自己的生命。」

「哦……」朱顏恍然大悟。「同樣是血咒，用自己的血就不算邪術，用別人的血才是嗎？」

「是。」大司命頷首，肅然道：「所謂的正邪之分，不在於術法本身，而在於施術者的初心。星魂血誓雖然是血系咒術，卻是犧牲自我之術，並不是剝奪他人生命之術。其發心純正，其術自然也光明。」

「原來是這樣。」朱顏點了點頭，卻又皺起眉頭。「可是……既然它不是邪術，為什麼師父當初不肯把它傳給我？」

「妳還不明白嗎？」聽到她這樣懵懂的問話，大司命臉上浮起一絲苦笑。「他不教妳星魂血誓，其實就是為了防止今天這樣的事情發生啊。」

她一瞬間怔住，久久不能回答。

「星魂血誓是極其殘酷的術法，會剝奪施術者一半的生命。他並不希望妳有朝一日會用到它。」大司命長嘆一聲，語氣哀傷。「唉……影對妳的愛護，其實遠遠超出妳所能想像。」

朱顏怔怔聽著。剎那間，她想起師父最後一刻的模樣，他說過的話，他臉上的表情、眼中的神色，忽然間又彷彿從心底活過來，歷歷在目。

那種痛苦，令她幾乎無法呼吸。

「我……我一定會救回師父！」她咬著牙，幾乎是賭咒發誓一樣地重複：「不惜一切代價也要救回他！」

「那就試試吧。」大司命嘆了口氣，凝視她一眼，無可奈何地說道：「縱觀這個雲荒，妳的靈力僅次於我和影，而且剩下足夠的陽壽。這就是我留了妳一條命的唯一原因。」

原來這就是他的打算？並不是饒了她，而是要用她交換師父的性命。

然而，朱顏並不以為忤，用力點了點頭，殷切地看著老人。「你會當我的老師，把星魂血誓教給我，是不是？」

大司命卻搖了搖頭。「不。」

「什麼？」朱顏一下子臉色蒼白。

「星魂血誓源自西天竺，是無法傳授的術法，只能靠頓悟。」大司命看著那一張紙，語氣平靜。「事實上，每個人看到的內容都是不一樣的。如同漫天星斗在運行，而觀星者所站的位置只要略有不同，所見自然也不同。所以，這個術法根本無法口耳相傳。」

「啊？」她並沒有聽懂，茫然應道。

「意思就是，我無法教授妳這個術法，就如當年我也不曾教過影一樣。」大司命冷冷道：「而妳，必須憑著自己的悟性和天賦去跨越這一道天塹，沒有人可以幫得了妳。」

朱顏明白了過來，卻未退縮，只是咬緊牙關去拿那一張紙，口中道：「好！我自己去學就是了。」

「等一下。」然而大司命將手指一收，將星魂血誓又收了回來，冷然說道：「要我出手幫妳，是需要付出代價的。除了交出一半的性命之外，妳還要答應我兩個條件。」

「兩個條件？」朱顏愣了一下。

大司命不也是想救她師父的嗎？為何到了這個時候，還要和她提條件？然而她救人心切，想也不想地脫口允諾：「只要能救回師父，我什麼都答應你！」

「那好，妳給我聽著。」大司命凝視著她。「首先，如果妳救不回時影，我一定會殺了妳！」

「那當然。」她想也不想地說：「你殺了我吧。」

大司命看了她一眼，繼續道：「其次，等一切都恢復原狀，我希望妳把玉骨還給影，並且從此退出他的人生，永不出現。」

「什麼？」朱顏愣了一下，一時間說不出話。

「妳不願意？」大司命森然問道。

「為什麼？」她倒吸一口冷氣，下意識地喃喃說：「這不是我一個人可以決定的事啊。如果……如果師父他還想見我呢？」

「那也不可以。」大司命的聲音平靜，一字一句說道：「如果他還想見妳，妳就告訴他，因為淵的死，妳永遠都無法原諒他。」說到這裡，老人微微冷笑一聲。「像影這樣驕傲的人，只要聽妳說出這句話，就永遠不會再和妳見面了。」

什麼？朱顏震驚地抬起頭看著老人，臉色蒼白，說不出話來。這一刻，這個仙風道骨的老人，眼裡的光芒卻是如此冷酷。

「只要一句話就夠了。」大司命的聲音輕而冷。「妳答不答應？」

「為什麼？」她實在是忍不住地問：「你到底為什麼要這麼做？」

「因為妳是個災星，原本不該出現在他的命宮裡！」大司命的眼神灰冷，盯著她如同看著一條毒蛇。「影的一生，是注定要成為空桑的帝君、雲荒的領袖，怎麼能因為妳的出現而被打亂！」

「什麼？」朱顏怔了一怔。「師父從來無心名利，他、他才不會去當空桑的帝君！他就算活過來了，也會一輩子待在帝王谷裡做大神官！」

「妳並不夠瞭解他。」大司命冷冷說道：「一個塵心已動的修行者，就不適合再披上神袍。影對自己極其嚴苛，怎會沒有這點自知自省？」

「我……」朱顏張了張嘴，還沒說什麼，大司命就打斷她，語氣嚴厲：「妳已經害死他了！如今，趁著還有一絲轉機，妳必須徹底離開。否則，影遲早還是會再度被妳連累，死在妳的手上。」

「不會的！」朱顏嚇得一顫，抬起頭，怎麼也不肯相信這樣的話。「我……我以後會很聽話的！真的，我再也不會亂來！」

「我不相信妳的許諾。」大司命語氣冰冷，盯著這個少女說道：「相信我，沒有妳，他的人生會更好，整個雲荒也會更好。妳已經害死過他一次，難道還想再來第二次？難道妳就不希望他有個善終嗎？」

有個善終？朱顏一震，看著這個號稱雲荒術法宗師的老人，露出畏懼的神色——身為雲荒術法的宗師，大司命是不是能看到過去和未來，所以此刻才說出這樣的話呢？

「沒有我，師父……師父的人生會變得更好嗎？」她喃喃低語，眼前掠過一幕一幕星海雲庭地底的慘劇，全身漸漸發抖。「這……這是你的預言？」

「是。」大司命的語氣凝重。「妳不相信？難道妳還想拿他的命來冒險，看看是不是真的？」

「不……不！我只要師父好好活著！」朱顏一顫，忽然就氣餒了，頹然點頭。

「我、我什麼都答應你。」

「很好。」大司命灰冷的眼裡終於掠過一絲笑意，看著她說：「這可是妳心甘情願立下的誓言，若有違背，必然會付出極大代價。知道嗎？」

「知道了。」朱顏點了點頭，忽然哽咽起來，抬起手背擦了擦眼角。「你放心，我……我也不想再害死他……」

「妳知道就好。」大司命點了點頭，指間夾著那一張薄薄的紙，遞到她的面前，語氣平淡：「把這個拿去吧。希望妳能在七七四十九日之內，用星魂血誓挽回這一切。」

朱顏咬牙應道：「放心，我一定做到！」

「在妳昏迷的時候，我已經讓重明把影的軀殼和魂魄都送回九嶷。」大司命沉聲叮囑：「此事極度祕密，不能讓任何外人知曉。我已命那邊的神官清掃了大殿、點燃了七星燈，將整個九嶷神廟都空出來，不讓閒雜人等出入。」

朱顏握緊了那一頁紙，霍然站起身。「我立刻就趕過去。」

「去吧。」大司命轉身，一把推開神廟的門，「如果失敗了，就不要再回來。」萬丈絕頂上的風呼嘯捲來，將老人的袖袍和長髮一併吹起。大司命走出門外，輕輕擊掌，風裡便有雪白的羽翼落下，遮蔽了星辰。

「四眼鳥！」那一瞬，朱顏脫口而出。

重明神鳥出現在星空下，四隻朱紅色的眼睛冷冷看著她，那兩雙眼裡有難以名狀的複雜表情，滿懷敵意和憤怒，尖利的巨喙如同鋒利的刀，懸在她的頭頂上。

「重明！」大司命低低斥喝了一聲，勸阻：「不是說好了嗎？如果她願意補救，你就得好好幫她。現在事情尚有轉機。」

神鳥喉嚨裡發出「咕嚕」一聲，忽然低下頭，一把就將她攔腰叼了起來。

「重明！」大司命厲聲道，手裡的玉簡揚起。

然而神鳥並沒有傷害朱顏，只是一甩脖子，將她凌空扔到自己的背上，翻了翻四隻朱紅色的眼睛，瞪了大司命一眼，展翅飛起。

「跟著重明去吧。」大司命看著白鳥背上的少女，拂袖指向遙遠的北方。「我會在帝都盯著妳的進度。七七四十九日之內，若星辰的軌跡發生改變，我就會知道妳已經成功了。」

朱顏有些疑惑。「你……不跟我一起去嗎？」

「分身乏術。」大司命淡淡道：「眼下我在帝都還有一些緊急的事要辦，無法離開。何況這件事我無從施力，只能靠妳自己。去吧。」

朱顏終於點了點頭，乘坐著重明飛離。

當神鳥呼嘯飛去之後，大司命長長嘆息一聲，在浩蕩的天風裡獨自一人負手走上塔頂的觀星台。這幾天來，因為忙碌和焦慮，他已經很久沒有時間好好看一看夜空了。

璣衡還靜默地佇立在蒼穹下，無聲地運轉，而頭頂星野緩緩變幻，一如千百個夜晚。在數萬個日夜之前，他曾經答應一個女子，要用畢生的心力去守護那個被放逐的孤獨孩子。

然而時至今日，終究還是出現這樣的差錯。

阿嫣……阿嫣，妳可會怪我？

大司命忍不住嘆了口氣，抬頭看了看星空，然而只抬頭看了一瞬，忽然間一震，臉色頓時大變。

「不可能！」老人脫口而出，撲到璣衡前，用顫抖的手扶起窺管，失神地看著頭頂的夜空。然而，通過窺管所見的，依舊令他震驚。

——雖然時影已經誅殺那個復國軍的首領，然而，那片從碧落海騰起的歸邪，竟然還在原來的位置上。而且歸邪的背後，昭明亮起，天狼脫軌，投下了更大、更深遠的陰影。

一切都沒有改變，甚至，比之前看到的情況更加惡化。

大司命扶著璣衡，身體搖晃起來，死死盯著頭頂的蒼穹看了半天。然而，漫天的星斗還是這樣冰冷璀璨，彷彿亙古以來便是如此，不曾因為人世而改變絲毫。

大司命怔愣許久，忽然長笑一聲，失魂落魄地喃喃說：「影啊影……這一次，你算是白死了。」

是的，竟然什麼都沒有改變。

就算影做出這樣的犧牲，不計代價殺掉了他以為會導致禍患的那個鮫人，可是所有不祥的預示，居然都不曾消失；空桑的命運，也還是未曾改變。

等那個驕傲的人睜開眼睛，看到這一切結果，他會如何想？竭盡了全力，不惜捨棄自己的生命，斬斷最深的眷戀，卻依舊未能贏過命運。

影，你是否會後悔？

人力微小，終究不能和天意抗衡。

你身負帝王之血，雖然從小被逐出帝都，遠離權力中心，到頭來卻依舊為了這種虛無的身後之事犧牲了自己。

那麼，身為大司命，同樣流著星尊帝血脈的自己呢？難道打算這樣袖手旁觀？

『如果都像其他人那樣，只安享當世榮華，那麼，這世間要我們這些神官司命又有何用？』

忽然間，影說過的話迴響在耳邊，凜然而冷冽。

明知不可為而為之，或許，這才是他們這種人存在的意義吧？

大司命定定地看了那一顆帝星半晌，神色幾度變幻：間或悲哀、間或憤怒、間或

慷慨激昂，明滅不定，轉瞬逝去，最後只留下了空茫。

「或許……事到如今，也只能按照我的方法來解決這一切吧？」許久許久，大司命吐出一口渾濁的酒氣，喃喃說：「這把老骨頭，說不定還能拚出一點用處。」

「大司命！」這個時候，忽然有腳步聲從白塔底下奔來，聲音帶著慌亂。「總管請您立刻去一趟紫宸殿！帝君……帝君的病情不好了！」

第二十八章　深宮

大司命匆匆從白塔頂上下來，直奔紫宸殿而去。

紫宸殿簾幕低垂，寶鼎香嫋，重重帷幕後卻隱約傳出雜亂之聲，似是人來人往，驚惶萬分。看到他一出現，便立刻有人幾步迎了上來，一把抓住他的袖子，卻是紫宸殿的總管寧清。

「大司命，您可來了！」總管顧不得失禮，一把扯住大司命，如同得了救星一般，壓低聲音：「快快，快進來看看！帝君他、他已經有半日昏迷不醒！御醫給扎了針也不起作用，只怕……」

「怎麼會這樣？」大司命一震，眼裡也有意外之色，「我下午來看帝君還清醒著，怎麼到了晚上就這樣？有誰來過？」

總管咳嗽了幾聲，壓低聲音：「只有……只有青妃來過。」

「青妃？」大司命臉色一變，腳步不停地往裡走，很快就來到最裡面的房間。

巨大的房間，空曠而華美。帝君的臥榻也宏大堂皇，用沉香木雕成巨大的床架，如同一個宅院，共分三進。大司命幾步便走到最裡面，周圍的侍從沒有跟進來，只剩他們兩人。大司命便不再客氣，直斥總管：「你糊塗了？怎麼能讓青妃獨自來見帝君？」

總管嘆了一口氣：「下午青妃娘娘一定要進來，說是耗費萬金用瑤草和雪罌子熬了還魂大補湯，不儘快給帝君服下，過了藥效就浪費了……」

「什麼還魂大補湯？」大司命皺眉。「沒有我的命令，竟敢擅自讓帝君飲食，你是想被砍頭嗎？」

「屬下不敢……」總管連忙屈膝下跪，語氣惶恐，神色卻不慌亂。「但青妃娘娘掌管後宮，一怒之下當場就會把奴才拉出去砍了。奴才只得一個腦袋，只怕留不到大司命現在來砍。」

大司命知道這個在內宮主事幾十年的人向來圓滑，在這當口自然哪邊都不得罪，只能作罷。他掀開帳子只看得一眼，便鬆一口氣道：「還好，魂魄還沒散。」

聽到這句話，總管也是長長舒了一口氣。

前一段時間，北冕帝忽然風眩病發，不能視物，不理朝政。到現在已經三個月，一直不見好轉，可把侍從們折騰得夠嗆。帝君病重期間，內宮由青妃管理，政務則交給大司命主持。

對此，朝廷上下都驚詫不已，不知道作為最高神職人員的大司命為何取代宰輔，忽然回到朝堂上——直到那時候，很多人才想起來：大司命在俗世裡的身分，其實是北冕帝一母同胞的親弟弟。

讓一直超然物外、不屬於任何一個派系的大司命出面主持朝政，不會破壞朝堂上微妙的平衡，大約是北冕帝的良苦用心。然而，眼看數月來帝君的病勢日漸沉重、毫無起色，雲荒上下的局面便又漸漸微妙起來。所以連精明圓滑的大內總管都一時間舉棋不定，不知道站哪一邊，只能兩頭討好。

大司命皺了皺眉頭，巡視一眼屋子裡問：「藥碗在哪裡？」

總管連忙道：「娘娘親自餵了帝君喝藥後，便將藥碗一起帶回去了。」

「倒是精明。」大司命看了看昏迷的帝君，半晌道：「你退下吧，這裡由我看著，保你無事。」

「是。」總管如蒙大赦，連忙退出去。

很快，外面所有的聲音都寂靜下去。大司命捲起紗帳，默默看著陷入昏迷已久的帝君，神色複雜。

躺在錦繡之中的，活脫脫是一具骷髏：臉頰深陷，呼吸微弱，一頭亂髮如同枯草，嘴唇乾裂得像是樹皮，完全看不出當初縱馬揚鷹、指點江山的少年天子模樣。轉眼三十年啊……昔年冠玉一樣的少年郎，如今已蒼老憔悴如斯。

「阿珺，你怎麼就老成這樣了呢？」看著病榻上的帝君，他喃喃說道。

北冕帝氣息微弱，似乎隨時都要停止呼吸。然而，雖然陷入昏迷日久，口不能言，聽到這樣熟悉的稱呼，他似乎全身顫了一下。

「算了，讓我再替你續一下命吧。」大司命喃喃說著，從袍袖中拿出一枚黑色玉簡，開始默默祝頌。在他的召喚下，法器發出光芒，同一瞬間，戴在帝君左手的皇天神戒也發出耀眼的光芒。

皇天被激發，呼喚著帝王之血。

在血脈的聯結下，大司命操控著皇天，經由神戒向垂危的病人體內注入力量。北冕帝臉上的灰敗漸漸褪去，彷彿生命力被再度凝聚回了軀體裡。

可是，不知為何，北冕帝始終未能睜開眼睛。

半個時辰過後，大司命終於施法完畢，似乎極累，一個踉蹌扶住了面前的案几，臉幾乎貼近北冕帝的胸口。

「咦？」那一瞬間，大司命似乎是看到什麼，忽然怔了怔。

北冕帝的心口上，居然隱約透出微弱的不潔氣息。

他不由得抬起手，按住北冕帝胸口的膻中穴。那裡並沒有任何異常，心臟還在跳

動。他頓了頓，又臉色凝重地將手指按在帝君乾枯的唇上，從嘴角提取了殘留的一點藥漬，放在鼻子下嗅了嗅——如總管所說，這藥的配方裡果然有雲荒至寶雪罌子和瑤草，還有其他十二種珍貴藥材，每一種都價值萬金，可見青妃為了保住帝君的性命，早已不惜一切代價。

然而，最令他吃驚的是，其中隱約還有一種奇怪的味道。

那不是草藥的味道，而是……

大司命沉吟許久，將手指按在北冕帝的胸口，一連用了幾種術法，卻絲毫沒有作用，不由得頹然放下手，百思不得其解。青妃的藥，看上去完全沒有任何問題，而帝君服用之後病勢並未因此惡化，可是不知為何，始終未能睜開眼睛。

按理說，在他用攝魂術將北冕帝的三魂七魄安回了軀殼之後，帝君應該能立即恢復神志，為何會是現在這種情況？

身為雲荒術法最強的人，大司命此刻卻一籌莫展。

「御醫看不出名堂，連我也看不出什麼不對勁。青妃那個女人，實在厲害啊……」大司命苦笑起來，對著昏迷的人低聲說：「當年她不著痕跡地害死了阿嫣，十幾年後，居然又來對付你？」

病榻上的帝君沒能睜開眼睛，卻似乎聽到這句話，身子微微一震。

大司命忽然咬牙。「總不能兩次都讓她得手！」

話音未落，他手腕一轉，手裡的玉簡轉瞬化為一把利劍。大司命橫劍於腕，「唰」地割裂了脈搏，將滴血的手腕轉向北冕帝的胸口。同一瞬間，握劍的手一轉，竟然向著病榻上北冕帝的心口刺落。

那一刻，北冕帝全身劇震，卻無法躲閃。

劍刺中心口，鋒芒透入，北冕帝的身體忽然一陣抽搐，彷彿被一股奇特的力量操控著，竟然整個背部凌空騰起了一寸許。他的身體懸在空中，劇烈地抽搐，劍芒落處，心口有什麼血紅色的東西翻湧而出。

那不是血，而是密密麻麻像蟲子一樣的東西。

那些蟲子被劍芒所逼，感覺到危險逼近，剎那間從帝君心口湧出，瘋狂地四散。然而剛離開寄宿主的軀體，轉瞬聞到了半空滴落下來的血腥味，蟲子忽然間重新聚集，如同一股血潮，朝著滴血的手腕撲過去。

「定！」

大司命手腕翻轉，手指一動，倏地釋放出一個咒術。一道冰霜從天而降，將那些細小的東西瞬間封凍。

「果然是這種東西！」大司命不可思議地盯著那些小東西，喃喃說道。

他手腕微微一動，那把利劍轉瞬恢復成玉簡，被納入袖中。老人低下頭去，將地上的其中一隻蟲子挑起來，細細端詳，露出一絲恍然。

「厲害，果然是蠱蟲……雲荒罕見之物。聽說青妃的心腹侍女阿措來自中州，頗為能幹，不料連這等東西都會？」

北冕帝躺在病榻上，全身激烈顫抖，心口上的血尚未凝固。剛才那一劍若是再深得半分，他便真的要被親兄弟斬殺於榻上。

「蠱蟲是一種有靈性的惡物，若非得知寄宿主即將被殺，是不會離開寄宿主的身體。」大司命冷笑一聲，看了一眼帝君。「而我和你身上流著一模一樣的血，所以那些蠱蟲被逼出後，便會被我的血吸引。」

原來，方才險到極處的那一劍，竟是此意？

大司命嗅了嗅蠱蟲，頷首說道：「這樣隱祕的蠱，又被其他藥材的味道重重掩蓋著，即便是最高明的御醫也看不出異常，只有服下去的人才會明白不對勁，可是你又已經完全不能說話。」

北冕帝的肩膀微微顫抖，眼瞼不停抽動，似乎想極力睜開眼睛。

「這是降頭蠱。」大司命仔細端詳一下那小東西，淡淡道：「看來，她不是想要你的命，只是想要控制你的神志罷了。真是個厲害的女人……」說到這裡，大司命忍不住諷刺地笑了起來。「一邊給你用起死回生的大補方，另一邊卻給你下了降頭蠱——她這是打著如意算盤呢。萬一救不回你的命，就把你做成可操控的傀儡。這女人，倒是有本事。」

昏迷裡的人身體又顫抖一下，氣息轉為急促，眼球急速地在眼皮下轉動。

「這些蠱蟲已經養到那麼大，看來她至少餵你吃了三次藥吧？」大司命看著地上那些髮絲大小的蠱蟲，冷冷道：「幸虧我及時識破，不然，阿珺，你真的會求生不得、求死不能。」

說到這裡，大司命嘆了口氣，一手托起帝君，在他胸口的膻中穴畫了一個符咒。只見流出來的血迅速減緩，傷口以肉眼可見的速度癒合。

北冕帝急促地喘息，臉色慘白，嘴唇不停顫抖。

「好，現在沒事了，你不用急。」大司命俯下身，用絲絹輕輕擦拭帝君七竅裡沁出的血跡，語氣溫柔。「放心，我可不願意你落到那個女人手裡……堂堂空桑的皇帝，就是命當該絕，也輪不到被那個女人操控吧？」

北冕帝吐出了毒血，呼吸平順許多，然而依舊無法睜開眼睛。

「唉……你知不知道，自從你病重以來，朝廷上下都在勾心鬥角？你的妻子、你的兒子、你的心腹大臣、六部的藩王，沒有一個不各懷心思，又有哪一個是真心為你好？」大司命嘆了一口氣，坐在胞兄的榻前。「阿珺，空桑在你治下雖然日漸奢靡墮落，但你好歹不算是個昏君，怎會落到今日這種地步？」

北冕帝喉嚨中咯咯作響，似乎竭力掙扎著，想要說出什麼。

「你想說什麼？」大司命卻是笑了起來，看著垂死的人。「求我救你？還是求我早點殺掉你？」這個仙風道骨的老人，此刻臉上的表情卻是奇特的，似是邪惡，又似是憐憫，俯視著被困在病榻上的胞兄，搖頭嘆息。「抱歉，阿珺。雖然你病入膏肓，我卻還要留著你的命有用。」

北冕帝在病榻上急促地呼吸，喉結上下滑動，卻是一個字也說不出來。

「對了，差點忘記今天來是有正事要辦。」大司命從懷裡拿出一張紙，竟是早已寫好的奏章，放到了帝君面前。「來，既然我救了你的命，你先替我簽了這個。」

北冕帝睜不開眼，只能緩緩地搖頭。

大司命彷彿知道他的心思，冷笑說道：「怎麼，你想知道這上面寫的是什麼？呵呵……放心，是個好消息，你的嫡長子想要還俗了，需要請求你的同意。」

半昏迷之中的北冕帝猛然一震，不知道哪來的力氣，眼睛竟然微弱地睜開一線，死死地看著大司命。

「對，我說的是時影。你已經二十幾年沒見到他了吧？怎麼聽到他的名字還會有這樣大的反應？」大司命拿起朱筆，放到他枯瘦的手裡催促：「來，簽上一個『准』字。」

北冕帝全身微微發抖，枯瘦的手指長久停留在紙上，喉嚨裡有低低急促的呼吸。

大司命冷冷道：「怎麼，你不同意嗎？」

然而，當大司命覺得非要用術法控制對方才能達到目的時，忽然間，帝君枯瘦的手指屈起，吃力而緩慢地在奏章上移動，竟寫下一個「准」字。

大司命微微一震，有些意外地看著北冕帝。

「原來……」他頓了頓，「你也是希望他回來的嗎？」

北冕帝不答，似乎那個字用盡了垂死之人全部的力氣，當手指鬆開的瞬間，北冕帝頹然往後倒去，整個人在錦繡之中佝僂起來，劇烈地咳嗽。

「別急著休息，這裡還有一份旨意需要你寫。」大司命卻繼續拿出另一張紙，放到他的手腕底下。「來。」

然而，這一份旨意的內容令人震驚，上面寫著：

『赤之一族，辜負天恩，悖逆妄為。百年來勾結復國軍，叛國謀逆，罪行累累，不可計數。賜赤王夫婦五馬分屍之刑，並誅其滿門。』

這樣的內容讓北冕帝全身震了一下，目光裡流露出驚駭之意，定定地看著大司命

——誅滅六部之王？這樣驚人的旨意，足夠令雲荒內亂，天下動盪。大司命……這是想做什麼？

「怎麼，你不肯簽？你想知道出了什麼事？你想見皇太子？想見青妃？想見宰輔和六王？」彷彿知道帝君想說什麼，大司命笑了起來，聲音譏誚。「可惜，你什麼也做不到——事到如今，已經由不得你。」

他的食指、無名指迅速屈起，那一瞬，彷彿是被引線牽動，北冕帝的手不由自主地跟隨著他的動作在奏章上移動，「唰」地寫下一個「准」字。

北冕帝的身體劇烈發抖，死死盯著自己的兄弟。

「好了。」大司命收起那份奏章，笑了一下，似是安撫他。「放心，這東西未必會用得上，只是用來嚇一嚇那個女娃罷了。」

那個女娃？誰？他……到底是想做什麼？北冕帝茫然看著大司命，眼裡流露出無限的疑惑和憤怒，枯瘦的身體微微發抖。

「你是想問我為何要這麼對你，是嗎？」或許是用了讀心術，大司命似乎對他的想法了然於心。「我們是從小一起長大的親兄弟，你當了帝君，便封我為大司命；當你重病的時候，甚至讓我替你攝政。你覺得你對我夠好了，所以不明白我為什麼會這麼對你，是嗎？」他嘆了口氣，在榻上坐下，看著胞兄，一字一頓地問：「你以為我想竊國？我說我做這些事只是為了空桑，你相信嗎？」

北冕帝震了一下，眼神露出驚訝。

「唉，和你說了你也不懂。」大司命嘆了口氣，拍了拍帝君瘦骨嶙峋的肩膀。「阿珺，你不過是個世俗裡的享樂帝王而已……星尊帝的血流傳到你身上時，早已經衰微了。如今天地將傾，你是當不起這個重任的，少不得只有我來了。」說到這裡，大司命的臉卻驟然陰沉下來，咬牙切齒道：「而且，我也想讓你嚐嚐阿嫣當年吃過的苦頭！」

那一瞬，北冕帝身上的顫抖停止了，喉嚨裡的呼吸也滯住。

阿嫣？他在說白嫣皇后？

作為心底最深的忌諱，這些年來，和那個女人相關的一切都被他銷毀掉了，包括她住過的房子、用過的衣飾、接觸過的宮女……乃至她生下的皇子。他一手將那個曾是自己結髮妻子的女人，從生命之中徹底抹去，便以為一生再也不會被她的陰影籠罩。可是，在垂死的時候，他居然又聽到這個名字。

而且，居然是從自己親弟弟的嘴裡聽到。

大司命一直在白塔頂上的神廟裡侍奉神明，他……為什麼要驟然發難，替那個死去的皇后報復自己？

北冕帝死死看著自己的胞弟，手在錦繡之中痙攣地握緊，骨瘦如柴的身子不停顫抖，充滿了懷疑和憤怒。

「我愛阿嫣。」大司命看著胞兄，坦然開口：「你不知道吧？」

北冕帝猛然一震，不知道哪裡來的力氣，忽然坐了起來。

帝君的眼神震驚且凶狠，急促地喘著氣，卻說不出一句話。然而，大司命和垂死的胞兄相對直視，眼神毫無閃避之意，裡面同樣蘊藏著鋒銳的光芒。

「如果不是你，阿嫣也不會死！」大司命的聲音冷而低，雖然隔了幾十年，依舊有著難以壓抑的憤怒和苦痛。「你這個沒用的蠢材，活活害死了她！」

北冕帝握緊了拳頭，死死看著胞弟，劇烈喘息。

「看你這震驚的樣子……愚蠢。從頭到尾，你壓根兒什麼都不知道。」大司命冷笑起來，看著胞兄，眼神裡充滿憎恨。「你不知道吧？我十五歲就看到阿嫣了。她本來應該是我的。但她傾心於你，父王又同意了這門婚事，我爭不過，獨自出家修行去就是了。可是……」

說到這裡，他的語氣裡有再也抑制不住的憤怒。

「可是，既然你娶了她當皇后，為何又要冷落她，獨寵一個鮫人女奴！」

北冕帝的嘴唇翕動，卻虛弱到說不出一個字。

「而且，你居然還為了那個鮫人女奴廢黜了自己的皇后！」大司命看著垂死的空桑帝君，冷笑說道：「一個鮫人，死了就死了，你竟然還為此遷怒阿嫣！她是空桑的皇后，是你嫡長子的母親，你居然為了一個女奴，褫奪她的一切地位，把她打入冷宮！」

北冕帝還是虛弱得說不出話，呼吸卻轉為激烈，嘴角不停抽搐，忽然間，不知道從哪裡來的力氣，竟然顫巍巍地抬起手，將手裡的朱筆對著胞弟扔過去。

提及一生裡最愛的女人之死，垂死的人依舊無法釋懷。

當年，北冕帝從九嶷神廟大祭歸來，卻發現寵姬已經被活活杖斃，連眼睛都被挖出來，製成皇后垂簾上的兩顆凝碧珠。那一刻，怒火幾乎令他發狂，差點直接抽出長劍把白嫣皇后斬殺。

打入冷宮終生不再見，任憑她自生自滅，已經算是他在諸王竭力勸阻下最克制的決定，還要他怎樣？

「不……不許你……」北冕帝激烈喘息著，卻怎麼也說不出連續的話來。「不許你說秋水……」

然而，大司命只是輕輕一側頭，就避過了他扔來的朱筆。

北冕帝所有僅存的精力，隨著那一個簡單的動作消耗殆盡，全身抽搐著，癱軟在病榻上，幾乎喘不上氣來，痛苦得變了臉色。

「很難受，是吧？」大司命看著憤怒掙扎的帝君，眼裡露出一種報復似的快意。「一個人到了陽壽該盡的時候，卻被硬生生吊著命，三魂紊亂、七魄潰散，那種痛苦是無法形容的……呵，真是報應。」

大司命的聲音輕而冷，俯視著垂死的帝君。

「當年阿嫣重病垂危，在冷宮之中挨了七天七夜，輾轉呻吟，而三宮六院因為畏懼你，竟沒人敢去看她一眼。如今，她死前受過的苦，我要讓你也都嘗一遍。」

北冕帝雙手顫抖，喉嚨裡「咳咳」有聲，卻是一個字也說不出來。

「堂堂一個皇后，在冷宮裡拖了那麼久才死去，你會不知道？還是你根本不想理會她的死活？」大司命忽然失去控制，一把將毫無反抗之力的帝君抓起來，厲聲道：「就連她死了，你還要羞辱她，不讓她以皇后的身分入葬帝王谷！你這個渾蛋！」

垂死的空桑皇帝看著他，眼裡卻毫無悔恨之意，嘴唇微弱地翕動一下，含糊地吐出兩個字。

「你覺得她活該？」大司命看著胞兄，眼神忽然變得灼熱憤怒，狠狠一個耳光抽在了帝君的臉上。

虛弱的北冕帝被打得直飛出去，落回病榻上，急促地喘息著，許久不動。垂死的人抬頭仰望著寢宮上方華麗無比的裝飾，不知道想起什麼，眼角忽地沁出了一滴淚，緩緩順著瘦削的臉龐滑落。

「你這眼淚，是為那個鮫人女奴而流的吧？那麼多年了，你一直忘不了那個卑賤的奴隸……」大司命看著胞兄，眼裡充滿仇恨和憤怒。「如果你會為阿嫣流一滴淚，她倒也瞑目了。可惜，在你心裡，她算什麼呢？」大司命的聲音輕了下去，喃喃說：「命運就是這樣殘忍啊……我一生之中可望而不可觸的珍寶，在你眼裡，居然輕如塵埃。」

垂死的皇帝如同一截朽木，無聲地在錦繡堆裡發著抖，氣息微弱。然而他的眼神深處，始終埋藏著不服輸、不懺悔的憤怒和憎恨。

「我真是非常恨你啊……哥哥。」大司命看著自己的兄長，聲音裡也帶著深刻的憤怒和憎恨。「我一早就該殺了你給阿嫣陪葬。」

北冕帝轉過頭看著弟弟，眼神裡似乎帶著詢問。

「你是真命天子，帝星照命，當者披靡。我深懂星象，終究不敢背天逆命。」大司命嘆了口氣，握緊拳頭。「我等了那麼久，好不容易才等到今天——等到了你氣數將盡的時候。現在，我殺你就如同捻死一隻螞蟻。」

北冕帝在病榻上急促地喘息，看著自己的胞弟，眼神複雜無比。

然而，裡面並無一絲一毫的恐懼或者哀求。

「你想求死，是不是？現在肉身已毀，非常痛苦，是吧？」大司命彷彿知道他的心意，卻笑了一笑，結了一個印，印在了帝君的心口上，聲音低沉。「放心，我不會讓你就這樣死了——至少，在影沒有活過來之前，你，絕對不能死！」

同一個夜晚。遠遠地看到大司命走下白塔，走向紫宸殿，偷窺的司天監急急忙忙地開了水鏡，呼喚雲荒大地另一邊的主人。

然而，水鏡那一頭，青王的影子姍姍來遲。

王者的面容很疲憊，有些不悅地問：「怎麼了，三更半夜的還要找我？莫非你找到時雨那個臭小子的下落？」

司天監本來是想邀功，但還沒開口就被這麼劈頭蓋臉地一頓罵，頓時結結巴巴起來：「還……還沒有。」

「沒用的傢伙！」青王忍不住怒斥：「時雨那個不成器的傢伙，早不跑出去晚不跑出去，偏偏這時候出去！最近葉城動盪不安，到處都是復國軍亂黨，萬一出什麼事可怎麼辦？」

「青妃娘娘也急得冒火，早就派了緹騎四處去找。」司天監連忙低聲稟告：「目前雪鶯郡主已經被找回來，可是……皇太子至今尚未找到。」

青王皺眉。「為什麼雪鶯郡主回來了，時雨卻不見了？他們兩人不是應該在一起的嗎？」

司天監小心翼翼地回稟：「根據郡主說，皇太子想看看沒破身、帶著魚尾的鮫人是什麼樣子，非要趕往屠龍村獵奇。途中……途中遇到了復國軍叛亂，慌亂中兩個人就走散了。」

「獵奇！這倒是像那個小崽子幹得出來的事。」青王聽得心裡煩亂。「此事死無對證，那個白王家的丫頭這麼說，青妃也就信了嗎？」

「娘娘請術士在旁，暗自用了讀心術，證明郡主說的是真話。郡主是白王的女兒，總不能把她抓起來拷問吧？」司天監低聲道：「而且，雪鶯郡主和皇太子兩個人青梅竹馬，感情深厚，也不會說假話。」

「唉……那到底是怎麼回事？」青王還是煩躁不安。「那個臭小子，就是不讓人省心！偏偏青罡又在葉城之戰裡受傷，幫不上忙，看來我得從屬地親自去一趟。萬一那小崽子出了什麼差池……」

司天監連忙寬慰：「青王放心，皇太子一定吉人天相。」

「也是。」青王自言自語：「我已經請族裡的神官看過星象，時雨的命星還好端端地在原處呢。」

司天監連聲道：「星在人在，可見皇太子還好好的。」遲疑了一下，司天監又道：「不過，帝君的病越來越重，最近幾天已經斷斷續續地陷入昏迷。屬下覺得……王爺應該警惕。」

青王蹙眉問：「警惕什麼？」

「警惕大司命。」司天監壓低聲音，小心翼翼地道：「那麼多年，大司命雖然看起來超然物外，可是其實並不是一個簡單的人物……」

青王想了想，點頭說道：「也是，那個老傢伙和時影的關係一直不錯，若不是他護著，那小子早就沒命了。是該防著他一點。」

「所以屬下才斗膽半夜驚動王爺。」司天監壓低了聲音說道：「今天晚上，大神官的重明神鳥剛來過白塔頂上。而且，不只有今晚，三天前神鳥就已經來過了，大司命還隨著神鳥出去了一趟。不知道兩人在做什麼祕密勾當。」

「難道那老傢伙真的和時影勾搭成一夥？」青王沉默地聽著稟告，眼神飛快地變幻。「今晚重明神鳥往哪個方向去了？」

司天監想了一想道：「九嶷方向。」

九嶷方向？時影見完大司命，難道是連夜飛回九嶷神廟？難道他也知道了帝君病情危急，急不可待地準備舉行儀式，脫下神袍重返帝都？

「我知道了。我會處理這件事。」心念電轉，青王霍然長身而起，吩咐：「給我趕緊找到皇太子！把帝都和葉城翻過來也要給我找回來！」

司天監連忙領命：「是！」

和司天監談話完畢，水鏡閉合。

青王在北方的紫台王府裡有些煩躁地低下頭，看了看手裡的東西：那是一個雙頭金翅鳥的令符，一直被鎖在抽屜裡。帝都的情況急劇變化，已經脫離了他所能控制的範圍，看來，已經到了不得不動用這個東西的時候嗎？

青王嘆了口氣，站起身，換上一襲布衣，拍了一下暗藏的機關。那一瞬，桌子無聲無息地移開，書房裡竟然出現一條密道。

青王獨自從密道離開，甚至連最心腹的侍從都沒有帶。

穿過長長的密道，不知道走了多久，青王出現在行宮外的一處荒郊野外。空蕩蕩的荒野，野草埋沒的小徑旁邊，只有一座歪歪扭扭、快要坍塌的草棚，裡面有欲滅不滅的燈火。

這個位於雲夢澤的野渡渡口，因為平時罕有船隻往來，已經荒廢了有些年頭，不知道被哪個流浪漢據為己有，當作落腳點。

青王獨自走過去，敲響草棚的門。

「誰？」門內的燈火驟然熄滅，有人低聲問，帶著殺氣。

「是我。」青王拿出懷裡的東西，雙頭金翅鳥的徽章在冷月下熠熠生輝。

「怎麼，居然是青王大人親自駕臨？」門應聲打開了，門後的人咳嗽幾聲。「真是稀客。」

青王也不囉唆，開門見山說道：「我需要你們滄流帝國的幫助。」

「智者大人料得果然沒錯。」草廬裡的人穿著黑袍，卻有著冰藍色的眼眸和暗金色的頭髮，正是冰族十巫裡的巫禮。

「智者？從未聽過滄流帝國有這麼一號人物。」青王愕然，忍不住又有些狐疑起來。「你們帝國裡主事的，不一直是幾位長老嗎？」

巫禮搖了搖頭說：「從六年前開始，聽政的已經是智者大人了。」

「什麼？難道滄流帝國也發生政變？」青王怔了一怔，忍不住諷刺道：「你也算是族裡的長老之一，怎麼就甘心奉別人為王？」

巫禮的臉色微微變了變，卻沒有動怒，只是平靜地道：「智者大人乃是上天派來引導我族的人。他洞徹古今、能力卓越，遠在我等碌碌凡人之上。有他在，正是滄流帝國的榮幸。」

「真的？」青王忍不住笑了笑。「幾年不見，冰族居然出了這等人才？」

巫禮沒有否認，只道：「智者大人說，滄流帝國若要復興，必須要取得青之一族的支持。所以，只要是殿下提出的要求，我們必須全力支持。」

青王手心握緊了那枚令符，直截了當地提出要求：「替我除掉時影。」

「可以。」巫禮似乎早有心理準備，立刻頷首。「智者大人說了，只要青王答應合作，必然幫您奪得這個天下。」

青王點了點頭。「告訴智者大人，我願意合作。」

「如此就好。」巫禮肅然。「恭喜王爺，做了最正確的決定。」

青王雙眉緊蹙，語氣有些不安：「事情緊急，我希望你們能動作快一點。重明神鳥已經離開帝都，我估計時影很快就要回到九嶷山。」

巫禮想了一想，低聲道：「時影要走過萬劫地獄、接受天雷煉體，才能脫下神袍，是不是？」

「是。」青王頷首。「無論如何，絕不能讓他順利脫下白袍，重返朝堂之上。」

「那倒是一個下手的最佳時機。」巫禮微笑起來。「放心，此刻我們的人已經在途中了。」

「什麼？」青王震了一下。「已經在途中？」

「是。」巫禮傲然道：「西海到雲荒路途遙遠，不免耽擱時日——智者大人早就算到了今日，知道空桑會有王位之爭，也知道青王會選擇合作，所以一早就派了十巫出發。」

「十巫？」青王倒吸一口冷氣。「整個元老院？」

「是的，整個元老院都為王爺而來。」巫禮微笑，語氣恭敬：「請您放心。智者大人卓絕古今，有他鼎力相助，殿下必然會得到這個天下。」

「是嗎？」青王心裡不知是喜是憂，喃喃說了一句。

是的，不管那個智者是什麼來頭，就算是借助外族之手，也必須把時影這個心腹大患除掉。等得了這個天下，到時候再騰出手來，對付這些西海上蠢蠢欲動的喪家之犬也不遲。

想到這裡，青王抬起頭來，看了一眼南方的鏡湖。

湖心那座白塔高聳入雲，飛鳥難上，在冷月下發出一種凜冽潔白的光。那是雲荒的心臟，所有權力的中心。

此刻，那裡彷彿有一個巨大的漩渦正在捲起，將整個天下都捲了進去。

第二十九章 鏡湖大營

在雲荒大地上風雨欲來的時候，鏡湖深處卻是一片寧靜。

在月光都穿不透的萬尺水底，巨大的水藻如同森林一般搖曳，魚群穿梭其中。水藻的深處，隱約可見無數營帳，帳子裡湧動著淡淡的珠光，如同夜深亮起的千盞燈——這裡是鏡湖底下的復國軍大營，空桑軍隊無法到達的安全所在。

忽然間，水流出現微妙的變動，在營地門口守衛的鮫人戰士警惕地站起來。就在這一瞬，頭頂的水波「唰」地向兩側分開，有一隊人馬飛速歸來，如同箭一樣射入水底深處。

「快看！是簡霖！」守衛的戰士認出了來人是誰，忍不住脫口驚喜大呼：「感謝龍神保佑，他們從葉城殺出來了！」

大營裡的復國軍戰士們聞聲而動，飛快地從帳子裡衝出來。

歸來的戰士個個傷痕累累，游過的地方，水裡瀰漫著鮮血的味道，顯然從重圍之中殺出後都負了傷，在抵達之後筋疲力盡。

「快……快去稟告長老！止淵……止淵大人……」簡霖撐著身體，吐出微弱的話語：「他為了救我們……留下來斷後……孤身陷入重圍！快……」

年輕的戰士最終沒能說完那句話，眼前一黑，便昏迷了過去。

簡霖醒來的時候，正在被三位長老聯手治療。

泉長老搖了搖頭說：「簡霖，你的傷勢不輕，這一、兩天必須靜養。」

「多謝長老。」看到泉長老親自出手為自己療傷，年輕的戰士連忙撐起身感謝，頓了頓，衝口第一句話便問：「止淵大人……他回來了嗎？」

聽到那個名字，三位長老相互凝視一眼，並沒有說話。

簡霖心裡猛然一沉，不敢再問。沉默了許久，最終，還是泉長老開了口：「簡霖，我們希望你儘快痊癒，返回雲荒去執行下一個任務。此事關係重大，現在也只能落在你肩上了。」

剛剛從葉城突圍，那麼快就有下一個任務？簡霖心裡微微驚訝，卻只是一躬身，斷然回答：「但憑長老吩咐。」

泉長老點了點頭說：「跟我來。」

三位長老依次站起身，穿過湖底茂密的水藻，來到一片空地上面。那一片空地位於鏡湖大營的最核心位置，鋪滿白沙，在深邃的水底發出淡淡奇特的光芒，中心有一塊巨大的白色石頭。三位長老各自就位，伸出手，在水裡凌空畫了一個圓。

指尖閉合的瞬間，白石忽轉，水底忽然出現一扇門。

簡霖倒吸一口氣，不敢出聲詢問。泉長老抬起手指，門應聲而開，裡面出現一道往地下走的台階。簡霖加入復國軍時日不短，卻從不知道鏡湖大營裡居然還有這樣的所在，不由得按捺著心中的驚駭，一路沉默地跟隨。

台階不長，只有幾十步就到了底。

令人失望的是，台階的盡頭並無洞天，只是一個很小的房間。不過一丈見方，用夜明珠點著微亮的光，毫無特殊之處。讓人吃驚的是，這個鏡湖底下的房間竟然是乾燥的，沒有絲毫的水，而是充滿了空氣。

那是一個和陸地上無異、屬於人類的空間。

簡霖不由得震驚得倒抽一口氣——要在這雲荒最深的水底留出這樣一個地方，即便是小小一間斗室，都需要耗費巨大的靈力，三位長老為何會在復國軍內煞費苦心地留出這麼一個祕密的地方？

泉長老推開門，對裡面的人道：「讓你們久等了。」

密室裡的人應聲回頭。那是一個六十歲左右的老人，神色疲憊，一雙眼睛卻靈活如電，雙手穩定如磐石，身邊放滿密密麻麻的銀針和藥石。

簡霖一驚：出現在這個鏡湖底下密室裡的，竟是一個人類？

「申屠大夫，你剛才辛苦了，先歇歇吧。」另一個女子的聲音道，溫柔安靜。「我來照顧這個孩子就好。」

「如意？」簡霖認出那是葉城的花魁，不由得驚喜交加。「妳……妳也從葉城脫身逃回來了？感謝龍神保佑！」

「簡霖？是你？」如意也露出驚喜的表情。「我身受重傷，在葉城的戰鬥正式爆發之前，就從密道回到鏡湖，經受了申屠大夫的治療。我一直擔心你們，謝天謝地，你們終於殺出重圍回來了……我哥哥呢？」

「他……」簡霖心口一窒，頓時說不出話。

如意看到他的表情，臉色一下子變得慘白。「怎麼？止淵他……他沒有和你們一起回來嗎？他怎麼了！」

「左權使他……他留下來斷後。」簡霖喃喃說著，只覺得喉嚨發緊。一邊說著，他一邊看了看三位長老。回到這裡的第一時間，他就向他們通報了左權使被困的資訊，可是，為什麼三位長老還是站在這裡，無動於衷？

「止淵。」泉長老忽地開口，一字一頓：「他已經戰死了。」

「什麼？」如意身體一晃，彷彿有一把刀瞬間刺穿她單薄的身體，失聲尖叫了起來：「戰死了？不……不可能！」

同一瞬間，簡霖也是如遇雷擊，整個人一震。

「是的，止淵已經死了。」泉長老聲音低沉：「在簡霖一行回來之前，我們就收到文鰩魚傳來的消息：葉城總督白風麟剛剛向朝廷上表請功，列舉了此次圍剿復國軍的幾大戰功，其中有一條，就提到了誅殺左權使止淵。」

如意的眼神倏地暗了下去，空洞如井。她頹然坐回去，彷彿忽然被人一寸寸地擊斷了脊梁骨，再也站不起來。

簡霖在一邊，也因為震驚和哀痛而說不出話來。

「不可能……」如意抬手捂住臉，十指都在劇烈發抖，喃喃說道：「他說讓我先撤離，他突圍後馬上回大營和我會合的！怎、怎麼會……」

「他是為海國犧牲的。」泉長老嘆息一聲。「放心，我們已經派出人手，不惜一切代價也要將他的心奪回來。」

「心？」如意猛然一顫，整個身體都靜止了——是的，在海國的傳統裡，鮫人死去之後，他的心如果不能歸於水中，他的生命就無法回歸於碧落海。如今止淵戰死於陸地，他的心並不能埋於黃土。

泉長老嘆息道：「止淵一生為海國而戰，死後也應該回到故鄉安眠，怎能讓那些空桑人把他留在雲荒？」

如意肩膀劇烈地顫抖，似乎怎麼也無法接受親人死去的事實，嘴唇顫了顫，似乎努力想說什麼，卻終究一個字都掙不出來。

泉長老低聲安慰：「放心，我們一定會把他帶回碧落海。」

「不。」如意忽然間咬住了牙，抬起頭說道：「讓他留在雲荒吧！」

三位長老齊齊吃了一驚：「什麼？」

「讓止淵留在雲荒吧，那才是他的心願。」如意抬起頭看著三位長老，眼眸裡漸漸充滿淚水，哽咽說道：「他……他一直在等待所愛之人轉世，回到這個世間。我們……我們不能就這樣帶走他。」

「轉世？」泉長老怔了一下，反應過來後忍不住憤怒。「那個赤之一族的女王？都過去上百年的事了，何必在這時候拿出來說？」

如意的聲音輕微卻堅決：「他是我哥哥，我知道他的心意。」

「不可以！止淵是堂堂的復國軍左權使，我們鮫人的英雄！」長老被觸怒了，厲聲道：「他是為了海國戰死的，我們不能把他留給空桑人！」

「你們不能為了讓他成為『海國的英雄』，而把他的心奪走！止淵對我說過無數次，想要等待赤珠翡麗的轉世……」如意眼裡漸漸有亮光，銳利如劍，忍不住握緊拳頭。「我是他唯一的親人，必須守護他的遺願！」

她重傷方癒，此刻一說到激烈之處，頓時咳嗽起來，有點點嫣紅飛濺而出，染紅了地面。簡霖連忙上去攙扶，另外幾位長老想要說什麼，卻被泉長老抬手止住。

海國的長老凝視著如意，眼神複雜，似乎在斟酌著什麼，許久才嘆一口氣道：「既然妳如此強烈反對，這件事便作罷。我尊重妳的意見，如意。希望妳好好養傷，早日恢復。」

「就是說嘛，何苦為了去世的人傷了和氣？」旁邊的申屠大夫一直裝聾作啞不想摻和復國軍內部的事情，此刻聽到這種話，連忙上來打圓場。「如意，妳看妳傷還沒好呢，這麼動氣幹嘛？還不快點喝藥？」

如意感激地看了一眼大夫，從他手裡接過藥喝了幾口，咳嗽平緩下來，半晌才開了口，聲音艱澀無比：「止淵他……他是怎麼死的？」

「沒有人親眼見到他的死。」泉長老低聲說，搖了搖頭。「止淵出身高貴，身上有著僅次於海皇的武神將血脈，就算是影戰士也傷不了他。如果我沒猜錯，他應該是被大神官所殺。」

「大神官？時影？」如意身體猛然繃緊，顯然是觸及極為痛苦的回憶，臉色倏地蒼白，厲聲道：「那個惡魔！我……我要殺了他！」

她哭得全身發抖，三位長老在一旁默然看著，眼神哀傷。這個看似柔弱無骨的女子，其實有著鋼鐵一樣的性格，哪怕是落在大神官手裡遭到酷刑也不曾失態，此刻卻已經完全崩潰。

「唉，不要哭了，美人兒。對淵來說，這樣的死法也算求仁得仁吧？」倒是一旁的申屠大夫聽不下去，嘆了口氣。「我和他相交數十年，知道他的想法。這個結局不算差。」

和左權使相交數十年？這個人又是誰？簡霖愣了一下。

「申屠大夫是我們的人。」彷彿看出他的驚訝，泉長老開口解答他的疑慮。「這些年來，他一直在屠龍村祕密地幫助復國軍行動。這件事很機密，原本只有止淵才知道，如今，也該讓你知道了。」

這個大夫是自己人？可他分明不是鮫人，而是個中州人。

「怎麼，不相信嗎？」看到簡霖疑惑的表情，申屠大夫咳嗽了幾聲。「告訴你一個祕密，其實我救過的鮫人，比宰過的還要多呢。」他上下打量簡霖一眼說：「你的腿剖得很好，又長又直，下肢和人類一樣有力。這麼標準的破身手法，說不定也是我當年操刀的呢。嘿嘿。」

簡霖臉色一變，一時間無法答話。

這樣的劊子手，居然會是左權使大人的朋友嗎？

「好了，別說這些。」泉長老打斷他們的對話，有些焦慮地開口：「快告訴我那個孩子怎麼樣了？」

孩子？簡霖愣了一下，這才發現如意身後的榻上，果然躺著一個昏迷中的孩子。

那是一個瘦小的鮫人孩子，看起來只有六、七歲的模樣，有著美得驚人的臉。然而，身體如同一個破碎的布娃娃，瘦骨嶙峋的小小身體上傷痕遍布，不知道是承受了多少年虐待的烙印。

簡霖只看了一眼，臉上便忍不住色變，狠狠看了申屠大夫一眼——是誰把這個孩子弄成這樣的？是不是就是這個屠夫？

「唉，第一次遇到這麼棘手的病人。」申屠大夫經過幾天幾夜的救人，已經接近筋疲力盡，手裡的銀針發著抖。「我已經出盡百寶，把壓箱底的本事都拿出來了，封住了穴，內服外敷，把藥量用到最大，還是壓不住他身體內部的惡化。唉，這小娃兒……是中了邪啊。」

泉長老失聲：「你說你幾天之前見到這個孩子的時候，他不還是好好的嗎？為何忽然病得這麼厲害？」

「大概是因為在戰場上臨時動了個刀子吧。」申屠大夫嘆了口氣。「在星海雲庭裡得知這個孩子在赤王府之後，止淵大人讓我不計代價把他帶回來。葉城戰火初起，他怕我被連累，便讓我先離開屠龍村尋找這個孩子，再設法把他帶回鏡湖大營交給諸位長老。」說到這裡，他頓了頓。「可是等我找到他的時候，這個孩子被朱顏郡主揹著，全身發燙，已經快要死了。我只能當機立斷，在戰場上就給他動了刀子，把他肚子裡的那個東西給剖了出來。」

動了刀子？簡霖看了一眼昏迷的小鮫人，發現他的腹部果然有一道極大的傷口，雖然被包得嚴實，還是在不停滲出血來。

「臨時在戰場上動刀子，又遇到這麼一個鬼胎，原本是十死無生的事。」申屠大夫摸了摸額頭，露出僥倖的神色。「幸虧那時候朱顏郡主身上還帶著一枚龍血古玉，在最後關頭發揮了作用，不然這孩子早就死了。」

龍血古玉？那不是本族自古相傳的神器嗎？怎麼會在那個朱顏郡主身上？簡霖心裡暗自吃驚，然而泉長老臉色不變，似乎早已知曉是止淵私自將神器贈予外族，只是皺著眉頭問：「那真是天意了。這孩子到底是得了什麼病？為何如此詭異？」

「看到這個東西了嗎？」申屠大夫從榻邊拿出一物，展示給長老們。「這可是萬中無一的『鏡像孿生』啊。」

簡霖愕然，細細看去。那一瞬，忍不住脫口驚呼。

在那個包袱裡的，竟然是一個胎兒！

只不過比巴掌略大，小小的臉皺成一團，一對小拳頭只有人的拇指大，緊緊攥在一起——詭異的是，這個小胎兒的臉，竟然和榻上昏迷的孩子一模一樣！美麗無比，看上去簡直像一個精緻的玩偶。

只是那個玩偶是破碎的，已經被人砍了好幾刀。

三位長老看著這個小小的肉胎，神色變得極其嚴肅，似是看到極其不祥和不可思議的東西。

「你們也知道這東西的邪惡吧？」申屠大夫喃喃說：「雖然剖出來了，但那種黑暗的力量還殘留在這個小傢伙的身體裡，侵蝕著他的血肉。」

泉長老皺眉喃喃說：「這肉胎已經剖出來了，怎麼還會這麼毒？」

「這是血脈的共生，他和宿主之間的聯繫，不會因為一刀斬斷後就完全消失。」申屠大夫疲倦地說著：「你看，那個小東西也還活著呢。」

活著？簡霖心裡升起了疑問，忍不住靠近那個胎兒，然而他剛剛靠近，那個胎兒忽地睜開了眼睛，死死地看著他。

真的是活著的！簡霖大吃一驚，下意識想要退開。然而，那個胎兒的眼睛是幽幽的湛碧色，如同一口古井，令他的視線一旦對上就再也挪不開。

恍惚中，他覺得那個胎兒竟然對他笑了一笑。

那個笑容極其無邪，有著難以言喻的魔力。在那樣的注視下，簡霖竟是身不由己地抬起手，想去輕輕撫摸那個胎兒。

「別碰！」那一瞬，申屠大夫失聲驚呼。

簡霖只覺得手指一痛，似乎被針扎了一下。他下意識地一縮手，竟然將那個小頭顱給帶起來——那個胎兒，竟然一口咬住了他的手指。

「小心！」泉長老一聲厲斥，瞬間抬起手，「啪」的一聲將那個胎兒打落在地。

「快退開……別碰他！」

那個小小的胎兒落在地上，發出了一聲嚶嚶痛呼，皺著眉頭大哭起來，聲音如同夜梟一樣詭異，聽得人冷汗直冒。簡霖的神志轉瞬清醒，踉蹌往後退一步，抬起手看到自己的食指上面留著牙印，有兩點細細的傷口，血如泉湧，竟是帶了詭異的黑氣。

「過來！」旁邊的申屠大夫拿起一把小小的柳葉刀，捏住他的手指，無可奈何地嘆了口氣說：「得馬上處理掉，你忍著一點吧。」

刀光一閃，瞬間將他手上的血肉剜去了一塊。

簡霖硬生生地忍住痛呼，不可思議地看向地上——是這個小東西咬了自己？這麼

小的胎兒，居然就長出了牙齒？

彷彿知道他看過來，那個嬰兒忽然頓住哭泣，咧嘴對著他笑了一笑。只見柔軟的粉紅色舌頭旁有白森森的牙齒，細小如米粒。

簡霖倒吸一口冷氣，忍不住問道：「這……到底是什麼東西？」

「怪胎唄。」中屠大夫沒好氣地嘀咕一聲：「這麼歹毒的小東西，差點把老子害死……到了這裡還不肯安生。」

「是……從這個孩子的身體裡出來的？」簡霖皺眉看了一眼榻上昏迷的蘇摩，完全不能理解眼前的這一切。「這到底是怎麼回事？這孩子還有救嗎？」

泉長老點了點頭，看向簡霖說：「這就是我叫你來這裡的原因。我想讓你帶著這個孩子去一趟蒼梧之淵。」

「蒼梧之淵？」簡霖愕然。

他當然知道那是龍神被困的地方。七千年前，星尊大帝揮師入海，滅亡海國，用辟天長劍劈開地底，將龍神囚禁在蒼梧之淵深處。在那千尺深的地底，黃泉之水湧出，從無活人可以進入，他又要如何才能把這孩子帶到那裡？

泉長老沉聲吩咐：「你去蒼梧之淵，呼喚龍神出現。」

「我？」簡霖愕然問：「以我的力量，怎能呼喚龍神？」

泉長老伸出手，掌心是一枚玉環。「帶上這個。」

那個玉環似玉似琉璃，半透明，裡面隱約有一道紅色在流轉，如同被封住的血色，竟是和朱顏隨身佩戴的古玉一模一樣。

「這裡面封印著七千年前的上古龍血。」泉長老解釋：「這玉環本來有一對，分別給了左右權使。其中一枚已經用在這個孩子身上。你持著剩下的這一枚去蒼梧之淵，擊碎古玉，將血滴入黃泉，便能驚動龍神現身。」

「好。」簡霖斷然領命，看著手心裡的古玉，遲疑了一下又問：「萬一龍神不出現，又該怎麼辦？」

泉長老眼神轉冷。「如果龍神不肯救，就說明這個孩子不是我們要找的人……能不能活下來，得看他自己的造化了。」

簡霖震了一下，說不出話來。

當他們幾個人說話的時候，那孩子忽然動了一動，蜷縮的小身體猛然顫抖，模模糊糊地叫了一聲，似乎是在喊「阿娘」。

「不怕、不怕。」一旁的如意連忙站起身，將孩子抱入懷裡，柔聲安慰：「如姨在這裡……不要怕。」

那個孩子在她的懷抱裡掙扎一下，又重新安靜了。

泉長老嘆息一聲：「當這個孩子還在葉城西市的時候，如意照顧了他很長一段時間。這一次，她也會和你一起去。」

「是。」如意點了點頭，伸手摸了摸孩子柔軟的頭髮，卻看到剛平靜下來的孩子又掙扎起來，模模糊糊喊了一句「姊姊」。

「又喊姊姊？」泉長老的臉色忽然沉重起來，語氣也變得冰冷：「這孩子嘴裡的姊姊，難道是赤之一族的那個小郡主？」

「是啊，那個郡主對這孩子可好了，不惜冒著炮火連天送他就醫。這等情義，就算同族也難能可貴。」中層大夫嘆了口氣，沒有繼續說下去。「總之，空桑人裡也有好人。」

聽到這樣的話，泉長老的臉色更加肅然。

「真是海國的不幸。」沉默許久，泉長老卻嘆了口氣，語氣沉重：「我們找到這個孩子的時候，已經太晚了……不該讓他流落在雲荒那麼久，到最後，竟然還叫空桑人姊姊。」

三位長老默然無語，臉色都不大好。

中層大夫嘆了口氣，把手一攤說道：「你們就別為這點事發愁了。當務之急是穩住這個孩子的傷勢，救回他的命。好，我的活兒幹完了，快把這次的帳給我結了吧。」他不客氣地伸出手去。「這回我可是提著腦袋替你們復國軍賣命，價錢可一分都不能少。」

泉長老看了一眼這個只看錢的屠龍戶。「你放心。」

「只要金銖，不要銀票，也不要鮫珠。」申屠大夫眼睛一轉，瞟了一旁的如意一眼，忍不住又油嘴滑舌地加一句：「如果沒有那麼多現金也沒關係，只要如意肯陪我……」

他的手剛伸過去，就被如意「啪」的一聲狠狠打到一邊。她轉頭就從箱子裡拎出一大袋子沉甸甸的金銖，扔到他的面前說：「一萬金銖在這裡，還不趕快領了給我滾？」

「呵呵……不愧是葉城花魁，出手大方。」申屠大夫吃力地拎起那一大袋子金銖，笑了起來。「可惜，如今葉城我也回不得了。那個小郡主要是發現這孩子沒回王府，估計會到處找我要人。」

「我們會派人送你去息風郡，你先躲一陣子避避風頭。」泉長老沉聲道，安排好了後面的事情。「有什麼需要，我們日後還會聯繫你。」

「別！求你們，這一年內別再來找我了。」申屠大夫眉開眼笑地數著錢，嘴裡卻道：「空桑人追查得緊，我們最好暫時切斷聯繫，以保平安。否則，我一旦被抓，可

熬不住嚴刑拷打，少不得把你們全招供出來。」

泉長老默然看了他一眼，隱隱有殺氣，對方卻只是嬉皮笑臉。

「其實吧……」申屠大夫站起身來準備走，忽然露出正經的表情，嘆了口氣。「這些年來，看著你們打了那麼多的仗、死了那麼多的人，就算身為一個空桑人，我也是希望你們能早日復國。」頓了頓，他又道：「不過我一把老骨頭，估計是看不到那一天了。」

如意的眼眶紅了一下，連忙將這個人送出去。

「我走了，妳可要保重。」申屠大夫回過頭，看了一眼老熟人，語氣裡沒有油滑，只有誠摯。「我一把老骨頭，這輩子估計是沒有一親芳澤的指望。在我死後，妳也要好好活著，再美上個幾百年。」

「去、去。」如意哭笑不得，連忙將他帶出大營。「快回去花你的錢吧。」

當大夫走後，泉長老看了看昏迷中的孩子，搖頭說道：「既然連申屠大夫都說治不好，看來是耽誤不得了，得早點出發。」

「是。」簡霖立刻道：「屬下這就帶他去蒼梧之淵，求助龍神。」

「一定要小心。」泉長老叮囑：「不要走陸路，從鏡湖水底潛行，從北溟口沿著青水可以直接抵達九嶷山下的夢魘森林，那裡離蒼梧之淵很近。密林裡雖然有女蘿，卻不會攻擊我們鮫人，走這條路線比較安全也比較迅速。」

「是。」兩人齊齊躬身領命。

「姊姊……姊姊……」直到被帶離鏡湖大營，那個孩子還在昏迷中喃喃地叫著，瘦小的身體佝僂成一團，細小的手指痙攣著，似乎想要去抓住什麼。

然而，他什麼也抓不住。

第三十章　九嶷煙樹

當蘇摩還在鏡湖水底的復國軍大營裡陷入昏迷的時候，朱顏卻已經飛到了雲荒的北部。

新雨後，遙遠的九嶷山麓騰起了漫漫的薄霧，如同一匹巨大無比的紗帳，將剛剛落在山巒上的白鳥和少女一起籠罩。

「師父呢？」朱顏腳尖剛沾地，就忍不住問：「他在哪兒？」

重明神鳥從帝都萬里飛來，筋疲力盡，不耐煩地抖了一下羽毛，將背上的少女震下去，似是清理了落在身上的不潔之物，翻起四隻血紅色的眼睛白了她一眼。朱顏知道牠恨自己，頓時垂下頭去。

暮色中，遙遠的山頂神廟遠遠地出現了幾點亮光，重明神鳥「咕嚕」了一聲，撲搧著翅膀沿著山道往上飛掠，朱顏立刻拔腳追去。

一路上都不見一個人。如此空曠的九嶷山，幾乎是見所未見——果然，大司命為了隔絕外人，已經提前讓人將這裡的所有神官都調開了。

重明神鳥飛了一路，終於在大廟的傳國寶鼎之前翩然落下，回頭看了她一眼，四隻眼睛裡的表情竟然各不相同，似是憤怒，又似是期盼。

「怎麼？」朱顏喘著氣問：「師……師父在裡面嗎？」

大殿裡面黑沉沉的，只有幾點遙遠的燭光，無數簾幕影影重重，看上去深不可測。然而重明神鳥低下頭來，用巨喙不耐煩地推了推她，示意她往裡走。

被牠一推，朱顏心裡驟然恍惚。這個場景，似乎在很久很久以前就出現過一次？那時候師父還在石窟裡獨坐面壁，那時候她還只有七、八歲……那時候，重明也曾這樣催促著她走進去和那個人相見。

一切都一模一樣，可是這一次，重明的眼裡只有憎恨。

朱顏心裡百味雜陳，小心翼翼地推開半掩的神廟大門走了進去。沉重的金絲楠木大門被推開，發出了一聲悠遠的迴響。

「有……有人嗎？」朱顏探頭進去，開口詢問。

沒有人，整個大殿空空蕩蕩，只有祭壇前的燈還亮著，影影綽綽。她以為自己一推門就會看到滿身鮮血的師父，為此鼓起了全部的勇氣，然而，九嶷神廟裡什麼都沒有；大司命不知道將師父安置在何處。

她直走到最裡面才停住，抬起頭，看著巨大的孿生雙神。

距離自己上一次離開這裡，都已經過去五年了吧？

那時候，她跟著師父從蒼梧之淵脫險，九嶷神廟卻忽然發出逐客令，要把剛滿十三歲的她即刻送下山。她當然不肯，在神廟裡哭哭啼啼，死活不肯放開師父的手，不明白自己錯在哪裡。

「阿顏，妳沒犯什麼錯，只是時間到了而已。」站在神像下，師父終於忍不住嘆了一口氣，語氣裡有說不出的複雜。「一切聚散離合都有自己的時間，而我們的緣分，在今日用盡了。」

「不會的！才沒有用盡呢！」她氣得要死，大聲抗議：「我們的緣分一輩子都用不光！」

「一輩子？」師父似乎微微怔了一下。「不可能的。」

在山下被送上馬車的時候，她哭得傷心欲絕。「師父，你……你一定要來看我啊！」

他沉默了一瞬，終於點了點頭。

「說話一定要算數啊！」她喜出望外，破涕為笑。「西荒其實一點也不苦寒，有很多好玩好吃的，等你來了，我一定帶著你四處逛一圈！對了，我還可以讓你見見淵……他可好了！」

然而，她嘰嘰喳喳地說了那麼多，師父一直沒有回答。少神官的眼神遼遠，只是沉默著抬起手，將那一根晶瑩剔透的玉骨插入她的髮間。那樣溫柔的眼神，她之前從來沒有見過。

可是，師父騙了她。

自從她離開九嶷後，一別五年，他再也沒有出現在她的生命裡。她每年都在天極風城翹首以待，他卻從未兌現過那個諾言。

第一年，她早早準備好了美食華車、射獵遊宴，可是一直等到了大雪封路，他並沒有來，也沒有解釋為何失約。

第二年，她忍不住寫了信託父王帶去九嶷山，以赤王的名義正式邀請他來西荒。然而，少神官推說神廟事務繁忙，婉言謝絕。

她氣得要死，砸壞了父王最喜歡的大刀。

第三年，她氣頭過了，顧不得面子，又巴巴地寫了一封信，讓紙鶴傳書送去九嶷，熱情洋溢地催促師父來天極風城。然而，那一年他回信說自己剛剛當上大神官，無法分身下山。

第四年……第五年……

漸漸地，即便單純如她，也明白師父是不會來看自己了。在她離開後，那個孤獨

地在深谷裡修行的少年，再次過上了與世隔絕的生活，並不想因為她走出那座深谷。

她有些難過地摸了摸髮間的玉骨。要不，等明年空了，自己乾脆去一趟九嶷看看他？免得師父一個人在那裡，那麼寂寞。

然而畢竟年紀小，她往往只想了那一瞬，便又把這個念頭放下來。少女時代的她是喜歡熱鬧的，回到王府見到昔年的夥伴們，便天天呼朋引伴，在大漠上縱鷹走馬、打獵遊樂，玩得不亦樂乎，只恨時間不夠用，哪裡還顧得上跑回千里之外去見師父？

更何況，是他自己不肯來吧？他刻意地避開她，不肯再見她。光這一點，令人想想就覺得喪氣，她又何必熱臉去貼冷屁股？

於是，到了第五年，她乾脆連信都懶得寫。

她想，或許他早就忘記自己了吧？

那麼多年來，在她的心裡，師父的形象一直是高遠而淡漠的，如同山頂皚皚白雪，雲間皎皎冷月，令人可望而不可即。可是，那樣冷冰冰的人，為何會在生命的盡頭，對自己說出那樣的話呢？

『我很喜歡你，阿顏……雖然妳一直那麼怕我。』

他最後的話如同刀鋒，直插心底。

五年後，朱顏獨自站在神廟裡，忍不住顫抖一下——不能再去想了。每次想起那個清晨廢墟裡生離死別的場景，她的心就彷彿被撕裂成兩半。

『別哭，這真的是最好的結局了……我們之間有恩報恩，有怨報怨，這一世從此兩不相欠。等來世……』

等來世什麼？等來世再見？

不！她才不要什麼虛無縹緲的來世！靈魂可以流轉不滅，而人卻只活這一世！下一世的她，就如這一刻流過的水一樣，再也不會是同一個模樣。她只要活在這一世，守住最重要的人。

無論如何，哪怕捨了性命，她都要把師父救回來。

想到這裡，朱顏終於抬起頭來，看著神像，默默地握緊袖子裡那一頁寫著星魂血誓的紙。

神像前燈火輝煌，那是九嶷神廟用來鎮山的七星燈，傳說是空桑開國之主星尊大帝留下的，上面七盞燈分別象徵了空桑六部和帝王之血。

此刻，燈已燃起，神廟卻空無一人。

朱顏手指交握，在袖子裡結了個印，小心翼翼地往燈下走過去。然而，她剛往裡踏了一步，一聲輕響，七星燈悄然轉動。

巨大的古銅色燈台，以一種奇特的方式動了起來，一盞一盞伸出來的燈，如同一

隻一隻的手臂，在虛空中緩緩展開。七座燭台上，點燃著七根蠟燭，每一根蠟燭的焰心裡都似乎跳動著什麼迥異於燈火的東西。

朱顏凝神看去，忍不住驚呼了一聲。

燈裡跳躍的不是燭火，而是七縷淡淡的光——那竟然是人的七魄！

難道是大司命用術法將師父的七魄封在了這七星燈上？可是，若七魄在此，三魂又在何方？

想到這裡，她驟然抬頭，看到創世神手裡的蓮花。

蓮蕊之中，有光華流轉，三縷白光纏繞在一起，微微明滅。

朱顏吸了一口氣，忽然明白過來：這座神廟裡的三魂七魄，難道正是師父的？可是，師父人呢？他又被安放在了何處？

寂靜中，創世神的黑眸和破壞神的金瞳靜謐地注視著這個來到空曠大殿裡的女孩，似乎帶了一種平日沒有的神祕莫測表情。

朱顏和神像對視片刻，心裡忽然安靜下來。

『阿顏，妳比自己想像得更有力量。記住：只要妳願意，妳就永遠做得到，也永遠趕得及。』

是嗎？只要願意，就永遠做得到，也永遠趕得及？

這一刻，朱顏再也不去想其他，心如止水，在結界內盤膝坐下，在七星燈的照耀下，展開了手心裡那一張薄薄的紙。

這一張紙，乍一眼看上去是空白無一物的。

但是當她閉上眼睛，開了天目凝視後，紙張上便有二十八個字浮現。奇怪的是，每一個字她都不認識。細細看去，那些字居然都是由無數個極其細小的字所組成，當她凝視著這一張薄薄的紙時，這些字彷彿瞬間活了，歷歷浮現出來，一變十、十變百，轉眼無窮無盡，宛如蒼穹中漫天的星斗，忽然降落，飛速地運行。

她用心目觀看著這一切，身體微微搖晃了一下。

已經看過一次這樣的情景，現在第二次看到，雖然早有準備，卻還是幾乎支撐不住。很難描述那一瞬的感受，在她張開心目的剎那，猶如早慧的孩童乍然抬頭看到茫茫宙合，瞬間覺得自己的力量極其微小，彷彿被巨大的呼嘯牽扯著，幾乎要在蒼茫的虛空下瞬間迷失。

那是微小如芥子的個體，面對無窮無盡蒼穹時的茫然。

在暈眩之中，朱顏竭力凝視著那些無窮無盡變化的小光點，細細地辨別著，忽然怔愣一下：這些光點的組合和聚散，豈不是和天上的星斗一模一樣？

再下一刻，朱顏忽然明白過來：書寫在紙上的，並不是二十八個字，而是二十八宿。是穹窿之上，代表了所有星辰的二十八宿。

『以己之魂，與眾星結盟。以血為引，注入三垣二十八宿，控眾星之軌。月離於畢，熒惑守心。魂魄游離於星宿，念力及於天地，便可改星軌，逆生死。』

那一刻，那些批註上的語句，她頓時都明白了過來。

朱顏雙手結印，放在胸口，用離魂術將自身的三魂七魄釋放出來，並用心魂連接著那些在遙遠虛空裡的星斗，從東宮青龍位所屬七宿開始一個個掠過：角、亢、氐、房、心、尾、箕……然後，是南宮朱雀位、西宮白虎位、北宮玄武位。

最後，是太微、紫微、天市三垣。

漫天的星斗，被她的念力逐一掠過。她用全部的心魂感受著蒼穹的變幻，雙手在胸口飛快地變換、結印，漸漸開始和星辰共鳴，牽引星辰的軌跡。這是極其艱難的過程，每一顆星的聯結都需要付出全部的精力。她感覺自己掠過諸天星斗、三垣二十八宿，漸漸和整個星空合而為一。

最終，她向著那一顆黯淡的星辰而去——那是師父即將隕落的命星。

然而，在她即將接觸到命星的關鍵一瞬，忽然有無數銳利的光從天而降，刺穿她的身體。

她的魂魄被擊中、下墜，朱顏全身猛然一震，睜開了雙眼。散開的魂魄從星空

「唰」地回到身體裡，她整個人往前一傾，「哇」地吐出一口血來。

不行……還是不行！以目下她的力量，還是不能駕馭那些星辰。

朱顏在地上吃力地撐起身體，抬起頭看向高處。夜空群星依舊璀璨，在原位置上一動不動，冷冷俯視著這個不自量力的凡人。

就算是螳臂當車、蚍蜉撼樹，她也要試上一試！

朱顏默然擦去唇角的血跡，掙扎著從地上爬起來，重新開始結印。這一次，她想試試從南宮朱雀位進入星野，看看最終能否抵達。

然而，不到三個時辰，她再次被星辰的力量擊倒，再次嘔血，再次爬起……不知道重複了多少次，直到星辰從天幕裡隱去，白晝降臨，她才筋疲力盡地倒下，一動也不能動。

空蕩蕩的九嶷神廟裡，只有孿生雙神垂下眼簾，靜靜凝視著這個一次次不停努力的少女，金瞳和黑眸靜謐如日月。

昏暗的神廟裡，一陣微風拂過，有白影降臨。重明神鳥穿過簾子，化成雪鵰大小來到神廟裡，停在了七星燈上。神鳥垂下頭看著地上筋疲力盡的朱顏，血紅色的四隻眼睛動了動，發出一聲咕噥。

牠落在朱顏身上，忽然伸出頭，狠狠啄了一下她的耳垂。

「哎呀！」半昏迷的人從劇痛中驚醒，剛撐起身，忽然有一物從衣襟上掉落，卻是一串朱紅色的果子。果子形似葡萄，發出奇特的香氣，在黑暗裡發出淡淡的紅色光芒。

「夢華朱果？」朱顏怔了一下。

這是生長在夢華峰上的珍奇靈藥，只出現在被窮奇守護的懸崖上，吹天風、飲仙露，一百年才結一次果，是修行者夢寐以求的東西。師父昔年為了考驗她的修為，曾讓她獨自上山去採藥，她被窮奇圍攻，差點從崖上摔下來。

她忽然明白了過來：「四眼鳥，這是你去採來的？」

重明咕噥一聲，翻了翻白眼。那一瞬，朱顏發現牠的右翅下有一點殷紅的血痕，似是被什麼東西抓傷了。

「你被窮奇傷了？」她吃了一驚。「要不要緊？」

重明沒有理睬她，只是用喙子將朱果往她面前推了推，用血紅色的四隻眼睛惡狠狠地瞪了她一眼，發出一聲「咕嚕」，似是催促和警告，然後頭也不回地穿過重重簾幕飛走。

外面的天光已亮，九嶷籠罩著一層薄薄的霧氣，宛如仙境。

她將朱果放入嘴裡，果子瞬間化為一股清流，補充元氣。

沒錯，師父也說過，她其實比她自己想像得更加強大。任何事只要她想做，就一定能做得到，也一定能趕得及！

師父說的話，從沒有錯過，是不是？

當赤之一族的小郡主在雲荒最北端的九嶷山上苦苦修練、想要逆轉星辰的同一時刻，葉城的赤王府行宮卻是一片慌亂。

前些日子復國軍叛亂，朱顏郡主在半夜不聲不響地離開，過了十幾天一直不見歸來。總管打發了許多人出去，幾乎把葉城翻了一個底朝天，但仍找不到郡主的下落，急得如同熱鍋上的螞蟻。

在這樣的緊急關頭，赤王偏偏又回來了。

「一群廢物！」赤王咆哮如雷，鬚髮皆張。「明明吩咐了讓你們看好她，居然還讓這個小丫頭給跑了？要你們這些人有什麼用？都拉出去斬了！」

「王爺饒命！」丫鬟侍從們頓時黑壓壓跪了一大片。

彷彿生怕自己再待下去會控制不住地暴怒，真的動怒殺人，赤王吩咐管家繼續找人後，扭頭便出了府邸。他沒有帶上一個侍從，獨自在錯綜複雜的巷子裡熟門熟路地穿行，甩掉了一切身邊的人。

等再度出來時，眼前豁然開朗，已是白王行宮的後院。

「赤兄，等你好久了。」房間深處赫然坐了一個人，卻是白王親自在此處等待。他合起手裡的書信說：「有一個好消息要告訴你：大司命剛剛已經獲得帝君的旨意，許可時影辭去神職。」

「是嗎？還真是有本事。」赤王粗聲粗氣地應一句：「但那小子就算不當神官，也未必肯回來當皇帝吧？有個屁用。」

「赤兄今日為何如此急躁？」白王有些愕然。

「我女兒不見了！」赤王咬牙。「找了這些日子都沒影，你說急不急？」

「原來又是為了小郡主？赤兄真是英雄氣短、兒女情長啊。」白王嘆了口氣，不得不先放下正事，好言好語安慰同僚。「令千金不是普通女子，術法造詣高深，一般人傷不了她。她又沒有什麼宿敵仇家，如今出走，大概不過一時貪玩罷了。赤兄不用太過擔心，我馬上讓風麟親自帶人出去好好找一找。」

赤王嘆了口氣：「多謝了。」

「不必謝。」白王笑了一笑。「遲早是一家人。」

「唉，現在別說這個。」赤王聽到這句話卻是煩躁不已。「我都擔心那丫頭是得知了兩族聯姻的消息，所以一怒之下離家出走。上次她就逃了婚，這次再讓她嫁給白風麟，只怕又……」

聽到此話，白王臉色不由得有些不悅，語氣淡淡道：「我家風麟雖然愚鈍，但好歹是白族長子，如今葉城的總督。配令千金，也不算辱沒了吧？」

「不算，當然不算。」赤王性格粗豪，說話不注意細節，此刻明白同僚動怒，才連忙道：「只是我那女兒頑劣不堪，哪裡肯聽我的話？如果她一怒之下又離家出走，在外面遇到什麼不測……」

「放心。」白王安撫同僚：「郡主多半是想偷偷出去玩一圈，等過幾天玩夠了，自然就會回來。」

「可是現在不同以往，復國軍造反，到處殺機四伏啊。」赤王又焦躁起來。「你看，連皇太子都在這一次動亂裡失蹤了，至今下落不明。外頭流言四起，連你我都被牽扯進去。」

剛說了這句話，赤王又停下來，滿腹疑慮地看了一眼白王。

不久前，喜好玩樂的皇太子時雨偷偷出宮，帶著雪鶯郡主去葉城微服私訪，不巧卻遇到復國軍的動亂。混亂中，雪鶯郡主和皇太子走散了，跌跌撞撞地回到葉城總督府，然而皇太子再也沒有出現。

宮內流言紛起，其中更有一種說法，暗示是白王在幕後操縱了一切，而最近和白王走得近的赤王也不免被牽扯進去。赤王性子急躁，自然覺得冤枉，白王卻是氣定神閒，竟是對流言不以為意。

「火炮不長眼，當時葉城那麼亂，皇太子又沒帶隨從，出事也是有可能的。」白王嘆了口氣，眼神忽然微妙地變了一下。「說不定，青王他們是再也找不到皇太子了。」

「什麼？」赤王大吃一驚，「你……你到底知道些什麼？」

「我什麼都不知道。」白王笑了一笑，「但我有預感。」

「預感？」赤王一時說不出話來，「難道是你……」

「我可沒有那麼大的膽子。」白王立刻搖頭否認。

「那就好……那就好。」赤王鬆一口氣，暗自抹一把冷汗。「如果你真的直接對皇太子下手，那也太膽大妄為。萬一……」

「萬一？」白王看了同僚一眼，眼神卻是鋒利如刀。「如果我真的做出此事，赤兄難道就臨陣退縮了？」

這句話說得厲害，赤王遲疑了一下，搖了搖頭說：「開弓沒有回頭箭，現在我們是同一艘船上的人，哪有退路？只是如此行事實在是太危險，直接幹掉時雨，把青王兄妹逼到絕處，不知道會有怎樣的結果。」

白王笑了笑，語氣深遠：「那就逼一逼，看看結果？」

赤王沉默，只道：「但雪鶯她那麼喜歡皇太子……」

「那又如何？我又不只有她一個女兒。」白王聲音平靜，冷冷道：「本來她是要嫁給時雨做空桑皇后的，如今時雨不見了，我另外給她找個夫婿就是。聽說紫王的內弟新喪了夫人，還沒續弦。」

「雪鶯郡主和皇太子自幼青梅竹馬，怎肯另嫁他人？」赤王聽得這種安排，不由得搖頭苦笑。「嫁給紫王的內弟？他都快五十歲了吧？換作我，可捨不得讓自己的女兒遭這種罪。」

「赤兄只得一個女兒，難怪英雄氣短、兒女情長。」白王笑了笑，語氣卻頗不以為然。「身為王室子女，本來就該有當籌碼的覺悟。就算是你和我，當初的婚事難道也是自己做主的嗎？」

赤王怔了一下，頓時啞口無言。自己少時為了父母之命，不得不讓朱顏生母委屈多年，直到正妃去世，才能把心愛的女子扶正。想到此處，他不由得嘆了口氣道：「就因為我們自己當年也吃過這樣的苦，所以更不能讓現在的孩子們受這等委屈……」

「是嗎？」白王聽得同僚這等語氣，忍不住失笑。「沒想到赤兄一介軒昂大漢，

內心居然如此細膩？朱顏郡主是積了多少福，才投胎到你家……」

兩位王者在內室書房低語，一個剛要進門的妙齡少女在門外聽著，漸漸全身發抖，用手絹捂住嘴巴，掉頭往回便走。出門沒幾步，眼裡的淚水便直流下來，哭得上氣不接下氣。

一位嬤嬤正在四處找她，此刻看到哭倒在薔薇花架下的少女，連忙上來道：「雪鶯郡主，妳剛剛從亂軍裡回來，身體還沒好呢，怎麼就起來到處走了？地上這麼涼，快起來，別讓王爺、王妃擔心。」

「擔心？他們才不管我的死活呢！」雪鶯郡主頭也不回地往裡走，用手絹擦著眼角，哽咽說：「橫豎是個死，不如今日死了算了！」

「郡主莫哭、郡主莫哭，哭腫了眼睛就不美了。」嬤嬤不知道又發生什麼，只能連忙賠笑，挑著她愛聽的事說。「妳看，今兒中州那邊的珠寶商又來了，據說有極好的羊脂玉，其中有一只鐲子正好可以和郡主手上的那一只配成一對，要不要去看看？」

雪鶯郡主從小喜歡玉石珠寶，每次心情不好，白王只要送女兒一堆首飾便能令她破涕為笑。她聽嬤嬤說到這兒，果然漸漸止住啼哭。然而，正當嬤嬤以為郡主心情好轉時，見她忽然一跺腳，摘下手腕上的鐲子，狠狠地砸了下去，哭道：「什麼一對？

誰稀罕！死了算了！」

「哎喲！」嬤嬤大吃一驚，連忙撲過去搶。「這可是上萬金銖的鐲子呀！」哪裡來得及？只聽「叮」的一聲，連城之寶瞬間破裂。

嬤嬤心疼得呼天喊地，而雪鶯郡主定定站在花園裡，想著父王說過的話，想著不知下落的戀人，握著手絹，哭得幾乎喘不過氣，只恨不能立刻逃離這座王府。

可是，她不是朱顏那樣有本事的人，被重重高牆包圍著，沒有翅膀又怎麼能飛得出去呢？

事到如今，已經由不得她了。她……是寧為玉碎，還是為瓦全？

然而，雪鶯不知道的是，此刻她心目中最有本事的朱顏，正在遙遠北方的九嶷神廟裡，陷入空前未有的絕望和無力之中。

又一次失敗，三魂七魄從滿天星圖之中被震了出來，「唰」地回到軀體之中。每一次魂魄的游離和重聚都會帶來萬箭穿心一般的劇痛，朱顏再度跌倒在神廟冰冷的地面上，額頭撞在燈台角上，磕出淋漓的鮮血。

「還……還是不行嗎？」她喃喃地抬起手，擦去滲出的鮮血，感覺累得眼睛都睜不開了，手指在劇烈發抖，連抬起來都非常吃力，更不要說結印。

這些天，她將自己關在神廟裡，日夜不休地用星魂血誓來操縱星辰，試圖改變星軌。然而接踵而來的，是一次又一次的失敗。

每次當她將心魂融入天宇，讓自己的力量剛剛抵達三垣，試圖推動星野變幻的時候，所有靈力便已經枯竭，眼睜睜看著師父的那顆星辰就在不遠處，卻無法抵達——就差了那麼一點點，她卻始終闖不過那一關。

一百多次的嘗試，沒有絲毫進步。

難道，真的如同大司命所說，如果能力不夠，無論怎麼努力都無法掌握星魂血誓，反而會被禁咒反擊？她在大司命面前誇下海口，卻沒料到自己沒有足夠的力量，不能在這短短幾十天裡掌握最深奧的咒術。

她太高估自己，師父也太高估她了。

朱顏匍匐在神廟的地上，微微發抖，抬起頭來看著神像——七星燈還亮著，蓮花已經快一個月了，中陰身的期限即將結束，自己如果還是無法突破，這三魂七魄裡的三魂流轉、七魄凝聚，純淨而安詳。便會潰散，就會來不及救回師父的命。

一念及此，她身子猛地一顫，竟吐出一口血來，眼前頓時全部黑了下去。

不知道昏迷多久，風在悄然流動，有一道白影掠來。

重明神鳥收斂翅膀落在地上，扔掉了嘴裡叼著的朱果，一口叼住她的衣領，將癱軟的人提起來，四隻血紅的眼睛看著昏迷的少女，竟然露出一絲嘆息般的表情。

神鳥用喙子推了推懷裡的少女，「咕咕」輕聲叫了幾下，試圖將她叫醒，然而朱顏實在是太累了，竟然一時醒不過來，閉著眼睛毫無知覺地歪倒在牠身上。重明轉過頎長的頸，低下頭從地上撿起那一串朱果，用喙子擠碎了，懸空滴在她的嘴上，讓汁液一滴滴沁入唇中。

過了片刻，朱顏終於緩緩醒過來。

「重明？」她筋疲力盡地睜開眼睛，映入眼簾的是四隻血紅的眼睛，連忙歉疚地道：「怎麼，我又睡著了嗎？對不起……」

她虛弱地掙扎著，撐住神鳥柔軟的身體，想要站起來。然而那一瞬，重明神鳥猛然戰慄了一下，似乎感到劇痛。

「怎麼了？」朱顏吃了一驚，收回了手，忽然間發現自己的手上沾滿鮮紅的血。那些血是從重明神鳥的翅膀根部沁出的，將雪白的羽翼染紅。血液裡還有一絲看不見的暗綠色，如同蔓延的海藻，從翅根下蜿蜒而去，布滿了半邊的身體。

「你受傷了？」她失聲道：「你又被窮奇圍攻嗎？」

重明神鳥沒有說話，只是用喙子將那一串稀巴爛的朱果叼來，扔到她的手心裡，用四隻眼睛看著她，「咕嚕」了一聲。

「我不吃！給你吧。」朱顏卻搖頭，將那一串仙果舉起來，遞到牠的嘴邊。「你這次傷得很厲害，不治一下是不行的。」

重明神鳥猛然往後縮一下頭，避開她的手，展開翅膀想要飛走。忽然間只聽「嘩啦」一聲，重明翅膀橫掃，竟然碰倒了那一盞供奉著魂魄的七星燈。

那一瞬，一人一鳥都驚住了。

「糟糕！」朱顏失聲驚呼，和重明幾乎是同時撲過去，將七星燈扶起來。燈盞裡原本盛著水一樣清澈的東西，應該是大司命親手所設，裡面蘊藏著留住魂魄的力量，然而在這一撲之下，清水流空，這七盞燈轉瞬間黯淡。

魂魄便是人的燈。七魄若是衰微，那……

那一刻，不知道哪來的力氣，朱顏倏地站了起來。

她顧不得身體還沒有恢復，顫巍巍地抬起手，用盡了全部力氣再一次施用星魂血誓。十指在眉心交錯，飛快結印，指尖劃過之處留下一道道耀眼的光華——這是最後一次機會了，拚上她的性命也要成功！

她飛快地釋放出所有的靈力，讓三魂七魄脫離身軀。

心魂呼應著星辰，手指牽引著星軌，在紫微垣裡找到了和師父對應的那顆紫芒大星。她一寸寸地沿著星圖將靈力蔓延過去，竭盡全力想要接近它，然而，即將抵達那顆星辰時，她身體裡的力量再度枯竭。

不可以！這是最後一次機會了，無論如何都要成功！

地上的七星燈在漸漸熄滅，象徵著生命的消逝。那一刻，朱顏只覺得全身發抖，似乎自己也在一分分死去——只差那麼一點點，她就能接觸到那顆星辰。為什麼她竭盡全力，卻始終無法突破那剩下的一點點距離？

就在那一瞬間，眼前忽然掠過一道白影，整個人便是一輕。

在這最後的關頭，重明神鳥驟然飛過來，不由分說地一把將她托起來，振翅往夜空裡疾飛而上。

「重明……怎麼了？」她失聲道：「你想做什麼？」

重明神鳥沒有說話，只是竭力拍打著受傷的翅膀，馱著她朝著夜空疾飛而上。凌厲的天風從耳邊呼嘯而過，彷彿刀子一樣割著她的臉，白雲一層層在眼前分了又合，她就這樣以閃電般的速度穿過一重重白雲，直上九天。

「啊！」朱顏忽然明白過來，「你……你是想要幫我嗎？」

只差那麼一點點的距離，她的靈力就可以抵達師父的那一顆命星，而重明為了彌補那一點距離，不惜竭盡全力將她帶上了九天。

此刻天已經快亮，星辰漸隱、斜月西沉。天宇裡師父的星辰搖搖欲墜，幾乎淡得快要看不見了。

但在九天之上看去，它已經離自己近了許多。

不知道飛了多久，身周的空氣都開始稀薄，冷風如同刀子一樣吹在臉上。重明的速度開始放緩，翅膀似乎繫上了沉重的鐵塊，每一次撲搧都用盡了力氣。朱顏看到毒氣從牠翅膀下的傷口蔓延，讓半邊潔白的羽翼都變成黑色——不能拖延了，就是現在！

朱顏深吸一口氣，在神鳥的背上閉上眼，重新將手指抬起，鄭重地在眉心結印。成敗在此一舉。

如果在九天之上施用禁咒還不能成功，如果師父魂魄消散，她也不打算回到大地，就這樣從鳥背上縱身一躍算了。

她飛快地結印，用盡身體裡最後一點力量。

用念力飛越三垣二十八宿，再度聯結了那一顆紫芒的大星。那是師父的星辰，正在黎明前悄然墜落。

朱顏用星魂血誓竭盡全力地接近那顆星辰，試圖把它拉離原來的位置，然而幾次嘗試未果。當她再度感覺到力量枯竭的時候，座下的重明神鳥發出了一聲尖厲的呼嘯，忽然加速振翅直上。

鮮血從翅膀不停滴落，神鳥不顧一切地托起背上的少女，將她盡可能地送向離那顆星辰更近的地方。

近了……近了！

當漫天的星斗都近在眼前的時候，朱顏的眼前一陣陣發白，不惜冒著損耗元神的

風險，將靈力竭力推向彼岸，終於感覺到聯結悄然建立，跨越了最後的那一點點距離，抵達了星辰。

那一刻，朱顏用力一咬牙，鮮血從舌尖沁出。

她抬起手，用靈苗之血塗染指尖，飛快地畫出複雜的符咒，同時從流血的唇齒之間吐出綿長的咒語。

漫天的星斗在眼前旋轉，漸漸納入她的力量範圍。她張開雙手，用最高禁咒將自己的鮮血獻祭給蒼穹，注入師父的那顆星辰。

那一刻，星魂血誓啟動！

星空下，屬於她的那顆大星驟然閃亮，發出赤色的光芒，照耀天地。以那顆星辰為中心，四周星野微微晃動，向著她彙聚而來。

動了……動了！那漫天的星斗，居然因她而動！

這個瞬間，朱顏終於感覺到師父說過的「五行相生、六合呼應」的強大力量，如同澎湃洶湧的海水從四面八方湧來，灌注進了她的身體。她通過自己的心魂操縱著這一股巨大的力量，讓自己的命星煥發出巨大的光芒，橫向聯結了屬於師父的那顆紫芒大星。

雙星剎那變軌，一舉便將即將墜落的暗星，拉出了原來所在的軌道。

整個星野在一瞬間全部改變。

那一刻，蒼穹發出轟然巨響，天空驟然雪亮如電，又驟然黯淡。漫天的星辰都在搖晃，如同天目即將墜落。在炫目的光影中，朱顏再也支撐不住，手一鬆，竟然直直地從重明的背上摔下去。與此同時，重明神鳥再也沒有力氣往上飛一寸，一隻翅膀全然變成漆黑，在環繞的電光中，從九天之上折翼墜落。

她和重明雙雙從高空下跌，如同流星墜落。

朱顏在下墜中漸漸昏迷。最後的視線裡，只看到無數星斗在眼前旋轉、飛舞，彷彿有無數的流星雨飛快地滑落。她知道那是虛影——是被改變軌道之後，那些死去星辰的幻影，只停留一剎，便消失在時空之中。

從九天上跌落的瞬間，朱顏忘了死亡的恐懼，仰望的瞳孔裡映照著璀璨的星空，心裡只有最後一個念頭——師父……我終於做到了！

九嶷神廟裡，七星燈驟然大亮，綻放出閃電一樣的光華。七魄被看不見的力量催動，從即將熄滅的燈上亮起，和三魂一起「唰」地上升，朝著夜空凝聚，回到那顆重新亮起來的紫色星辰裡。

星野變，天命改。

從此後，天上地下，所有一切都已經不同。

當九嶷上空的星圖發生改變的時候，伽藍白塔頂上的神廟裡有一雙深邃蒼老的眼睛凝視著這一切，再也無法抑制地露出驚喜交加的表情。

「真的成功了！」大司命看著天宇，有點不可思議，面露狂喜低呼：「只用了三十二天……這個小丫頭，果然不簡單！」

在他身後，有個聲音微弱地問：「什麼……成功了？」

大司命霍然回頭，看著病榻上的北冕帝，眼神裡有掩飾不住的狂喜，忽然一揮手道：「好，現在影沒事，你也可以死了。」

大司命揮了揮手，瞬間撤去籠罩在帝君身上的續命咒術。那一刻，病弱的老人頹然倒下，在錦繡堆中劇烈地顫抖，魂魄從衰朽的軀殼游離而出、蠕蠕而動，隨時要潰散。

「時間到了，我不會再耗費靈力用術法替你聚攏魂魄。如果運氣好，你大概還能再活個十天吧。」為帝君續命幾十天，大司命似乎也是極為疲倦。「阿珺，我們這一世的兄弟緣分，差不多到頭了。」

帝君的眼睛裡充滿垂死的混濁，看著大司命，卻有無限的不解和不安，努力發出一絲聲音：「阿玨，你……到底在做什麼？」

「說了你也不懂。」大司命卻是不屑。

看著大司命拂袖轉身，帝君忍不住問：「你……要去哪裡？」垂死的人從龍床上伸出手，枯瘦的手指微微屈伸，似乎想要挽留唯一的胞弟。「等一等！」

「怎麼，你怕一個人在這裡等死？」大司命應聲站住，回頭看著自己的胞兄，語氣含著一絲譏諷。「放心，青妃會來陪你走過最後一程。她不知道你已經拆穿了她，還想著要給你餵最後一碗藥呢。」

北冕帝全身一震，喃喃說：「青妃……她……」

「你都已經親眼看到了，難道還不相信？」大司命冷笑，「這種事，她也不是第一次做了。當年她還不是這樣對付了阿嫣？」

「什麼？」北冕帝的身體猛然一震，「真的？」

阿嫣——這個名字，即便是在垂死之時聽來，依舊有著驚心動魄的力量。

「當然是真的。你難道相信當年是阿嫣賜死了那個鮫人女奴？」大司命冷笑了一聲，眼裡露出露骨的仇恨。「也不用腦子想想，阿嫣那種性格，怎麼做得出那種狠毒的事？你中了青妃的計。」

「不……」北冕帝劇烈地喘息著，緩緩搖著頭。「不可能……」

「什麼不可能？」大司命冷笑起來，「是你不可能中計？還是青妃不可能殺人？

你忘記青妃送來的『還魂湯』是什麼滋味嗎？那是來自中州苗疆的降頭蠱，可以控制人的神志，雲荒罕見。」頓了一頓，他冷冷道：「既然明白這一點，當年你那個鮫人女寵是怎麼死的，也就昭然若揭了。」

「不！明……明明是……阿嫣殺了……殺了秋水。」帝君劇烈地喘息著，聲音虛弱，卻絲毫不曾動搖。「和青妃……有什麼關係？」

大司命冷笑：「所以我說你愚蠢啊，哥哥。」

「不……不可能。」北冕帝似乎用盡了剩下的力氣，在思考著那一件時間遙遠的深宮疑案，眼神緩緩變化，身體也漸漸發抖。「秋水……秋水死之前，親口對我說……是皇后殺了她！是她親口說的！」

大司命冷然說道：「她說的不是實話。」

「不可能！秋水她……她不會騙我！」北冕帝失聲，眼神可怖。「她……她的眼睛都被人挖掉了！我問過，那一天除了皇后，沒……沒有其他人進過秋水的房間！」

「是啊，你那麼寵幸她，自然相信那個鮫人說的話。」大司命聲音冷酷，將多年前塵封的往事劃破揭開。「如果我說，秋水歌姬的眼睛是她自己挖掉的，你信不信？」

北冕帝猛然一震，失聲道：「不可能！」

「你看，就是我這樣告訴你，你也不會信。」大司命冷冷地看著垂死的胞兄。「那當初阿嫣這樣對你說，你自然更不會信。」

「不可能。」北冕帝喃喃說著：「不可能！」

「有什麼不可能？那個鮫人中了蠱，被青妃操縱神志。」大司命的聲音平靜而森冷。「蠱蟲的力量，足以讓她毫不猶豫地親手挖掉自己的眼睛，然後在你面前嫁禍給阿嫣。」

「什……什麼？」北冕帝虛弱的聲音提高了。

「青妃也真是狠毒。不但讓那個鮫人女奴挖了自己的眼睛，還把那一對眼睛做成凝碧珠，放在阿嫣的房間裡。」大司命嘆了口氣，同情地看了胞兄一眼。「你憤怒得發狂，自然不會懷疑心愛女人臨死前說的話。青妃既殺了你的寵妃，又借她之口除去皇后，這個後宮，自然就是她一個人的天下。這種一石二鳥的計謀，也算高明。」

「我親眼看著秋水在我懷裡斷了氣！她、她明明對我說，是皇后做的……」北冕帝全身發抖，似乎在努力地思考這番話的合理性。「時隔多年……空口無憑，你……」

「你想看證據？」大司命看著北冕帝的表情，冷笑一聲，從懷裡拿出一物，遞到他的面前。「我就讓你看看。」

那是一張微微泛黃的紙，上面寫著斑駁的血書。

北冕帝定定地看著上面簡單的幾句話，微微戰慄。

上面不過短短幾行字，寫的內容卻是觸目驚心，「天日昭昭」、「含冤莫雪」、「願求一死，奈何無人托孤」……斑斑血淚，縱橫交錯。

那是白嫣皇后在冷宮裡寫下的最後遺言，十年後才出現在他的眼前。那裡面，她寫了自己那一天的遭遇，也說到了看見秋水歌姬忽然自挖雙目時的震驚。然而，當皇后明白發生了什麼時，一切都已經晚了。

天羅地網已經落下，她再也無法逃脫。

在皇后被打入冷宮、輾轉呻吟等死的七日七夜裡，作為空桑帝君，他竟然沒有收到絲毫有關她的消息——如今回想，才覺得此事詭異。想必是青妃操控了後宮上下，不讓皇后的一切傳到紫宸殿和他的耳邊吧？可是，當時他沉溺在寵妃死去的悲哀中不能自拔，哪裡管得了這些？

等他知曉時，他的皇后已經在冷宮裡死去數日。

死去之前，她又經歷過多少絕望、悲哀和不甘？

「這是阿嫣臨死之前留給我的信，輾轉送出了宮外。」大司命枯瘦的手劇烈地發著抖，如同他的聲音。「同樣是一個女人臨死前說的話，為什麼你就相信了那個鮫人女奴，而不肯相信自己的皇后呢？」

北冕帝定定地看著那一紙遺書，說不出話來。

對於阿嫣，他甚至沒有多少記憶。不知道是當初就不曾上心，還是刻意遺忘。從皇太子時代開始，他就極少和這個被指配給自己的妻子見面，說過的話更是屈指可數。連她最後死的時候，他都沒有去看上一眼。

她這一封絕命書裡寫的字，甚至比他們一生裡交談過的話還多。

這樣的夫妻，又是一種怎樣扭曲而絕望的緣分。

「十年前那件事發生的時候，我正好在夢華峰閉關，等出關已經是一年之後。看到這封信，我立刻趕回帝都，卻已經太遲了。」大司命的聲音有一絲戰慄，厲聲道：「阿珺，從那一天開始，我就恨不得你死！」

北冕帝喘息了許久。「當時……為什麼不告訴我？」

「沒有證據。青妃做得很隱蔽，所有人證、物證都已經被消滅。何況你當時盛怒之下，根本不會聽進我說的話。」大司命頓了頓，眼裡忽然流露出一絲狠意，厲聲道：「那時候，我甚至想直接將青妃母子全數殺了，為阿嫣報仇！」

北冕帝猛烈一震，半晌無語。

許久，他才低聲道：「那……你為什麼沒那麼做？」

「呵……那時候青王兄妹權勢熏天，如果我那麼做了，整個天下就會大亂。我從小深受神廟教導，無法做出這種事。」大司命沉默片刻，又坦然道：「當然，阿珺，我也想過殺了你。可是你那時候運勢極旺，命不該絕，我不敢隨便出手，生怕打亂整個天下的平衡。」說到這裡，大司命搖了搖頭，發出一聲冷笑：「真可笑啊……就因為我知道天命，所以反而思前想後，束手束腳。如果我是劍聖門下弟子就好了，快意恩仇，哪用苦苦等到今天。」

北冕帝定定地聽著，忽然嘶啞地問：「那你……一直等到現在才動手，是因為……是因為，咳咳，現在我的運勢已經衰弱，死期將近？」

「到後來，我已經不想殺你了。」大司命長長嘆一口氣，看了垂死的老人一眼。「阿嫣在遺書裡懇求我不要替她報仇，只要我好好照顧時影。我本來想，只要能完成她的囑託也就夠了。」說到這裡，他頓了一頓，厲聲道：「可是，樹欲靜而風不止——二十幾年了，他們始終還是不肯放過影。」

「他們？誰？」北冕帝忽地震了一下。「青王？」

大司命並沒有否認，冷笑起來：「那麼多年來，他們一直想斬草除根，光在宮裡的時候就派人下了三次毒手，你卻全然不知。我只能藉口天命相沖，不讓任何宮女接近他，以防青妃下毒手。在他五歲的時候，又出面對你說，必須把他送往九嶷山神廟，否則這孩子會夭折。其實這不是什麼預言，只不過是事實罷了……」大司命頓了頓，低聲道：「你根本無心保護阿嫣留下的孩子，我若把影就這樣留在後宮，他絕對活不過十歲。」

北冕帝劇烈地咳嗽，神色複雜，似有羞愧。

「也幸虧你沒把這個兒子放在心上，我那麼一說，你為了省事，揮揮手就讓時影出家。」大司命淡淡道：「於是我把時影送去九嶷神廟，讓他獨自住在深谷裡，不許外人靠近。這些年來，我為他費盡了心血。」他看了垂死的帝君一眼，面露冷笑。「而你這個當父親的，只會讓自己的兒子自生自滅。」

北冕帝不說話，指尖微微發抖。

是的，那麼多年來，他把自己所有的一切都給了背負罪孽的小兒子，卻讓嫡長子在深山野外風餐露宿。在臨死前的這一刻，一切都明瞭了，巨大的愧疚忽然間充斥他的心，令他說不出話來。

「信不信由你……反正等你到了黃泉，自己親口和阿嫣問個明白就知道。」大司命長嘆了一口氣，從懷裡拿出一物，扔到北冕帝的手邊。「這個給你，或許你用得著。」

「這是？」北冕帝看著那個奇怪的小小銀盒子。

「裡面是一根針，遇到中州的蟲蟲就會變成慘碧色。」大司命淡淡道：「我走後，青妃會再給你送來『還魂大補湯』，到時候你大可試試，看我說的到底是不是真的。」

北冕帝握緊那個銀盒，全身發抖。

「如果是真的，你會怎麼做呢，阿珺？」大司命饒有興趣地看著自己的哥哥。「我勸你千萬不要惹急了那個女人……她心腸毒辣，一旦翻臉，只怕你到時候求生不得、求死不能。」

北冕帝死死握著那個銀盒子，臉上卻無恐懼。

「我有急事，必須得走了。阿珺，你可得好好保重，多活幾天……否則，只怕我們真的要下輩子才能見面。」大司命長身站起，回頭看一眼垂死的兄長，眼裡有複雜的光。「當了一輩子兄弟，最後不能親眼看著你斷氣，真是可惜啊。」

「你……要去九嶷神廟？」帝君終於說出一句話，聲音嘶啞。「影是真的要辭去神職了？他是想回來嗎？」

「是啊。」大司命淡淡說道，拿著他寫下的旨意。「你反對嗎？」

「不。」許久，北冕帝才說了那麼一句話，閉上眼睛重新躺入錦繡之中。「他是我的嫡長子……讓他回來吧。」

回來，拿走我所虧欠他的一切。

遙遠的北海上，有一艘船無聲無息地破浪而來。

船上有十個穿著黑袍的巫師，沉默地坐著，雙手交握在胸口，低低的祝頌聲如同海浪瀰漫在風裡。船上既沒有掛帆，也沒有槳，然而在這些咒術的支持下，船隻無風自動，在冷月下飛快地劃過了冰冷的蒼茫海。

「前面就是雲荒了。」首座巫咸抬起頭，看著月下極遠處隱約可見的大地，低聲說：「按照智者大人吩咐，我們要在北部寒號岬登陸，去往九嶷神廟。」

「唉……五年前沒有殺掉，如今還要不遠萬里趕來。」另一個黑袍巫師搖頭冷笑說：「希望那個人的確重要，值得我們全體奔波這一趟。」

「自然值得。」巫咸淡淡說道：「智者大人的決定，你敢質疑嗎？」

十巫全部低下頭去，不再說話。

「我們冰族，七千年前被星尊帝驅逐出雲荒，居無定所地在西海上漂流，一直夢想著回歸這片大地。」巫咸看著遠處的大地影子，聲音凝重。「智者大人說了，此行事關雲荒大局變化。如果我們能順利完成任務，那麼空桑王朝的氣數也將結束，我們重返大陸的時候就到了。」

「是！」十巫齊齊領命。

巫咸剛想繼續說什麼，卻凝望著夜空某一處，脫口道：「怎麼了？為什麼……為什麼星野在變動？」

那一刻，黑袍巫師們齊齊抬起頭，順著他的視線看過去——那本來是極不顯眼的角落，如果不是巫咸特意指出，一般沒有人會注意到。

在紫微垣上的那片星野，的確在移動。

那種移動，不是正常的斗轉星移，而是反常的橫移。

有一顆帶著赤芒的大星散發出耀眼的光芒，以罕見的亮度躍然於星空。在那顆星的周圍，如有看不見的力量牽引著，其他星辰以明顯不正常的速度加速運行，一顆一顆地偏離了原來的軌道。

星野變，天命改。這個雲荒，竟然有人在施行背天逆命之術！

巫咸脫口而出：「天啊！是誰正在移動星軌？」

話音未落，那一顆赤芒大星的光芒忽然收斂。與此同時，那些被不可知力量推動的星辰，瞬間停止移動，搖晃了一下，倏地靜止下來。天空平靜如初，所有星辰都在寧靜地閃耀，不知道哪些移動過，哪些又從未移動過。

一切發生在短短一瞬間，若不是孤舟上的十巫此刻抬頭親眼所見，天地之間估計沒有人會注意到這片刻間發生了什麼。

是誰試圖改變星辰，改變命運？

「立刻將此事稟告智者大人。」巫咸厲聲下令：「加快速度，前去雲荒！」

沒有風的海面上，那一艘船的帆忽然鼓滿了不知從何而來的風，如同一枝離弦的箭，「唰」地向著雲荒激射而去。

第三十二章　宛如隔世

朱顏從九天上墜落。

不知道過去了多久，她終於恢復神志。睜開眼時只覺得全身痠軟，頭痛欲裂，如同喝了一斗烈酒後的宿醉。她心裡清楚這是靈力透支造成的衰竭，只怕要休息很久才能恢復。而且，從這一刻起，她元神大傷，要折損一半的壽命。

不過沒關係，只要師父沒事就行……

剛想到師父，她神志頓時清醒了，掙扎著試圖坐起來——對了，師父呢？他到底怎麼樣？為什麼來到九嶷之後，從頭到尾都沒見過他？不會是……然而剛一動，全身就像碎裂一樣疼痛，她忍不住「啊」了一聲，頭重腳輕地栽下去。

在鼻梁幾乎要撞到地面的瞬間，眼前有白影一晃，將她扶住。

「師父？」她下意識地失聲驚呼。

然而回過頭，看到的是四隻朱紅色的眼睛。

她正躺在重明神鳥的翅膀根部，被厚重潔白的羽毛覆蓋著，如同一顆靜待孵化的蛋，溫暖而柔軟。重明神鳥看到她還掙扎著想爬起來，回過脖子，用喙子將她不客氣地叼住，然後扔來一串朱果。

「啊？」朱顏接住靈藥，喃喃說：「四眼鳥……你沒事吧？」

重明神鳥再度「咕嚕」一聲，不滿地抽了抽翅膀。朱顏這才抬起沉重的腦袋，看到自己正靠在牠受傷的翅根附近，羽毛上的鮮血剛剛凝固。那一夜，為了讓她突破最後的極限，牠振翅直上九天，被雷電擊傷。

「哎呀！」朱顏一個激靈，挪了一下身子。「對不起、對不起……」

重明神鳥沒有將翅膀收回，反而搧了一下，用羽尖溫柔地拂過她的額頭，「咕咕」了幾聲。那是這麼久以來，朱顏第一次看到神鳥眼裡的敵意消失，不由得心裡一酸，哽咽道：「四眼鳥，你……你原諒我了？」

重明神鳥用喙子敲了敲她的腦袋，「咕嚕」了一聲。

「那麼，師父呢？他……他怎麼樣？」她擦了擦眼角，迫不及待地問：「你有看到他嗎？他……他是不是真的活過來了？」

重明神鳥沒有說話，而是將四隻眼睛轉向她的身後。

「怎麼？」朱顏愣了一下，下意識地回頭看去。

原來她已經被重明神鳥帶到帝王谷，此刻正身處師父當年經常修練的那塊白色大

岩石上。岩石下有個小小的石洞，深不見底，赫然便是師父昔年苦修所居之處。

「師父在那裡？」她一下子跳了起來。「他……他好了嗎？」

她下意識地就想跑進去察看，重明神鳥在她背後伸了一下頭，似乎想叼住她的衣襟把她拖回來，但猶豫了一下又停住，只是從喉嚨裡發出一聲咕噥，縮回了頭，四隻血紅的眼睛裡有複雜的表情。

朱顏迫不及待地往裡走去，心裡撲通直跳——師父他……他真的活過來了嗎？星魂血誓真的管用嗎？

她……她犯下的彌天大錯，真的可以彌補嗎？

一切都和十年前一模一樣，狹長的甬道通向最裡面的小小石室。石室簡單素淨，幾無長物，空如雪窟，地上鋪著枯葉，一條舊毯子、一個火塘，像是那些苦行僧侶的歇腳處。

她疾步往裡走，一路上有無數畫面掠過心頭。

八歲那年，她第一次被重明帶到這裡，走進去看到了師父，差點被他一掌打死；九歲開始，她在帝王谷裡跟著他修行，在這石窟裡打了四年的地鋪，風餐露宿，吃盡苦頭；十三歲那年，她離開九嶷，便再也沒有回過這裡。

如今，再一次來到這裡，已經是重來回首後的三生。

朱顏越走越慢，到最後竟然停住腳步，忽然想要退縮。

然而一眼看過去，在山洞的最深處，果然有一個人。

一道天光從鑿開的頭頂石壁透射下來，將那個獨坐的人籠罩。那個熟悉的人影就在那裡，靜靜面壁而坐，不知道在想著什麼，依舊是一襲白袍一塵不染，清冷挺拔，宛如雪中之月、雲上之光。

聽到她走進來，他卻沒有回頭。

師父！真的是師父！朱顏一眼看到那個熟悉的背影，心裡驟然一緊，喉嚨發澀，竟是說不出一個字，眼前模糊了，淚水無法控制地湧出眼眶。

師父……師父！你沒事了嗎？

她想喊，卻又莫名膽怯，想要伸出手卻又縮回，只能怔怔地站在他身後不足一丈之外的地方，嘴唇顫抖著，終於小聲地說了兩個字：「師父？」

那人背對著她，沒有回答。

這短短的一刻，竟恍然漫長得如同一生一世。

從她的角度，只能看到他的右手放在膝上，微微握緊，指節修長。他應該已經知道她的到來，卻沒有說話，只是看著面前的石壁，神色專注。石壁上還有十年前他閉關時留下的縱橫交錯的血色掌印，至今斑駁未褪。

八歲時的她，曾那樣毫無畏懼地奔過去，拉住他的衣襟，殷殷切切地詢問。然而，十年之後的她，似乎再也沒有當初那樣單純炙熱的赤子之心，反而覺得眼前咫尺的距離彷彿生死一樣遙遠，竟一時退縮。

從死到生走了一回，有什麼東西已經不一樣了。

「是星魂血誓？」忽然間，她聽到一句問話在石洞裡響起。

那個聲音很輕，卻是如此熟悉，似乎從遙遠的前生傳來，轟隆隆地響在耳邊，讓朱顏猛然震了一下，一時間腦子空白一片，竟然完全失語。

她忘了回答，那個人也沒有回頭，只是凝視著自己的手，緩緩握緊又鬆開，似乎在反復確認自己還活在世間這個事實。許久，他頓了一頓，語氣平靜地再度開口詢問：「我此刻還活著，是因為星魂血誓嗎？」

「是……是的。」朱顏終於能夠掙扎著吐出兩個字，聲音發抖。

那一刻，面前的人霍然回頭。

朱顏「啊」了一聲，下意識地往後退一步——是的，真是師父！千真萬確！師父……師父終於擺脫死亡的陰影，回到眼前！

然而，此刻他的眼神充滿罕見的怒意，如同烏雲裡隱隱的雷電，令她下意識地一顫，呆站在原地。這麼多年來，她一直那麼怕他，竟然連從生到死走了一回都還是一模一樣。

朱顏一時間怔住了，師父他……他為什麼會這麼生氣？

時影看到她恐懼的樣子，沉默了一瞬，沉聲道：「是大司命逼妳這麼做的？」

「不……不是的！」朱顏鼓起勇氣，結結巴巴地回答：「是……是我自己要這麼做的！是我求……求大司命教我的！」

「妳求他？」時影一震，忽然沉默下去。

短暫的沉默裡，石窟裡的空氣顯得分外凝滯，幾乎讓人無法呼吸。過了不知道多久，他握緊的手緩緩鬆開，只吐出兩個字：「愚蠢。」

朱顏顫了一下，只覺得彷彿有一把刀「唰」地穿心而過，痛得她不禁倒吸一口冷氣。這些天來，她不飲不食、竭盡全力，不顧一切地用自己一半的壽命換回了他的性命，卻只換來這樣兩個字？

她眼眶瞬間紅了，但仍死死咬著牙努力不讓自己哭出來。

「出去。」他扭過頭不再看她，再度說了兩個字。

讓她出去？朱顏顫抖一下，不敢相信自己的耳朵，紅著眼眶看著對方，希望他能回頭看自己一眼。然而，時影只是面對著石壁，頭也不回，聲音隱約帶著煩躁：「出去！」

她終於忍不住哭了出來，哽咽著一步步地往後挪。

「誰讓你們把我從黃泉之路帶回來的？一切不應該是這樣……」時影對著石壁而坐，忽然低低說了一句，聲音裡有壓抑不住的憤怒和煩躁。「一切應該在那一刻就結束了！在那時候！」

朱顏已經退到洞口，原本準備離開，然而他語氣裡的異常讓她不由得愣了一下，下意識地回過頭看一眼——下一個剎那，她看到師父抬起手，狠狠一拳捶在面前的石壁上。

她失聲驚呼，看著石壁在眼前四分五裂。

「師父……師父！」朱顏驚呆了，飛快地衝回去。

情急之下，她想去拉住他失控的手，卻完全忘記他擁有多麼可怕的力量。當她接觸到他的衣袖時，一股淩厲的抗力「唰」地襲來，讓毫無防備的她整個人朝後飛出。朱顏發出一聲驚呼，身體重重地砸到石壁上。

那一刻，時影似乎也愣住了，猛然站起身。「阿顏！」

朱顏從石壁上緩緩滑落，費力地用手撐住身體，臉色蒼白。然而她顧不得疼痛，只是抬起頭看著師父。那一刻，她終於知道了方才說話時他一直沒有回頭的原因——他的雙手全是斑斑血跡，眉頭緊蹙，頰側居然有著隱約的淚痕。

同樣的表情，她只在十幾年前的石窟裡看到過一次。

時影倏地站起身，似乎想扶住她，但在接觸到她的瞬間又彷彿觸電般瞬間鬆開了手，往後退一步，僵在了那裡。那一瞬，兩個人極近，又極遠，連彼此的呼吸聲都近在耳畔。

沒錯，呼吸，象徵著生命存在的呼吸。

剎那間，她的心裡忽然安定了，不再去想其他。

無論如何，師父真的活過來了，他沒有死。光憑這一點，便能讓她覺得九死而不悔，被他罵上幾句、打上一下，又有什麼關係？

她揉著屁股自己站起來，嘀咕一聲：「好疼……」

她一開口，時影就聽出她並無大礙，頓時鬆一口氣。剛才那一擊他沒有控制住自己，換作是普通人，挨上一下只怕五內俱碎。然而阿顏苦修多年，早已不是那個毫無反抗之力的小女孩，又怎會隨隨便便就被他打傷？

時間早就如流水般過去，一切都不同了，他居然覺得她還是十幾年前初見的那個孩子嗎？

他無聲地嘆一口氣，鎮定了下來，臉上的表情全部消失。

朱顏本來想趁機撒個嬌，看到師父此刻的神色，忽然間又說不出話。從小她便是

懼怕他的，然而經歷了這麼多事情，此刻這種懼怕有了微妙的改變，似乎是兩人間有一種奇特的尷尬，連多說一句話、多看一眼都會覺得不自在。

然而即便是不看、不說，此刻面對著從黃泉返回的師父，她滿腦子迴響著那天在星海雲庭他和自己說過的最後話語，字字句句如同魔咒。

『我很喜歡妳，阿顏……雖然妳一直那麼怕我。』

只念及這一句話，朱顏頓時臉色飛紅，微微發抖，再也不敢看他。幸虧時影並沒有說話，只是往後退一步，重新坐了下來，垂下頭看著自己的手，眼神裡掠過複雜的情緒。

「你的手在流血……」沉默中，她艱澀地開口提醒。

時影抬起手在眼前看了一下，沒有作聲，只是轉一下手腕，流血的傷口便以肉眼可見的速度癒合，瞬間復原。她心裡卻是一急，忍不住道：「你剛剛才恢復，還是別動用靈力了。」

時影看了她一眼，竟然真的停住手。

朱顏愣了一下，不由得有些意外。師父……師父居然肯聽自己的話？該不是重生一次，連性子都改了吧？

然而看到他滿手的血，她連忙撕下一塊衣袍，上前替他包紮。

石洞深處的氣氛一時間又變得極其寂靜，甚至連兩人的呼吸聲都顯得太過明顯。朱顏只覺心臟跳個不停，手指發抖，試了好幾次才把綁帶打好。她能感覺到師父正在看她，便低著頭，怎麼也不敢抬頭和他的視線相對。

沉默中，聽到他低聲說：「阿顏，妳瘦了許多。」

她的手指不由得顫抖一下，訥訥道：「嗯，的確是……好久沒心思好好吃飯……」

時影沉默了一下，忽然道：「那妳先去吃飯吧。」

啊？朱顏沒料到他忽然來這一句，不由得愕然，把滿腹要說的話都吞了回去。經歷了一輪生死大變，兩人好不容易又重新聚首，她還沒來得及和他說上幾句話，師父……師父這就要趕她出去？為什麼他的脾氣忽然變得古怪而不可捉摸？

然而她不敢不聽，僵硬地站起身來，鼓足勇氣抬頭看他。然而，只是短短一瞬，他已經重新轉身面向石壁。朱顏看著他的背影，嘴唇動了動，終究是什麼也沒說，轉身走出石洞。

外面的重明神鳥守在洞口，一見她出來便一口叼住她的衣袍，把她硬生生拖了過去，四隻眼睛骨碌碌地盯著她，急切不已。

「放心。」她怏怏地道：「師父已經沒事了。」

重明神鳥鬆開了嘴，發出一聲歡悅的長嘯，雙翅一扇，「唰」地飛上半空，上下旋舞起來，如同白色的電光。

朱顏怔怔看著歡欣雀躍的神鳥，卻是有些出神。

是的，師父恢復了，可是他們之間，有什麼東西似乎永遠無法恢復。兩人之間充斥著從未有過的奇怪氛圍，令一貫大剌剌的她無所適從。或許，重生的他也是覺得同樣無所適從，才會急於趕她出來吧？

今天是個陰雨天，外面烏雲密布，沒有一絲陽光。

朱顏獨自在帝王谷裡孑然而行，心裡充滿從未有過的蕭瑟和荒涼。當她在溪裡俯下身掬水喝時，忽然被自己嚇了一跳。不過一個多月的時間而已，水面映照出的人竟是如此蒼白消瘦，宛如即將凋零的枝頭落葉，哪裡還是昔日明麗豐豔的小郡主？難怪師父剛才一眼看到她便感到驚訝。

畢竟是死過一次，一切都不同了。

朱顏草草吃了一點東西，天已經暗下來，草木之間忽然響起淅淅瀝瀝的聲音，竟是下起了雨。她想回到那個石洞裡避雨，卻又猶豫一下，心裡隱約覺得畏懼，不敢過去。

「阿顏。」就在這時候，她聽到有人在雨裡叫了她一聲。

她下意識地回頭，竟然看到岩石下有一襲飄搖的白衣。時影不知何時已經走出來，在石窟洞口遠遠看著她，臉上沒有太多表情，只說一句：「天黑了，怎麼還站在雨裡？」

她心裡一跳，垂著頭，彷彿一隻小狗似地怏怏走過去。

「淋成這樣？」時影皺著眉頭看她一眼，屈起手指虛空一彈，一股無形的力量湧來，「唰」地便將她身上的水珠齊齊震落在地，髮絲卻一點也不動。他這一手極其漂亮，如同行雲流水不露痕跡，朱顏卻嚇了一跳，一把抓住他的手，脫口道：「你剛剛好起來，快……快別耗費靈力了！」

時影頓住手，看了她一眼。朱顏下意識地顫了一下，連忙縮回手去，只覺指尖彷彿被灼燒般燙手。然而他並沒有說什麼，只是轉過身向著洞裡走進去，她便也只能乖乖地在後頭跟著。

外面天色已黑，石洞深處的火塘裡生起火，映照著兩人的臉。

恍惚中，她想起這樣的相處，在少時也有過無數次。每次修練歸來，她都會跟著師父回這裡休息，在石洞裡點起火。吃過簡單的食物後，他會考問一些白天練習過的口訣和心法，她若是不幸答錯，便要被戒尺打手心，痛得哭起來。等一天的修行結束，筋疲力盡的她裹著毯子在火邊倒頭呼呼大睡，他便在一旁盤膝靜坐吐納，直到天亮，絲毫不被她一連串的小呼嚕所擾。

在漫長孤獨的歲月裡，他們兩人曾經相處得如此融洽。可是此刻，當火光再度亮起的時候，火塘邊的朱顏只覺得無比彆扭和尷尬。

時影也是沉默著，過了許久，忽然開口：「用了多久？」

「什麼？」朱顏一時沒反應過來。

他只是看著火焰，淡淡道：「妳用了多久，才完成星魂血誓？」

「三……三十幾天吧。」她訥訥道：「不夠快……我太笨了。」

「夠快了。」時影的聲音平靜。「縱觀整個雲荒，只有三個人掌握這個禁咒，而妳是第一個真正有勇氣和力量去使用它的。只憑這一點，甚至連我也比不上。」

猝不及防地被表揚，她眼睛一亮——天啊，師父居然誇獎她了！從小到大，他誇獎她的次數可是連一隻手也數得出來。

「只是，大司命不該這麼做。」時影的語氣卻忽然一沉，眉頭微微蹙起，似乎在面對一個極其艱澀難解的局面，喃喃說道：「他絲毫沒有顧及我的意願，就出手干擾天意、打亂星盤……為什麼？」

「他……」朱顏本來想辯護幾句，可一想起大司命，心口驟然一痛，不由得臉色蒼白了一下——她對大司命立下誓言，要用星魂血誓換回師父的性命，如今師父好了，她是不是就該離開？

她瞬間的異常沒有逃過他的眼睛，時影轉頭問：「怎麼了？」

「沒什麼。大司命……」朱顏喃喃開口，最終仍未把那些曲曲折折的事說出來，只是道：「大司命他……他只是不想你死。」她低下頭，濃密而修長的睫毛如同小扇子一樣搧動，顫聲道：「我……我也不想你死啊。」

時影神色微微一動，有些意外地看著她。「怎麼，妳不恨我了嗎？」

「不……不了。」她遲疑一下，終於咬著嘴唇搖搖頭，輕聲道：「你也死過了一次，一命抵一命……算是兩清了。」

「兩清。」他點了點頭，鬆一口氣，卻又似不知道該說什麼，只是沉默地看著石壁上陳舊的血掌印，清朗的眼神忽然有些恍惚。

石洞裡的氣氛沉默下去，頓時又顯出幾分尷尬。

「其實……」朱顏頓了頓，開了口，澀聲道：「淵……淵也和我說過，他和你為了各自的族人和國家而戰，無論殺或者被殺，都是作為一個戰士應得的結局，讓我無須介懷……可惜在那時候，我並沒能想明白這一點。」

「是嗎？」這些話讓時影一震，眼神微微改變。

沒想到，這個鮫人還曾經對阿顏說了這一番話。一個卑賤的鮫人，居然也有這等心胸？他大概是隱約預測到自己的結局，所以想事先在她心底種下一顆諒解的種子，避免將來她陷入無法挽回的死局吧。

那個鮫人，原來是真正愛她的。

想通了這一點，反而令他的內心有灼燒般的苦痛。

「總之，阿顏，對不起。」時影看著她，語氣沉重。「我不得不殺了妳這輩子最愛的人。」

她眼眶一紅，幾乎又掉下淚來。

「我……我也很對不起你，師父。」她哽咽著，對他承認：「那時候，我氣昏了頭，一心一意只……只想殺了你。」她的聲音很輕，眼淚「唰」地掉下來。「對不起。」

時影聽到這句「對不起」，反而有些訝異地看著她。「怎麼，妳覺得很內疚？我殺他，妳殺我，這不是應該的嗎？」

朱顏回憶起一刀刺穿他心口後自己當時的那種震撼和恐懼，不由得全身顫一下，失聲道：「不！我……我不想這樣的！我不想你們死……我寧可自己死了也不想你們死！可是……可是，我氣昏頭了，完全控制不住！」

生死大劫過後，她終於有機會說出心裡的感受，心神激盪，剛一開口便不由得失聲痛哭，肩膀劇烈地抽搐，大顆大顆的淚水接二連三地滾落面頰。

「師父你……你對我這麼好，我……我竟然想都不想就殺了你！」

時影沉默地看著她的淚水，眼神裡有一絲痛惜，抬手撫摸著滿是陳舊血痕的石壁。

「阿顏，妳不必如此內疚。要知道，在十年前，我十七歲，卻已經一個人在這個山谷裡住了十二年。」

「嗯？」朱顏有些猝不及防，哽咽了一聲。

這些事，她自然都知道，他為何在此刻忽然提起？

時影繼續看著那面石壁說道：「那一天，雨下得很大，帝都的使者來到九嶷山，帶來一個噩耗：我那個被貶在冷宮的母親，上個月死了……屍體十幾天後才被人發現。如果不是天氣酷寒，說不定早就腐臭不堪。」

「啊？」她抽抽噎噎地停下來，說不出話。

「而我父親，因為記恨我母親害死他最寵愛的鮫人女奴，甚至不願讓她以皇后之禮入葬帝王谷。我母親是白之一族的嫡女，堂堂空桑皇后，他竟然敢這樣在生前死後羞辱她。以至於斯！」時影看著那些血痕，語氣忽然激烈起來。「我在五歲時就被他從母親身邊趕走。即使在她死後，他也不允許我踏出山谷，去看母親最後一眼！」

朱顏不知道說什麼才好。

她還記得那一個下大雨的日子，她獨自走進石窟，遇到狂怒中的少年——原來，那一天發生了這樣的事情？難怪當時他臉上血淚交錯，有著她從未見過的可怕表情。

就是因為這樣，他才一直那麼憎恨鮫人一族嗎？

「本來我一直以為，只要我用心修練，等當上了大神官，等父王去世，總是有機會再見到母親一面。可是……永遠沒有這個機會了。」時影的聲音輕而冷，如同從極遠的地方傳來。「噩耗傳來的那一天，我瞬間被擊垮了，完全忘記多年的修行，心裡滿是惡念——我想要闖出山谷去伽藍帝都，殺了我的父親！」

說到這裡的時候，他雖然竭力克制，尾音卻微微上揚，依舊露出一絲起伏。

朱顏心裡一痛，忍不住伸出手去，握住他的手。

「在那一刻我幾乎入魔。我擊打石壁，直到滿手鮮血。如果再有一念之差，我可能真的會回到帝都，弒父篡位，屠殺後宮！」他抬起手按在石壁陳舊的血痕上，聲音忽然變得溫和。「可是，彷彿是天意注定，就在那一刻，阿顏，妳走進了這裡——妳阻止了我。」

這樣短短的一句話，讓朱顏猛然一震，如醍醐灌頂。

她想起那一天的情景。懵懂無知的孩子撲上去，試圖拉住他自殘得全是鮮血的手，卻被少年在狂怒之下擊飛，奄奄一息。等她回過神來的時候，他抱著她坐在重明神鳥的背上，已是來回跨越了一次鬼門關。

原來，事情的前因後果竟是如此。

「阿顏，妳那一刻出現在我生命裡，其實是有原因的。雖然妳自己從未意識到這一點。」時影的聲音輕而淡，如同薄薄的霧氣。「所以，妳完全不必覺得內疚，因為妳已經救過我好幾次，卻只殺過我一次。」

她一時訥訥，不知說什麼好。

時影在說話的時候一直沒有看她，只是注視著火塘裡跳躍的火，手指忽然輕輕一動，一團火焰「唰」地飛到他的手心。

「這一次，我並沒有給自己留退路。我計劃好了所有事情，原本以為一切都會在星海雲庭的那一天結束，所以在赴死之前傾心吐膽，未留餘地。」

他看著掌心的那一團火，聲音越來越低，搖了搖頭苦笑。

「可是我錯了……這一切沒有在十年前的那一天結束，也沒有在星海雲庭的那一天結束。每當我覺得應該結束時，宿命卻不顧我的意願，一次次延續了下去，完全不管……」說到這裡，他的聲音停頓一下，緩緩收攏手指，將那一團炙熱的火，生生熄滅在掌心，低聲喃喃說：「完全不管這樣延續下去，該讓人如何面對這殘局……」

「師父！」朱顏失聲，想要阻止他這種近乎自殘的行為，然而這次他只是將手指捏緊到底，直到指縫間的火焰熄滅。

朱顏心裡又痛又亂，隱約知道這些話的意思，卻不知如何回應。

師父是說，他那天是抱著必死之心，所以才豁出去對她說了那些話？可是，沒想到偏偏最後沒死成，現在活過來了？他面對她覺得尷尬，不知如何收場。他……他是這個意思吧？

可是……可是，她也不知道怎麼收場啊。

她不知道如何是好，只覺得耳根都熱辣辣起來。

「妳說妳不恨我了，是真的嗎？」時影將手指鬆開，那一團火灼傷了他的手，他皺著眉頭看著。「如果妳心裡還有一絲恨意，就在這裡殺掉我吧。星魂血誓達成之後有一個『隱期』。在這段期間將咒術撤除，對施術者毫無損害。過了這個期限，想要解除我們之間的關聯就非常麻煩了。」

「不……不！」她嚇了一跳，結結巴巴道：「我……我好不容易才把你救回來！」

時影看著她，沒有說話，似在衡量她心裡的真實想法，最終舒了一口氣，喃喃道：「也是，我殺了止淵，妳殺了我，一報還一報，算是兩清。如今大事已了，既然還能重新回到這個世間，再沉湎於上一世的恩怨也無益處。」

她用力點了點頭，表示同意，卻還是說不出話來。無論如何，是不可能真的兩清吧？經此一事，他們之間再也不可能回到從前。

「睡吧。」沉默了片刻，他淡淡道：「有什麼事明天再說。」是的，明天再說。那一刻她也是暗自鬆一口氣，不敢抬頭看他。

時影在跳躍的火塘旁盤膝而坐，閉目入定。朱顏卻怎麼也睡不著，在火邊翻來覆去，不時抬眼悄悄看著那個背影，心裡思緒翻湧如潮，一會兒想起星海雲庭底下的生死決裂，一會兒想起大司命的詛咒，一會兒想起父母和族人……

她心亂如麻，不知不覺睡去。

第二日醒來的時候，火塘裡的火已經熄滅，外面天色大亮，竟是已經接近中午。她吃了一驚，迷迷糊糊中一下子跳起來——該死，自己怎麼會睡死過去？起得晚了耽誤修練，可是要被師父罵的！

然而下一刻，她忽然想起自己早已出師，再也不用早起做功課。

大夢初醒，竟然瞬間有一種失落。

「醒了？」她聽到那個熟悉的聲音，「該走了。」

走？去哪裡？她茫茫然地看著他。然而時影只是負手看著外面，神色平靜，似乎在一夜之間想通什麼。

「既然活下來了，總不能永遠待在這裡……外面的一切，終究還是要走出去面對的。」

外面的一切？朱顏轉瞬想起大司命、想起父母，心裡頓時沉重起來。只能草草整理一下頭髮衣衫，跟在他後面走出石窟。

外面還是陰雨天，無數濛濛的雨絲在空谷裡如煙聚散。

她看著師父的背影。如雪白衣映襯著從洞口射入的天光，看上去宛如神仙，不染一絲凡塵。重新回到這個世間的他，似乎又恢復遙遠不可接近的模樣，令她不敢再提起當日他曾經說過的話，甚至連想一想都覺得刺心。

是啊，到現在，又該如何收拾殘局？

或許並沒有想像的那麼難吧？只要裝作不曾發生就好了。

她垂著頭，心事重重地跟在他後面走出石窟。外面的重明神鳥一見到他們兩人出來，發出了一聲歡天喜地的嘯聲，「唰」地飛過來，用巨大的翅膀將時影圍住，低下頭用腦袋撞在他的胸口，用力頂了一下，又左右摩擦。

「怎麼像隻小狗似的？」朱顏不禁失笑。

重明神鳥翻起四隻血紅色的眼睛，白了她一眼，翅尖一掃便將她推到一邊，重新用腦袋頂了一下時影的肩膀，還真的發出類似小狗的咕嚕聲。

「謝謝。」時影抬手撫摸神鳥的腦袋，輕聲道：「辛苦你了。」

重明神鳥用頭蹭了蹭他的肩膀，抖擻了一下羽毛，忽地一扭脖子，叼起一物扔在他手裡，卻是一大串鮮紅欲滴的果子，香氣馥郁。

「天，又摘了一串？夢華峰上的朱果都被你採完了吧？」朱顏愕然，不由得心疼。「那些窮奇還不和你拚命？」

重明神鳥傲然仰頭，咕噥了一聲，拍拍翅膀露出傷口上新長出的粉紅色的肉，頭一扭，又扔下來一朵紫色的靈芝。

「謝謝。」時影笑了一笑，將朱果和靈芝放在掌心，走到少時修練的那塊白石上盤膝坐下。他微微閉上眼睛，將玉簡放在膝蓋上，合掌汲取著靈藥的力量，蒼白的臉色漸漸有些好轉。畢竟是重生之軀，尚自衰弱，需要重新鞏固築基。

直到他閉上眼睛，她才敢抬起頭，偷偷地打量。

可能是從小太過於畏懼這個人，從不敢正眼看，她竟從沒有注意到師父居然是這樣好看的男子，眉目清俊如水墨畫，矯矯不群，幾乎不像是塵世中的人。

她看著看著，竟然有些發呆。

一直到過了三個時辰，薄暮初起，眼看著又要下雨，他才睜開眼睛，雙眸亮如星辰。朱顏心裡一跳，連忙錯開視線，重新低下頭去。

「差不多恢復了七、八成，夠了。剩下的慢慢來。」時影拂了拂前襟，長身站起。「該回神廟看看，把殘局收拾了。」

兩人從帝王谷走出來，沿著石階拾級而上。

朱顏走在他身後一步之遙，看著前面的一襲白衣，忽然覺得他是如此可望而不可即，心事如麻，腳步不由得慢慢滯重起來，落在後頭。

她是多麼想繼續這樣與他並肩走下去，永無盡頭。然而，不能。

因為她是被詛咒過的災星，會給師父帶來第二次災難。

如果他再次因她而死，哪怕只有萬分之一的可能，她也寧可先把自己殺死一百次，杜絕這種事情發生。

或許大司命說得對，她該從他的人生裡消失。

從帝王谷到九嶷神廟的路程不近，足足有上千級的台階。走到一半，薄暮之中，雨越來越大，而朱顏心神恍惚，竟絲毫未覺。走在前面的時影卻抬起手，手腕一轉，掌心倏地幻化出一把傘。

他執傘在前面的台階上微微頓住腳步，似在等著她上前。朱顏心裡驟然一緊，竟有些畏縮，想要停住腳步。然而他只是撐著傘在台階上靜靜地看著她，她腳下又不敢停，走了幾步便在台階上和他並肩。

兩人共傘而行，雨淅淅瀝瀝地落在傘上，傘下的氣氛卻安靜得出奇。

聽著近在咫尺的呼吸，她拚命克制住思維，不讓自己多想，然而越是不去想，當日生死訣別的那一幕越是清晰地浮現在眼前。

『我很喜歡妳，阿顏……雖然妳一直那麼怕我。』

她想起他在生命盡頭的話語，雖然竭力節制，卻依舊有著難以抑制的火焰；她想起他最後落在她唇上的那個吻，冰冷如雪，伴隨著逐漸消失的氣息——這一切，只要一想起來，就令她整顆心都縮緊，灼痛如火，幾乎無法呼吸。

他那時候說的，是真的嗎？

「阿顏？」忽然間，她聽到身邊的人問了一句，看了一眼停下腳步不肯走的她。「怎麼了？」

「啊？」她從恍惚中驚醒。「沒……沒什麼！」

糟糕，師父會讀心術，該不會是知道她剛才一瞬間想起了……她漲紅了臉，然而時影只是搖了搖頭道：「妳好像比以前沉默許多，也不愛笑了。」

「啊……」她結結巴巴地匆忙掩飾。「真的沒什麼！」

「放心，我不會再隨便用讀心術。」他看出她的失措，只是微微嘆了口氣。「我尊重妳內心的想法。妳如果不願意說，誰也不會勉強妳。」

她長長鬆一口氣，心裡卻有點空空落落的，不知道說什麼才好。

此刻，她有無限心事，卻一句也不能說。如果他能直接讀出來，說不定倒也好。

閱盡天涯離別苦，不道歸來，零落花如許。

花底相看無一語，綠窗春與天俱暮。

待把相思燈下訴，一縷新歡，舊恨千千縷。

最是人間留不住，朱顏辭鏡花辭樹。

恍惚之間，朱顏忽然想起少時這一闋淵教過她的詞。

這闋從中州傳來的詞，裡面隱藏著多少深長的情意和淡淡的離愁，滄桑歷盡之後的百轉千回，卻終究化為沉默。

兩人打著傘，沉默地拾級而上，不知不覺就來到了神廟前。

所有的神官和侍從都被遣走了，空曠的九嶷山上只有他們兩人，風空蕩蕩地吹過空山密林，滿山的樹葉瑟瑟如同波濤，竟蓋過了雨聲。

時影打著傘站在台階下，看著神廟裡巨大的神像，神情複雜。她在一旁沉默地站了半天，忍不住嘆了口氣：「上一次來這裡，都已經是五年前的事。那天我剛想進神廟點一炷香，你忽然攔住我，不容分說地趕我下山。」

「那是沒有辦法的事。」冷不防她翻起了舊帳，時影微微蹙眉。「那時候妳已經長大。神廟不能留女人。」

朱顏卻還是氣鼓鼓地說：「可是你說會去天極風城看我，卻一直沒來！」

他神色微微變了變，沒有分辯。

當年，她下山後，他就再也沒有去看過她。即便她幾次邀請、催促，他也只是狠下心來，視而不見。

許久，時影才低聲說：「我原本想把一切就此斬斷。」

人生因緣聚散，如大海浮萍。當時他送走了她，便定下心試圖壓制自己，當作這一切只是心魔乍現，幻影空花，轉眼便能付之流水，再無蹤影。可是……在帝王谷獨自苦修了一千多個日日夜夜，卻始終未能磨滅心頭的影子，最終還是導致今日這樣的局面，就如抽刀斷水水更流。

朱顏聽得雲裡霧裡，不知道他說的斬斷是什麼意思。她想問，但看到此刻他的語氣和神情，又隱約覺得這是不可以問的，不由得惴惴不安。

兩人沉默片刻，時影注視著神殿內的神像，忽然道：「神的眼神變了，看來已經知道我身上發生的一切。」

「什麼？」她愣了一下，看向神廟。

七星燈下，那一座塑像還是一模一樣，哪有什麼變化？

「我在神廟裡長大，曾經發誓全身心地侍奉神前，絕足紅塵。」時影隔著雨簾，凝視著孿生雙神的金瞳和黑眸，語氣裡透露出一絲苦澀。「可是，事到如今，這身神官白袍，我已經再也擔當不起。」

什麼？朱顏心裡驚了一下，想起大司命說過的話。難不成那個老人又猜準了？去過一趟鬼門關之後，師父還想要辭去神職嗎？

「現在的我已經不適合再侍奉神前，更不適合擔當大神官之職。」時影沉默了片刻，果然開口：「接下來，我會辭去神職，離開九嶷山。」

大司命果然料事如神！那一瞬，朱顏不由得倒抽一口冷氣，連她都以為師父經歷了這樣的事，說不定會就此遠離紅塵，獨自在世外度過一生。然而，如大司命所言，他反而下定決心離開神廟。

這個老人，才是世上最洞察師父想法的人吧？

她茫然地問：「那……你想去做什麼呢？」

「浪跡天涯，做回一個紅塵俗世裡的普通人。」時影淡淡說一句。「我的前半生都被埋葬在這座山谷裡，現在也該出去看看這個天地。」

「嗯。」朱顏不想掃他的興致，便道：「六合有無限風景，光是我們西荒，便夠你看個十年也看不完呢。」

時影點了點頭，停頓片刻，忽然抬頭看向她問：「那……妳願意跟我一起去看嗎？」

這句話直接明瞭，即便遲鈍如朱顏也猛地裡明白過來。她驟然一震，不敢相信地抬起頭，對上他的眼睛。雪白的薔薇紙傘下，他的雙眸清亮，如同夜空的星辰，似在等待她的回答。

那一刻，她胸口如受重擊，說不出話來。

原來，他並沒有裝作忘記，並沒有當那天的話沒有說過！他終究還是對著她再一次說出同樣的話！

——對這樣驕傲的人，這需要多大的勇氣啊……

經歷一遍生和死，他真的變得和以前有點不一樣。

「我……我……」朱顏訥訥，臉色蒼白，竟不敢看他。

回答已經在舌尖上凝聚，但是那一刻，她想起大司命的話，一時間彷彿有一隻手伸過來，死死扼住她的咽喉，讓她說不出一句話。彷彿自己說一聲「願意」，就等同

是再次對他下了死亡的詛咒。

『妳難道不希望妳師父過得好，有個善終嗎？』

『妳難道希望妳的父母和族人因妳而遭受飛來橫禍嗎？』

那個洞徹天地的老人嘴裡吐出過這樣冰冷的預言，冷酷如死神。

她的嘴唇微微動了動，終究說不出那個簡單的字。

沉默了片刻，時影看著她的表情，眼裡那一點光亮緩緩黯淡，終於轉過頭去，不再說第二句話。

他從小看著她長大，怎麼會不知道她是什麼樣的人？以她熱情活潑、愛恨分明的個性，若是心中有意，斷然不會像如今這樣囁嚅不答。

終究還是無法跨越吧？他殺了她一生中最愛的人，她能不記恨已經很好，還怎能奢望其他？畢竟世間的所有事，不是都可以重來的。

「我知道了。」他輕嘆一口氣，便再也不說一句。

她嘴唇動了一動，卻無法開口分辯半句。

她知道，同樣的話，他再也不會問她第二遍了。

他們之間這一生的緣分，說不定就在這一刻真正到了盡頭。

第三十三章　萬劫地獄

時影不再看她，轉身踏入神廟，走進那一片深邃黯淡的殿堂裡，沒有回頭，似乎剛才那一段對話只是字面上那樣簡單，波瀾不驚。

九嶷的大神官在七星燈下凝望著神像，雙手合十，垂目祈禱，默默感謝神的庇佑。燭影下，他的表情沉靜凝重，有一種不可親近的莊嚴。朱顏跟了進來，在後面跟著跪下來，雙手合十，卻是心亂如麻。

祈禱了片刻，時影站起來走到了門口，雙手一展，只聽「撲簌簌」一聲，無數的白影從他的袍袖之中飛出，四散飛入白雲。

朱顏吃了一驚問：「這是什麼？」

「召集神廟裡的神官侍從回到這裡。」時影頭也不回地道：「我一醒來，就接到大司命的傳信，說帝君已經同意我的要求，准許我辭去神職。大司命此刻正朝著九嶷趕來，準備替我主持脫離神職的儀式。」

朱顏聽到「大司命」三個字便忍不住變了臉色，心虛了一半，脫口問：「為什麼非要舉行儀式？你……你既然想走，直接走不就可以了嗎？」

時影看了她一眼，神色嚴厲起來。「凡事都有規矩。我身為九嶷神廟大神官，天下神職人員的表率，想要毀棄誓言、離開神前已是大錯。若因此不接受懲罰，何以約束後世歷代神官？」

「這……」朱顏一貫怕他，聽到這麼嚴厲的訓斥忍不住噤聲，然而忽地想起什麼，驚呼：「難道……你真的要去那個什麼萬劫地獄？」

「當然。」時影神色淡然。「萬劫地獄，天雷煉體，這是辭去神職之人必須付出的代價，我自然不能例外。」

「可是！」朱顏驚得叫了起來：「你會被打死的啊！」

「不會的。」他搖頭，語氣平靜。「天雷煉體之刑只能擊碎筋骨，震碎元嬰，毀去我一身修為，不能置我於死地。」

毀去一身修為？聽到他說得如此淡定，朱顏更是驚慌，失聲道：「不行！我好不容易才把你救回來，絕不能讓你再進那個什麼萬劫地獄！什麼破規矩！」

「住口！」時影厲聲道：「妳算是九嶷不記名的弟子，怎敢隨便詆毀門規？」

「我……」朱顏萬般無奈，只覺得憤憤不已。師父一貫嚴苛，行事一板一眼，從不違背所謂的規矩和諾言。當初送她下山時毫不容情，逃婚後送她回王府時也是毫不容情，如今連對待自己竟也是毫不容情。

這個人，怎麼就那麼認死理啊？

朱顏萬般無奈，又不敢發作，只憋屈得眼眶都紅了。

「我不會死的，妳放心。」似乎知道了她的情緒，時影難得地開口解釋，安慰她：「星魂血誓已經把我們的命運聯結在一起，一榮俱榮，一損俱損。所以，我一定會好好活到壽終正寢那一天。」

聽得這種話，她不由得睜大眼睛。「真的？那……我們會在同年同月同日死嗎？」

「妳將剩下的陽壽分了一半給我，妳說會不會在同一天死？」時影指了指外面已經黯淡下來的天空。「我們的命運已經同軌。當大限到來的那一刻，兩顆星會同時隕落。無論我們各自身處天涯還是海角，都會同時死去。」

「啊？」朱顏怔了半晌，腦海裡忽然一片翻騰。

同時死去，天各一方？聽起來好淒涼啊……如果死亡的同步到來是不可避免的，那麼幾十年後，到臨死的時候，誰會陪在自己身邊？誰……誰又會陪在他身邊？他們兩個的最後一刻，會是什麼樣？

短短的一瞬，她心裡已經回轉了千百個念頭。每想過一個，心裡便痛一下，如同在刀山裡翻來覆去，鮮血淋漓幾乎無法自控。

「反正……反正還早呢。」最後，她終於勉強振作一下精神，似是安慰他，也似是安慰自己。「大司命說我能活到七十二歲。就算分你一半，我們都還有二十七年好活。」

「二十七年嗎？」時影卻嘆息道：「還真是漫長。」

那一刻，他臉上的神色空寂淡漠，看得她心下又是一痛。神廟裡的氣氛一時低沉下去，沉默得令人心驚。朱顏視線茫然地掠過神像，創世神美麗的黑瞳俯視著她，露出溫暖的微笑。

神啊……祢能告訴我，接下來的二十七年會怎樣嗎？

那個大司命說的，是不是真的？我會害死他嗎？

她在一旁心亂如麻，時影也沒有說話，只是站在廊下，看著外面的夜空，忽然間開口：「那一卷手札上面的術法，妳都學會了嗎？」

朱顏愣了一下，不防他忽然問起這個，不由得點了點頭。

他微微蹙眉問：「手札呢？」

「啊？那個……」朱顏愣了一下，忽地想起那本手札已經和蘇摩一起不知下落，心裡不由得一驚，不由得訥訥。「我……我沒帶在身邊。」

「這麼重要的東西，怎麼能隨便亂放？」時影看到她的表情，便知道事情不妥，不由得蹙眉，流露出不悅。「那裡面哪怕是一頁紙的內容，都是雲荒無數人夢寐以求的至寶，妳怎麼不小心保管？」

「我……我……」她張口結舌，不敢和師父說她把上面的術法教給一個鮫人。師父若是知道了，會打死她吧？

時影看著她恐懼的神色，神色放緩，只道：「算了。幸虧我知道妳做事向來顧前不顧後，為了以防萬一，已經在上面設了咒封。」

「咒封？」朱顏愣了一下。

「是的，那是一個隔離封印之術。」他語氣淡淡地說道：「除了妳之外，別人即便是得到那卷手札，也無法閱讀和領會上面的術法——除非對方的修為比我高。」

她吃了一驚，忽然明白過來：難怪蘇摩那個小傢伙一直學不會上面的術法！那時候他說那些字在動，根本無法看進去，她還以為那個小傢伙在為自己的蠢笨找藉口，原來竟然是這樣的原因。

「手札裡一共有三十六個大術法、七十二個衍生小術法。才短短幾個月，妳居然都學會了？不錯。」時影停頓一下。「要知道有些天賦不夠的修行者，哪怕窮盡一生都無法掌握千樹那樣的術法。」

她難得聽到師父的誇獎，不由得又是開心又是緊張，因為她知道師父每次的誇獎之後，都必然會指出她的不足。

果然，時影頓了一頓，又道：「但是，妳知道為什麼在星海雲庭和我對戰的時候，妳我之間的力量會相差那麼多嗎？」

朱顏下意識地脫口：「那當然是因為師父你更厲害啊。」

「錯了。」時影卻是淡淡道：「妳我之間的差距，其實並沒有妳想像中那麼大。我所掌握的術法，如今妳也都已經掌握了，區別不過在於發動的速度、掌控的半徑，以及運用時的存乎一心。」

「存乎一心？」朱顏忍不住愕然。

「術法有萬千變化。」時影頷首。「比如水系術法和火系術法如果同時使用，冷熱交替，就會瞬間引起巨大的旋風。我把這個咒術叫做『颶風之鐮』，可以在大範圍內以風為刃，斬殺所有一切。」

「真的嗎？還能同時使用？」她的眼睛亮了一下，驚喜萬分。「我都沒聽過……這是你創造出來的新術法嗎？」

「是的，還有許多類似的。」時影淡淡道：「每一個五行術法都可以和另一個疊加，從而創造出新的術法。隨著兩個術法施展時投入的力量不同，效果也會不同。就如萬花筒一樣，變化無窮無盡。」

「居然還有這回事？」朱顏脫口，眼睛閃閃發光。「難怪我翻完了整本手札，都沒看到你在蘇薩哈魯用過的那個可以控制萬箭的咒術。」

時影頷首道：「那是我臨時創造出來的術，用了金系的『虛空碎』和水系的『風凝雪』疊加而成。因為只用過一次，還沒有名字。」

「哇，太過分了……」朱顏忍不住咋舌。「那麼厲害的術法，你居然用過就算，連名字都不給它取一個。」

「名字不過是個記號而已，並不重要。」站在九嶷山的星空下，時影耐心地教導唯一的弟子。「當疊加的咒術越強大、越精妙，產生的新咒術就越凌厲。如果妳同時施展最強的攻擊術『天誅』和最強的防禦術『千樹』……」

朱顏眼神亮了起來，脫口而出：「那會怎樣？」

時影低下頭看著自己的雙手，淡淡道：「這兩個最強的術法疊加，將會產生一個接近於神跡的咒術，我給它取名為『九曜天神』。這個咒術的級別，幾乎能和星魂血誓相當。它不能輕易使用，因為當它被發動的時候……」

「會如何？」朱顏只聽得熱血沸騰。「一定會很厲害吧？」

「妳將來自己去試試就知道了。」時影卻笑了一下。

她想了片刻，只覺得心底有無數爪子在撓著，恨不得立刻看看師父所說是不是真的，然而只想了片刻，又愣愣地道：「不對啊……無論是天誅還是千樹，都需要雙手結印才能發動吧？又怎麼能『同時』施展呢？」

時影看了她一眼。「誰說必須要雙手結印才能發動？」

「那些結印的手勢明明是你畫在手札上的。」朱顏皺起眉頭，理直氣壯地反駁：「難道你畫的還會有錯？」

時影沒說話，只是轉過目光，注視一下神廟外的地面，伸出一根手指——只是一瞬間，無數巨大的樹木從廣場上破土而出，蜿蜒生長。

「啊！」朱顏失聲驚呼，幾乎不相信自己的眼睛。「千……千樹？」

師父剛才沒有伸手結印，甚至連咒語都沒吐出一個字，就在無聲無息間瞬間發動了這個最高深的防禦術。他……他是怎麼做到的？用眼神嗎？

時影沒有說話，只是微微閉一下眼睛，收回手指。那一瞬，結成屏障的巨大樹木瞬間枯萎，重新回到土壤之下，整個神廟外的廣場依舊平整如初，彷彿什麼也沒有發生過。

他負手在廊下回頭看了一眼弟子，聲音平靜：「看到了嗎？發動咒術，並非得結印，甚至也無須念咒，妳的眼睛可以代替手，妳的意念也可以代替語言。運用之妙，存乎一心。」

「存乎一心？」她怔怔重複了第二遍這個詞，若有所思。

「學無止境。雲荒術法大都出自九嶷一系，在不同人手裡用出來卻天差地別。」時影聲音平靜，卻含著期許。「阿顏，妳雖然已經學會所有術法，但只能算是登堂，尚未入室。好好努力吧。」

「嗯！」她用力地點頭。「總有一天，我會追上你的！」

時影眼神微微動了一下，望著天宇沉默下去。

氣氛忽然又變得異常。片刻後，朱顏終於忍不了那樣窒息的寂靜，開口小聲地問：「你……你在看什麼？」

「星象。」時影嘆息一聲：「可惜陰雲太重，無法觀測。」

她心裡忽地一跳，轉頭也看著夜空——漆黑得沒有一絲光，所有星辰月亮都被遮蔽起來。朱顏忍不住也大大嘆了口氣。她是多麼想看看星魂血誓移動後的星圖，想看看她的星辰和他的星辰啊，為什麼偏偏下了雨呢？

她還在嘆氣，卻聽到時影在一旁淡淡道：「妳該走了。很快侍從們都會回來，按規矩，九嶷神廟不能有女性出現。」

「什麼破規矩！憑什麼女人就不能進廟？」她嘀咕一聲，卻知道師父行事嚴格，不得不屈從。「那……我先回石窟裡躲一躲。」

「不，妳該回去了。」他卻淡淡地開口，並不容情。「妳父王那麼久沒見到妳，一定著急得很。妳早點回去，也不用他日夜懸心。」

啊……父王！那一瞬，朱顏心裡一跳，想起了家人。

離她在亂兵之中悄然出走已經一個多月，父王如今一定急死了吧？是不是在天翻地覆地找她？盛嬤嬤沒有受責罰吧？還有，申屠大夫有沒有帶蘇摩回府？那小傢伙的傷是不是徹底好了？

這些大事小事，在生死壓頂的時候來不及想起，此刻卻都驟然冒出來，一時間讓她不由得憂心如焚，恨不得插翅飛回去看看。

「讓重明送妳去吧。」時影似是知道她的心焦，淡淡說道。

「好！」她跳了起來，衝向門口。

看到她離去，時影的眼神有些異樣，似是極力壓抑著什麼。然而，剛走到神廟門口，朱顏又停住腳步，回過頭看著他。

「怎麼？」時影一震，聲音還是平靜。「還有什麼事？」

「啊，對了！如果我現在離開，回來時……回來時你還會在這裡嗎？」朱顏站在神廟門口，看著燈下孤零零的神官，疑慮地問道：「你馬上就要辭去神職、離開九嶷，是不是？」

他輕嘆一聲，點了點頭答：「是。」

「那我現在要是回去，是不是再也見不到你？」朱顏忽然明白過來，跺腳說道：「那……那我先不回去了！我寫信給父王報個平安，然後留在這裡，看著……」

「看著我進萬劫地獄？」那一刻，時影再也無法控制，語氣裡有一絲平時沒有的煩躁和怒意，厲聲道：「反正都是要走，早一天遲一天有什麼區別？」

他眼裡的光芒令她吃了一驚，心裡一緊，竟不敢說話。

是啊，還有什麼好說的呢？既然她不能跟他一起雲遊七海，既然他們必然天各一方……

「那麼……」她想了半天，還是捨不得離開，怯怯地說一句：「我留到明天再走，行不行？」看到他沒有說話，她連忙又補一句：「明天一大早我就走，絕不會讓那些人看到！」

時影沒有說話，許久，一言不發地轉身離開。

他的背影沉默而孤獨，顯得如此遙不可及。她在後面看著他走遠，心裡忽然有一股衝動，想不顧一切地奔過去拉住他，哪怕明日便永隔天涯。

然而，天不怕地不怕的她在此刻忽然失去勇氣，只能站在原地，看著他越走越遠，再也看不見。

這一夜，她睡在神廟的客舍裡，輾轉不能成眠。中宵幾次推開窗，偷偷看向師父的房間，卻發現他的房裡一直燈火通明。隔著窗紙，可以看到他在案前執筆的剪影，清冷而孤寂，不知道寫著一些什麼，竟也是通宵未曾安睡。

她靜靜地凝望，心裡千頭萬緒，竟怔怔落下淚來。

第二日，天光微亮，朱顏尚未醒轉，窗戶忽然打開，一陣風捲來。重明神鳥探頭進來，一口把她叼起來，搖了一搖，抖掉她身上的被子。

「吵死了。」朱顏咕噥著，不情不願地從夢裡醒來，蓬頭亂髮。

重明把她重重地扔下，丟回床榻上，「咕咕」了一聲，看著山門的方向。外面天色初亮，卻已經有人聲，是那些神官侍從被重新召集，又回到九嶷，等待舉行儀式。既然外面人都要到齊了，她可不能再留在九嶷。

朱顏不敢怠慢，連忙爬起來，胡亂梳洗一下。「師父呢？」

重明神鳥沒有回答，用四隻眼睛看了看山下。

「他已經下山去了？」朱顏明白過來，輕聲嘀咕，有掩飾不住的失望。「怎麼？居然連最後一面都不願意見啊……」

重明「咕嚕」一聲，將一物扔到她懷裡，卻是一個小小的包裹。

「什麼東西？」她打開來一看，裡面是一本小冊子。

小冊子上用熟悉的筆跡寫著「朱顏」兩字，和上次他給她的第一本幾乎一模一樣，上面筆墨初乾，尚有墨香。她心裡一跳——師父昨夜一宿未睡，莫非就是在寫這一卷手札？

翻開來，裡面記載的並不是什麼新術法，而是昨天晚上師父說過的對於那些咒術的精妙運用，例如各種術法疊加而產生的新術法，以及反噬和逆風的化解等。那是師父畢生的經驗總結，見解精闢，思慮深遠，其中有一些獨到創新之處，前所未見，是她窮盡一生也未必能達到的境界。

朱顏的眼眶紅了一下，知道那是他留給她的最後禮物。她將手札收好，擦了擦眼角，推開窗跳上神鳥的背。「走吧！」

重明神鳥輕輕叫了一聲，振翅飛起，帶著她掠下了九嶷山。

樹木山陵皆在腳下迅速倒退，她在神鳥背上低頭看去，只見底下烏壓壓的都是人，果然所有神官都已經從外面趕回來，每一座廟宇都聚集了人群。山門外有盛大的陣仗，侍從如雲，似乎在迎接一個重要的人物到來。

怎麼，是大司命已經蒞臨九嶷了嗎？

雲上的風太大，朱顏下意識地理一下髮絲，忽然間碰到冰涼的簪子，不由得怔了怔，想起一件事：對了……大司命吩咐過她，要她事畢後將玉骨還給師父，從此永不相見。可是她走得匆忙，竟然忘記這回事。

要不要……回去還一下呢？借著這個機會，還能看到他最後一次吧？

她怔怔地想著，看著遠處人群中的那一襲白衣，百味雜陳。

白雲離合的九嶷山上，時影站在萬人簇擁中，迎向遠道而來的大司命。老少兩人行完禮之後，便一起轉身，朝著九嶷神廟步去。不過一個多月不見，大司命似乎已更加衰老，步態之中幾有龍鍾之感，更映襯得身邊的時影疏朗俊秀，如同玉樹臨風。

她定定地看著，竟是移不開眼睛。

雖然隔得遠，但彷彿是感覺到什麼，時影在台階上驟然回頭，看向天空。那一刻，朱顏心裡一驚，連忙扭過頭，眼睛一熱，幾乎又要掉下眼淚——說不定，這就是他們這輩子最後一面了。二十七年之後，他們會天各一方，各自死去，永不再見。

一時之間，她只覺得心裡刺痛難當，再也忍不住將頭埋在重明神鳥潔白柔軟的羽翼裡，在九天之上肆無忌憚地放聲大哭起來，哭聲在雲上迴盪。

「影，你在看什麼？」

大司命在台階上駐足，和大神官一起抬頭回望——碧空如洗，萬里無雲，只有一點淡淡的白色飛速地掠過，如同一顆流星。

「是重明？」老人開口問。

「嗯。」時影沒有多說，凝視了一眼便轉過身來，頭也不回地繼續拾級而上。

「我讓牠送阿顏回赤王府。」

「哦。」大司命應了一聲，心裡明瞭前因後果，卻只道：「那個小丫頭真是吃了熊心豹子膽，竟然闖下這等大禍，差點害得雲荒天翻地覆。」

時影深深頷首。「多虧大司命出手，才躲過這一劫。」

「是嗎？」老人淡淡道，銳利的目光從他臉上一掠而過。「影，你心裡不是這麼想的，對吧？你在埋怨我這把老骨頭擅自出手，打亂你的計畫，是不是？」

時影沒有說話，臉色淡然，卻也不否認。

「你一心求死，竟從未和我透露隻言片語。」大司命沉下臉，語氣肅穆：「影，你是做大事的人，竟然只為了一個女子便連性命都不管不顧？我在你身上花了這麼多年的心血，差一點就白費了。」

長輩語氣嚴厲，時影看了他一眼，卻不為所動。「大司命的栽培，在下自然沒齒難忘。只是每個人都有自己的想法，值不值得也只有自己知道。」

很少看到這個晚輩有如此鋒芒畢露的反擊，老人一時間沒有說話，只是頹然搖了搖頭道：「唉……你和你母親，脾氣還真是一模一樣。」

時影的神色微微一動，似被刺中心底某處。

母親——作為從小被送到深谷的孤兒，那個早逝的母親永遠是他心底的隱痛。而在這個世上，如今還和她有一絲絲聯繫的，就是大司命了。從他記事的時候開始，這個號稱雲荒術法宗師的老人就一直引導他、提攜他、教授他許多，而且從未要求過任何回報。

有時候，他也會想，這是為什麼？

可是大司命的修為在自己之上，在這個雲荒，即便他能讀懂任何一個人的心，也永遠不知道這個老人心裡埋藏的祕密。

說話間兩人緩步而行，速度看似極慢，然而腳下縮地千尺，轉瞬便來到九嶷神廟的大殿門口。

那裡，儀式即將開始，一切都已經準備好。

「九嶷神廟存在了七千年，有過各級神官數萬名。根據記載，想要脫離神職的神官共計有九百八十七位。」大司命在孿生雙神的巨大雕塑下轉過身，深深凝望年輕的大神官。「但是能活著通過萬劫地獄的只有十一位，其他人全都灰飛煙滅、屍骨無存。此乃煉獄之路，汝知否？」

時影聲色不動地回答：「在下已知。」

「既然知道，也毫無退縮？」大司命搖頭，似是無可奈何。「影，塵心是否動過只有自己知道。你大可繼續當大神官，又何必非要去走刀山火海？」

「不。」時影搖了搖頭說：「神已經知道。」他抬起頭，看了看神像，眼神黯然。「既然已經破了誓言，不能全心全意侍奉，又何必尸位素餐、自欺欺人？」

老人終於點了點頭，嘆了口氣。「也罷，我知道你就是這樣嚴苛的人，對別人是這樣，對自己更是這樣。影，你自幼出家，本該清淨無念，卻為何塵心熾熱，以至於斯？」

時影嘆息：「箭已離弦，如之奈何？」

「原來無論如何，你還是要為了那個女人破誓下山。」大司命也是嘆息，終於點了點頭，拿起手裡黑色的玉簡。「你真的想好了？不惜粉身碎骨、萬劫不復，也要脫下這一身神袍？」

「是。」

「無論是否神形俱滅，都不後悔？」

「無怨無悔。」

「好一個無怨無悔！」大司命拂袖回身，花白的鬚髮在風中飛舞，厲聲道：「那麼，看在你母親的分上，我就成全你！去，在神的面前跪下吧！」

時影往前一步，踏入神廟，振衣而拜。

外面鼓樂齊奏，儀式正式宣告開始。無數神官侍從列隊而來，簇擁神前，祝頌聲如同水一樣綿延宏大，大司命持著玉簡，按照上古的步驟向著神像叩首，宣讀了帝都同意大神官辭去神職的旨意，向孿生雙神稟告下界的意圖，開始奉上豐盛的三牲供品。那些供品是為了獲得神的諒解而設。

——而最重要的供品，是人的本身。

大司命做完了最後一個步驟，在神前合掌，低聲稟告上蒼：「九嶷大神官時影，幼年出家，自願侍奉神靈終身。如今發心未畢而塵心已動，竟欲破誓下山，其罪萬死。今願以血肉之身而穿煉獄，親自向神辭行。」

聽到大司命念完祈禱詞的最後一句，時影從神前直起身，深深合掌，一言不發地抬手解下頭上束髮的羽冠，彎腰脫掉足上的絲履，將所有大神官所用的器物都呈放在神前。當一切該放下的都放下之後，他便穿著一襲白袍，赤足披髮，緩步從神殿裡走出。

那一刻，外面所有的祝頌聲都停止了，無數侍從一同抬頭凝望著時影，看到平日高高在上的大神官如今的模樣，眼神各異，充滿了震驚。

這是最近一百年來，第一個準備要破誓下山的大神官。

然而這個要踏入地獄的人眼神平靜。踏上生死路，猶似壯遊時。

大司命站在祭壇前，看著時影一步步走出去，蒼老的眼神裡有不可名狀的嘆息和震動。老人深吸一口氣，振袖而起。那一瞬，黑色玉簡在大神官的手裡化為一柄黑色的劍，直指神廟西北。劍落處，雲霧散開，露出一座平日看不見的巍峨高山。

那是大空山的夢華峰，萬劫地獄所在。

「去吧，走完這萬劫地獄，獻上你的血肉，在神的面前贖清你的罪孽。然後，你才可以脫下神袍，回到人間。」

所謂的萬劫地獄，其實只是一條路。

那條路從九嶷神廟起，到夢華峰頂止，一共十一萬一千一百一十一步。所有破了誓、犯了罪孽的神官，都要披頭跣足、獨自走完這漫長的一條路。

雲霧縈繞的夢華峰壁立千仞，飛鳥難上，其間布滿妖鬼魔獸，寸步難行。然而有一道天梯貼著懸崖，穿雲而上。那條天梯由毗陵王朝的第一代大司命韶明開闢，每一級台階都形似一把巨大鋒利的劍。劍柄嵌入崖上，劍刃橫向伸出，刃口朝上，刺破虛空，凜冽銳利。劍鋒環繞夢華峰，寒光閃爍入層雲。

而罪人，必須一步步在刀刃之上行走。

那是一條不折不扣的地獄之路，頭頂是交錯的閃電驚雷，腳下是烈烈燃燒的地獄之火。不能躲避，不能反抗，也不能中途返回。一旦踏上這條路，便只能一直一直地往上走，直到筋疲力盡，直到血盡骨裂，掉下懸崖。如果能僥倖走完這十一萬步，活著來到夢華峰頂，在坐忘台前將神袍脫下、將玉簡交還，還要接受天雷煉體之刑，才算是完成了整個儀式。

七千年來，近一千個破誓者裡，只有十一個生還。

而他，便是第十二個。

在無數神官侍從屏息的注視裡，時影的臉色卻一如平日沉寂，連眉梢都沒有動一下，只是抬頭看了看雲霧中的峰頂，並沒有絲毫的遲疑，輕輕拂了拂衣襟，便踏上第一步。

刀刃刺入足底，他身子微微一晃，隨即站穩。

「我在峰頂坐忘台等你。」大司命看著他踏上路途，在山下一字一句叮囑：「去吧……等你活著到了那裡，我有重要的事情告訴你。」

時影怔了一下，有略微的意外：大司命要和他說什麼？為什麼非要等他到了山頂才能說？

「事關空桑國運。」大司命似乎也明白他心中的疑惑，微微頷首，看著那一條天梯。「如果你心意已決，具備足夠的力量踏過煉獄重返紅塵，那就證明你堪當此任。到時候，再由我告訴你吧。」

「好。」時影不再追問，點了點頭，便回頭繼續踏上刀鋒。

那些利刃猙獰地從斷崖上一把把刺出，參差閃耀，組成雪亮的天梯。然而，這些刀劍故意做得有些鈍，踏上之後雙足血肉毀損，卻不至於鋒利到瞬間削斷雙足。

時影沉默著，一步步往上，每一步都如在地獄裡行走。

他能感覺到腳底的刀劍，每一把竟然都各自不同，踩踏上去之後，有些烈烈如火，有些酷寒如冰，有些甚至微微蠕動。他知道這座山上的每一把刀劍裡都封印著一個惡鬼，由歷代神官從雲荒各處擒獲，被封印在這座神山上。

那些惡鬼已經餓了幾千年，唯一的血食只有這些寥寥無幾的破誓罪人。所以，它們是嗜血而瘋狂的，令每一步都是極大的煎熬。

所以，一步一劫，謂之萬劫。

時影踩踏著刀刃，忍受著劇痛，一步步往上，鮮血從足底沁出，染紅白袍的下襬，漸漸變成了紅衣，看上去觸目驚心。

夢華峰下，無數人一起抬頭看著那個披頭跣足、踏著刀山火海走入雲中的人，眼裡露出敬畏不解的神情——這世上，為什麼會有人願意承受比死還痛苦的煎熬，踏上這條路？

忽然，有人看到了那一點紅，脫口道：「看啊……大神官流血了！」

「大神官居然也會流血？他自幼修行，不是不死之身嗎？」

「無論靈力多強也是人，哪會不流血？」

「可是他走得好穩啊……好像絲毫不覺得痛一樣！」

在議論聲裡，只見那個白袍人一步一步從刀山之上走過，慢慢隱入雲霧之中，越來越遠，身形看上去已如一隻白鶴。

然而，眼看他已經接近半山腰的雲層，就在那一瞬間，風雲突變，一道巨大的閃電從雲中而降，倏地劈落在獨行者的身上。

大神官猛然一個搖晃，便朝著刀鋒倒下去。

「啊！」底下的人齊齊發出一聲驚呼，卻見下一瞬間，大神官的身形忽然定住。他伸出一隻手扣住了刀刃邊緣，硬生生地阻止下墜。

在萬劫地獄行走時，是不許使用任何術法的，所以他只能赤手抓住刀刃，任憑血一滴滴從手掌邊緣流下。

雷電在他身體上縈繞，鎖住他每一寸骨骼，痛得彷彿整個身體粉碎。然而時影還是用手攀著刀刃，緩緩地重新站起來，雙手鮮血淋漓。他吸了一口氣，默然抬頭凝視著前方無盡的刀山，眼眸是黑色的，沉沉不動。

行至此處，才不過一萬步，而前面的每一步，都是在雷電裡穿行。

這就是所謂的天雷煉體，將全身的骨骼都寸寸擊碎。

時影只是沉默地低下頭，抬起腳，再一步踏了上去。他身形一動，雲中的電光隨之而動，再度從天而降，擊中他的後背。然而這一次因為有了準備，他只是踩著刀刃踉蹌了一下，膝蓋抵上利刃，不曾下墜。

等劇痛消失後，他撐起身體，抬手擦去唇角沁出的血絲，繼續往前。

下一步剛邁出，又是一道驚雷落下。

底下所有人怔怔地抬著頭，看著那一襲白袍在雲霧中越走越遠，漸漸隱入無數的雷電之中，再也看不見，一時間議論紛紛、感慨萬千。

「沒想到，有生之年還能看到這一幕。」

「唉……離上一次有人踏上這條路，已經有一百多年了吧？」

「應該是善純帝在位時候的事了。據說那個神官愛上一個藩王家的千金，橫下心要脫離神職，不顧一切走了這條路。」

「哪個藩王家千金啊，這麼有本事？」
「嗯……好像是赤王府的？」
「赤王府？那些大漠來的女人，就是妖精！」
「不過，我覺得我們的大神官這次肯定不會是為了女人。要知道他從五歲開始就在神廟裡修行，只怕這一輩子都沒怎麼見過女人。」
「那又是為了什麼？吃這麼大的苦頭，抵得上死去活來好幾次了。」
「天知道……」
當走到三萬步的時候，腳下的那些議論聲已經依稀遠去，再也聽不見。耳邊只有雷電轟鳴，眼前只有刀山火海，妖鬼冷笑，魔物嚎叫。
那一條通往雲中的路，似乎漫長得沒有盡頭。

重明神鳥展翅往南飛，朱顏卻忍不住翹首北望。
回頭看去，夢華峰上雲霧縈繞，雲間穿梭著無數閃電，在那麼遠的地方還能聽到驚雷一聲聲落下，密集如雨。她遠遠地聽著，覺得身上一陣陣發抖。那些閃電、那些霹靂……是不是都打在師父身上？
他……他現在怎樣？

她心急如焚，雙手結印，在眉心交錯，倏地睜開天目，「唰」地將視線穿入那一片雲霧之中，努力尋找那一襲白衣的蹤影。

然而，一睜眼，她只看到一襲鮮紅的血衣。

「師父！」只看得一眼，她便心膽俱裂，失聲大喊——那……那是師父？那個在刀山火海中遍身鮮血、踉蹌而行的人，竟是師父！

師父……師父怎麼會變成這個樣子！

「四眼鳥……四眼鳥！」她不顧一切地拍打著重明的脖子，厲聲道：「回去……快給我回去！去夢華峰！」

重明神鳥在雲中飛行，聽到這句話，翻起了後面兩隻眼睛看了看她，沒有表示。重明乃是上古神鳥，奉時影的指令要送她回赤王的身邊，又怎肯半路聽別人的指令？

然而，當朱顏幾乎急得要掐牠的脖子強迫牠返回時，重明忽然長長嘆一口氣，雪白的巨翅迎風展開，倏地在雲中來了一個大回轉，朝著夢華峰的方向飛過去。

一步，又一步。踏過萬刃，時影終於從雲霧之中走出。

模糊的視線裡已經能夠看到夢華峰的頂端，在太陽下發出耀眼的光，如同來自彼岸的召喚。他默數著，知道自己已經走了八萬三千九百六十一步，即將穿行出天雷煉體的雲層，進入妄念心魔的區域。

行到此處，他一身的白袍血跡斑斑，全身上下的肌膚已經沒有一處完好。當最後一道天雷落下的時候，他終於支撐不住地倒了下去。

刀刃切入他的身體，刺穿肋骨，將他卡在懸崖上。然而，幸虧這麼一阻，他才沒有直接摔入萬仞深淵。

他躺在冰冷的刀刃上，急促地呼吸，默默看著腳下的深淵。

那裡有一具枯骨，被雷電劈開，只剩下半邊的身體，掛在懸崖上窮奇的巢穴邊，黑洞洞的眼睛朝上看著，似乎在和他對視。

能一路走到八萬多步，應該是修為高深的神官吧？在雲荒歷史上也是屈指可數。又是什麼讓那個人也義無反顧地走上這條路？在那個萬丈紅塵裡，又有什麼在召喚著他呢？

說不定，就是那些侍從口裡說的，百年前赤王府的另一個千金？那些赤之一族的女子，真是有著火焰一樣讓飛蛾撲火的力量啊……

時影的臉貼著冰冷的刀鋒，定定地和那具枯骨對視片刻，神志居然不受控制地渙散了一瞬，分不清過去和未來。幻覺之中，他甚至感到那具枯骨忽然幻化成熟悉的臉，對著他笑了一笑，無邪明媚，如同夏季初開的玫瑰。

「阿顏……」他忍不住失聲呢喃。

剛說了兩個字，他又硬生生咬住牙。停了片刻，時影收斂心神，終於還是緩緩用手臂撐住刀刃，將被貫穿的身體一分分地從刀上拔出來。神袍上又多出一個對穿的血洞。

從這裡開始，前面的每一步都間隔巨大。

他提起一口氣，從一道刀刃上躍起，踩住下一道刀刃，人在絕壁之上縱躍，只要一個不小心，便會立刻墜落深淵。頭頂的天雷散去，化為千百柄利劍懸在上方，如同密密麻麻的鐘乳石，只要一個輕微的震動就會「唰」地落下。

他努力維持著呼吸，不讓神志渙散，一步一步小心地往前。

這最後一段路，不再像前面一樣只是折磨人的身體，轉而催生無數的妄念心魔。每一個走在上面的人都會看到各種幻象，被內心最黑暗的東西吸引。筋疲力盡之下，只要踏錯一步，便會化為飛灰。

他在這條路上孑然獨行，所有肉體上的痛苦都已經麻木。

然而眼前一幕一幕展開的，是無窮無盡的幻象。

他看到自己的幼年：冷宮是黑暗的，飯菜是餿臭的，所有人的臉都是冰冷的，母親是孤獨而絕望的，而父親……父親是空白的。那只是一個高冠長袍遙遙坐在王座上的剪影，他從未有記憶、從未靠近。

他看到自己的少年：那個深谷裡的小小苦修者，和他的母親一樣孤獨。他一個人成長、一個人思考，和死去的人交談、和星辰日月對視，在無數的古卷祕咒裡打發漫長的時光。

他有著一雙無欲無求，也沒有亮光的眼睛。

有一日，那個少年看到了碧落海上的那一片歸邪，預示著空桑國運的衰亡和雲荒的動盪，便竭盡全力奔走，力求斬斷那一縷海皇的血脈。

那，就是他的全部人生。

他的人生寡淡簡單，生於孤獨，長於寂靜，如同黑白水墨，乏善可陳。這些年來他持身嚴苛，一言一行無懈可擊，即便是在幻境裡也找不到絲毫的心魔暗影，穿過這最後的煉獄，應該是如履平地吧？

然而走著走著，時影猛然震了一下。

穿過那麼多黑白冰冷的記憶後，面前的幻象忽然改變，變得豐富而有色彩，彷彿烈焰一樣在眼前燃起。

有一個穿著紅衣的少女站在火海裡，就這樣定定看著他，眼裡有著跳躍的光芒，如同星辰、如同火焰，呼喚他：「師父，你來了？」

阿顏？他駐足不前，心神動搖了一瞬。

「你、你竟然把我最喜歡的淵給殺了！」然而，她轉瞬變了臉色，對著他大喊，眼裡都是淚水，如同一把利刃直刺過來。「該死……我要殺了你！」

聽到這番話，他陡然一陣恍惚，心痛如絞。

「阿顏……妳不是說原諒我了嗎？」那一刻，他竟然忘記自己是在萬劫地獄的幻境之中，喃喃說了一句。「妳其實還是恨我的……是不是？那……妳來殺了我吧。」

他在幻境中伸出手，想去觸摸那個浮在虛空裡的虛幻影子，完全不顧刀鋒刺向他的心口，就如同那一日重現。

行至此處，身體已經千瘡百孔，瀕臨崩潰。此刻心魔一起，所有的危險便立刻蜂擁而上。時影身體剛一動，腳下一步踏空，便直墜下去。與此同時，頭頂一把懸掛的利刃應聲而動，朝著他的天靈直插而下。

「師父！」在那個瞬間，有人凌空跳下來大叫。

誰？他從幻境中愕然抬頭，看到紅衣少女的影子從天而降——那道從雲中而來、帶著光的身影，在一瞬間和幻境裡那個持劍刺來的影子重合了。

他怔在原地，任憑長劍直插頭頂，一時間腦海竟是空白的。

「師父！小心！」朱顏顧不得身在高空，從重明神鳥背上一躍而下，不顧一切地撲過去一把抱住他，向著石壁的方向側身避讓。只聽「唰」的一聲，頭頂那把利刃擦著他的臉頰落下，在深淵裡碎裂成千片。

下一瞬，前面的那個幻影消失，身邊的影子卻清晰起來。

「妳……」他轉過頭，吃力地看著身邊的人，喃喃道：「阿顏？」

那個少女從天而降，在刀山火海中抱住他。明麗的臉上布滿恐懼和關切，就在咫尺的地方看著他，全身正在微微顫抖，呼吸急促。

他陡然又是一陣恍惚，竟然分不清這是現實還是虛幻。

「師父……你、你……你怎麼了？剛才你沒看到頭上那把掉下來的劍嗎？那麼大一把劍！」朱顏靠著石壁，只嚇得臉色發白，緊緊抓著他的袖子。「你差點就跌下去了知道嗎？你、你這是怎麼了啊……」

她說不下去，看著滿身是血的他，忍不住哭出聲來。

時影撐住身體，深深地呼吸，竭盡全力將自己的神志重新凝聚起來，終於看清身邊的少女，身子驟然晃了一晃。

這是真人！並不是幻覺！

怎麼回事？阿顏……她竟然去而復返？不是和她說了讓她不要來的嗎？為什麼她還要來？她就這麼想看他走入萬劫地獄，萬劫不復的樣子？

那一瞬，他心下忽然有無窮無盡的煩躁和憤怒。

「誰讓妳來這裡的？」時影吃力地站起身，往後踉蹌一步，一把推開她。「看看妳做的好事！」

他的語氣失去平日的從容氣度，眼神渙散，臉色蒼白，一身白袍早就被血染紅，如同從血池煉獄裡走出的孤魂野鬼，哪有昔日半分的神清骨秀？

「師父，你怎麼了？」朱顏看到他發怒，心裡自然也是驚恐，然而此時此刻他的樣子更讓她驚懼。「剛剛你中了邪，那把劍掉下來差一點就刺中你！幸虧我……」

「我不需要妳來救我！這是我自己要走的路！」話音未落，時影眼裡全是怒意，手指一併，便擊落頭頂懸掛的劍林。

朱顏連驚呼都來不及發出，又一把利刃從天而降，如同閃電一般落下。她下意識地想搶身上前推開他，然而那一刻時影不閃不避，竟然以身相迎。

「唰」的一聲，那把劍從右肩刺入，斜向刺穿他的身體。

「師父！」她心膽俱裂，失聲撲了過去。

「放開手！」時影卻毫不猶豫地甩開她的手，指著貫穿身體的那一劍，厲聲道：「看到了嗎？這是補剛才那一劍！這條路是我要走的。凡是我該承受的，沒有人可以替我承擔！」他回過身，指著看不到盡頭的來路，聲音冰冷：「否則，我寧可自己再從頭走一遍！」

朱顏嚇得說不出話，趕緊縮回手。此刻，師父的眼神是黑的，如同暗的火，有著從未見過的決絕和狠意，毫不容情。如果她真的再敢插手，估計他會說到做到，從頭再把這條路走一遍吧？

「回去。」時影頭也不抬地對她說道，語氣冰冷。

「不！」她在一旁，幾乎是帶了哭音：「我不回去。」

「重明！」時影提高聲音，召喚半空裡的神鳥：「帶她回去！」

然而雲霧之中，白羽一掠而過，重明神鳥發出一聲含義不明的咕嚕，卻是視而不見，徑直飛上雲端，將兩人扔在這裡。

「重明！」時影氣極，然而自身此刻已經非常衰弱，也是無可奈何，只能扭頭對她冷笑一聲說：「那好，既然妳想看，就看著吧！」

他轉過頭，再也不看她一眼，獨自踏上刀山而去。

剩下的一萬步，他整整走了一天一夜。

夢華峰上的斜陽沉了又升起，日月交替。他一襲血衣，在看不到盡頭的地獄裡前行，踉踉蹌蹌，筋疲力盡。到最後，甚至只能憑著模糊的視覺，摸索著刀刃，一寸寸地攀爬，走向日月升起之處。

一直有隱約的哭聲跟在後面，寸步不離。

實在是很煩人啊……明明已經讓她回去父母身邊，她卻要半途折返。難道，她非要看著他這種血汙狼狽的樣子？他並不想讓她看到此刻的自己……這個小丫頭怎麼就不明白呢？

時影恍惚地想著，緩慢地一步步走上坐忘台。那幾尺高的台階，此刻竟然如同天塹，每一步都如同攀爬絕頂般艱難。

走完最後一步時，所有的精氣神都瀕臨崩潰，時影一個踉蹌，在坐忘台上單膝跪地，顫抖著抬起手，將身上那一件千瘡百孔的神袍脫下來。神袍已經完全被血染紅，黏在了肌膚上，觸目驚心。

他用盡全力抬起雙臂，將血袍供奉在高台上，合掌對著神像深深行禮，長長鬆一口氣。

在這一刻，他終於可以告別過去。

一禮行畢，時影剛要站起來，卻覺得眼前一黑，整個人再也忍不住朝前倒下，連呼吸都在瞬間中斷。

「師父……師父！」他聽到她從身後撲了過來，哭聲就在耳畔。

為什麼她還跟著上了坐忘台？快……快趕緊走開！接下來馬上就是五雷之刑啊……

他想推開她，然而手腳已完全不聽使喚。他張了張口，想告訴她必須立刻離開，卻已經說不出話。在走完萬劫地獄之後，他的元神幾乎渙散。

「師父！你、你可不要死！」她大概嚇壞了，哭得撕心裂肺，拚命搖晃著他的肩膀，大顆大顆的眼淚一滴滴地砸落在他的臉頰上。

那一瞬，頭頂風雲變幻，有無數光芒聚集，在坐忘台上旋轉——這是萬劫地獄的最後一擊，用天雷擊碎氣海，毀掉所有修為，讓九嶷神廟的絕學再也不能隨著這個罪人被帶入凡塵。

就在說話之間，五雷轟頂而落！

無數耀眼的光芒從天而降，幾乎刺穿她，朱顏身體一輕，整個人瞬間騰雲駕霧地飛起，被重重扔到地上，摔得七葷八素。

「不知好歹的野丫頭！」一襲獵獵飛舞的黑袍出現在她顛倒的視野裡。「找死嗎？」

是大司命！在最後一刻，那個老人出現在坐忘台，將朱顏一把抓起來，遠遠地扔開。轟然降落的五雷全數擊在時影身上，瞬間將那一襲血色白衣徹底淹沒。

「師父……師父！」她伏在地上，撕心裂肺地叫了起來。

「叫什麼？」大司命扔下她，語氣冷淡，帶著譏諷。「他只是承受了五雷天刑而已，死不了的。」

什麼？朱顏愣了一下，抬頭看了看眼前的老人。在白塔頂上一別之後，她還是第一次再看到這個莫測的老人。然而每次一看到，她就像見到閻羅一樣，心裡一緊，恐懼得發抖。

大司命沒有看她，而是去俯身察看時影的傷勢，臉色凝重。

這一路行來，刀山火海，即便是時影這樣的修為，也是受了極其嚴重的傷：四肢百骸俱斷，全身上下幾乎已沒有一寸完整的血肉。最後的天雷震散了他的三魂七魄，擊碎他的氣海丹田，已將他畢生的修為硬生生毀去。

五歲出家，避世苦修，這樣的術法天才，居然毀於一旦。

一念及此，大司命心裡不由得一陣怒意，抬頭看了少女一眼，厲聲道：「妳還來這裡做什麼？怎麼不回去赤王府？玉骨呢？怎麼還在妳頭上，為何沒還給他？」

「我……」朱顏被老人迎頭一罵，說道：「我是擔心……」

「輪不到妳來擔心。」大司命語氣冰冷，將地上昏迷的時影扶起來，讓他在坐忘台上盤膝而坐，抬手將一白一黑兩枚玉簡一起放入他雙手，然後從懷裡拿出一只匣子打開來，將裡面的東西全都放在地上。大司命應該是有備而來，匣子裡裝的全是藥，琳琅滿目。

大司命將一顆紫色的丹藥送入時影的嘴裡，用水給他服下；又倒出幾顆金色的藥丸，在手心捏碎，敷在他的幾處大穴上，手法非常迅速；最後抬起手，飛快地封住他的氣海，將元嬰鞏固。

等一切都做好，老人才回過頭看了她一眼，冷冷道：「妳怎麼還不走？」

朱顏看著他對師父施救，心裡漸漸鎮定下來，安定了大半。沉默了一瞬，她終究是忍不住不甘，跺腳失聲道：「為什麼一直趕我走？我真的會害死師父嗎？會不會……會不會是你弄錯了？」

聽到這種話，大司命略微愕然地看了她一眼，臉上浮現洞察般的冷笑：「怎麼，事到如今，眼看著影活過來了，妳想反悔嗎？信不信我讓妳走不下夢華峰？」

「我可不怕你！」感覺到對方心裡的殺機，朱顏卻毫無畏懼。「你殺不了我。師父說了，星魂血誓已把我們的命聯結在一起，如果你殺了我，他也死了。」

「呵……倒是打得一手好算盤。」大司命似乎被伶牙俐齒的她堵得說不出話來，打量她半晌才道：「妳不願意離開他，為什麼？是捨不得？」

朱顏一下子頓住了，訥訥說不出話來。

她只知道自己不想接受這樣的結果，不想天各一方、永不相見，卻還未曾想過這樣的想法究竟是為什麼。

「呵……我就知道，妳其實是喜歡他的。」大司命審視她一番，冷冷道：「在星海雲庭看到妳的瞬間，我就知道了。」

「不……不是的！」她下意識地否認：「他是我師父……」

「星魂血誓最大的原動力，是人心之中的愛。沒有人會願意付出生命來換回一個不愛的人。」大司命凝望著她，眼神洞察。「或許連妳自己也不清楚自己的心意，但是，當妳做出那個決定的時候，一切就已經明瞭，不必抵賴。」

她說不出話來，瞥了一眼遠處的時影，只覺心跳如鼓。

「可惜，影還不知道這一點吧？他從小出類拔萃、樣樣皆通，唯獨在兒女私情這方面比常人還不如。」大司命嘆了口氣，轉頭看了一眼結界裡無知無覺地休眠中的時影，忽然道：「也幸虧如此……不然一切就麻煩了。」

朱顏站在那裡，臉色陣紅陣白，忽然鼓足勇氣，抬起頭看著大司命開口：「是的，我不想離開師父！你那麼有本事，有沒有什麼方法可以化解這一切，讓我不成為他命中的災星？」

大司命停頓了一瞬，臉色沉下來，驟然掠過一絲怒意和殺機。

「我早就知道妳這個小丫頭會反悔。」他從懷裡拿出一樣東西，放到朱顏的面前說：「所以，便從帝君那裡請了這一道旨意。」

那一瞬，少女猛然僵住了，不敢相信地睜大眼睛。

『赤之一族，辜負天恩，悖逆妄為。百年來勾結復國軍，叛國謀逆，罪行累累，不可計數。賜赤王夫婦五馬分屍之刑，並誅其滿門。』

「你……」朱顏定定看了這道聖旨半天，才抬起頭看了一眼大司命，如同看著一

個魔鬼，憤怒地大喊：「你居然……居然讓帝君下了這種旨意？渾蛋！」

她猛然伸手，想要撕毀那道旨意，然而大司命袍袖一拂，瞬間將那東西收回去，神色森然。「這哪是謠言惑主？那個復國軍首領止淵，長年居住在赤王府裡，是不是事實？赤之一族世代包庇叛黨，是不是事實？在這次叛亂裡，妳更是親自出手，對抗天軍。就憑這些，下旨滅妳滿門，算不算冤枉？」

朱顏一下子說不出話來，只覺全身發抖。

「這道旨意，就算是影親自看了，也無話可說。」大司命淡淡道：「他一生涇渭分明、公允無情，事實擺在面前，就算他心裡再不願意，也絕對不會幫妳開脫。想來妳也不願意令他陷入這種兩難的境地，是不是？」

朱顏知道他說的是實情，一顆心慢慢下沉。

因為庇護鮫人，他們赤之一族是有軟肋的，特別是她，更是罪行累累，此刻被這個老人拿捏住了七寸，根本動彈不得。

看到她的神色從憤怒轉為低沉，大司命眼裡的譏誚更加濃了起來。畢竟年紀還小，而且錦衣玉食，從未見過外面的明刀暗箭，這個小女娃被自己這麼一說，立刻便退縮了。

「這道旨意一下，妳的父王母妃，乃至所有親眷，立刻便要被屠戮殆盡。」大司命的聲音森冷，一字一句說道：「不要以為我只是嚇嚇妳而已，等妳看到赤王人頭懸上天極風城的那一天，就知道我沒有一句話是誑語。」

朱顏咬著嘴唇，說不出話來。

大司命冷笑一聲：「現在，妳敢反悔嗎？妳敢不敢用全家族的人命，來搏一搏妳的那點痴心妄想？」

朱顏臉色蒼白，心裡的那一口氣終於慢慢散了，頹然低下頭去。

「我給妳最後一次機會，留下玉骨，回赤王府去，永遠不要再和影相見。這樣一來，前面的那些事就一筆勾銷。」大司命聲音冰冷。「妳父母極愛妳，相信妳也不想為了自己的一點私心而連累他們全部送命，是吧？」

朱顏想了又想，眼神漸漸灰暗，許久終於是不作聲地嘆一口氣，緩緩抬起手，從頭上抽下那一根玉骨，放到大司命的面前。

「拿……拿去吧。」她澀聲道，眼裡含著淚。

「這不是我們的約定。」然而大司命看著她，並沒伸手去接那根玉骨，冷冷道：「我要妳親手還給他，親口告訴他。」

朱顏顫抖了一下。「告……告訴他什麼？」

「妳知道的。」大司命冷冷道：「我在伽藍白塔神廟裡叮囑過妳。」

他沒有理睬臉色灰白的朱顏，蹙眉道：「好了，我現在得先替影療傷，大約需要三個時辰，這段期間不能被任何事情打斷。妳在旁邊替我們護法，順便好好想一想等一下要怎麼告訴他吧。」

「你……」

朱顏氣極，一跺腳，強行忍住用玉骨把這個老傢伙扎個對穿的衝動。

天雷散去，夢華峰頂上陽光普照。

在這寂靜的大空山裡，只有天風過耳，不絕如縷。「啪」的一聲，有什麼從風裡落下來，差點砸到她頭上。定睛看去，卻是一朵大如碗口的花朵。或許因為夢華峰上人跡罕至，這裡的花樹都長得有幾人高，花開時燦如雲霞。

朱顏失魂落魄地坐在樹下，手裡握著玉骨，指尖微微發抖。

她看了一眼不遠處坐忘台上的大司命，然而老人只是全神貫注地看著時影，蒼老的眼睛裡充滿焦慮和凝重。他盤膝坐在時影背後，一手併指點在他的頭頂，一手按在他的後心，額頭有裊裊的紫氣。那是靈力極度凝聚的象徵。

竟然是在耗用真元嗎？大司命還真的是拚了命地在幫師父啊……那麼說來，他對自己這般苦苦相逼，說不定……真的也是為師父好？朱顏心裡茫然地想著，將玉骨在手指間反復把玩，心神不定地想著，等一會兒師父醒來，自己又該如何開口？

——一想到是你在我面前殺了淵，我就怎麼也無法原諒你。

這樣一句話，是否已經足夠？

這句話有匕首一樣的殺傷力，師父聽了之後，大概會什麼都不說，轉頭就走吧？或許就如大司命所說，他從此以後再也不會見她。

可是……可是……這一切，怎麼會變成這樣？朱顏想來想去，覺得心緒煩躁，這個老人為什麼非要逼著她把事情做絕？

那一刻，她忽然後悔自己按捺不住返回這裡，不僅什麼忙都沒幫上，師父還為她多挨了一劍。如果她和重明一起返回王府，又怎會有現在的局面？

她恨恨地將手捶在地上，「叮」的一聲，玉骨竟將白石刺出一道裂縫。

同一瞬間，耳邊傳來一聲尖厲的叫聲，直上九霄，驚得她倏地抬起頭——那是重明的叫聲，牠……是在發出淒厲的警告。出了什麼事情嗎？

朱顏從樹下躍起身，玉骨在指尖瞬間化成一柄劍。

夢華峰上雲霧縈繞，正是清晨，日光初露。然而就在一瞬間，頭頂狂風頓起，樹木搖動，無數花朵簌簌落下，如同下了一場血雨。是什麼東西飛過來，引來那麼大的動靜？

然而，朱顏剛跳起來，頭頂的天空忽然就黑了，黑得沒有一絲光，彷彿有布幕從頭頂「唰」地拉起，將整個山頭都密封。

在不祥的漆黑裡，她看到樹林之間浮起一雙雙冷亮的眼睛。

本來空無一人的夢華峰上，忽然出現許多穿著黑袍的人。他們的臉深陷在陰影裡，雙手枯瘦如柴，只有雙瞳是冰藍色的，在暗影裡如同鬼火跳躍。

那一瞬，朱顏「啊」了一聲，只覺得全身發冷。

那些眼睛、那些黑袍，她曾在十三歲的夢魘森林裡看過！那個少時的惡夢，居然在這個時候回來了。這些人，和五年前追殺過他們的是同一撥人。他們到底是誰？為什麼會在這時候忽然出現在這裡？他們……他們是怎麼上夢華峰的？

悄然浮現在密林深處的黑袍人有著冰藍色的眼睛，風帽下露出暗金色的長髮，手裡握著法杖，袍子上繡著雙頭金翅鳥的徽章，無聲無息地朝著夢華峰頂圍了過來。

坐忘台上的大司命睜開眼睛，只看得一眼，便是全身大震。

「十巫？」他脫口驚呼，手指微微一顫。

遠在西海的滄流帝國冰族十巫，竟然連袂出現在這裡。

自從七千年前被星尊大帝驅逐出雲荒大地之後，冰族一直流浪於西海，建立了滄流帝國，千年來雖然屢屢試圖返回大陸，但無一成功。這一次滄流帝國的元老院居然傾巢而出，遠赴雲荒，簡直是百年來從未有過的情景。

這些人莫非預先知道了今天會是時影最衰弱的時候，所以才乘虛而入？又是誰向他們透露了這個消息？

黑袍人一個個自虛空裡現身，默不作聲地圍住坐忘台。

大司命正在給剛經歷過雷火天刑的時影療傷，氣海內的真元源源不斷地注入對方體內，修復損傷、穩固氣脈，正進行到關鍵的時刻。時影傷重垂死，尚未醒來，全賴這一口氣續命，一旦在此刻突然中斷，兩人必然同時受到重傷。

大司命儘管內心驚駭，卻是無法動彈。

十位黑袍人將坐忘台團團圍住，當先的巫咸站出列，審視了一眼盤膝恢復中的時影，點了點頭，似乎確認了身分。「是他。」然後，他看了一眼坐在時影身後的大司命，神色一動。「居然是空桑的大司命？好久不見。如今是親自前來替時影主持儀式嗎？」

大司命嘴角動了動，沒有說話，手指沒有離開時影的背心。

「怎麼，說不了話？」巫咸停頓一下，饒有興趣地審視著坐忘台上的兩人。「正在給他凝固真元，緊要關頭放不了手吧？」

黑袍的巫師大笑起來，轉頭告訴同僚：「你們看，空桑術法最強的兩個人，此刻

居然都在這裡。意外之喜，一箭雙雕！」

冰族十巫倏地散開，將坐忘台包圍，手裡法杖一橫，整個夢華峰上驟然暗得伸手不見五指。

「結十方大陣！」巫咸一眼便判斷完形勢，吩咐其他九位黑袍巫師：「按照智者大人的吩咐，直接讓那個年輕的神魂俱滅。老傢伙要留著，他有一甲子的修為，若能吸取到他的真元，我們每個人都至少能突破一層境界。」

聽到這些話，大司命臉色一沉。

是的，滄流帝國的十巫修習的乃是暗系術法，擅長汲取別人的生命和力量為己用，自己此刻動彈不得，若是落到他們手裡，只怕後果不堪設想。

「滾開！」然而不等十巫動手，斜裡忽然傳來一聲大喝。

一道光華從暗夜裡綻放，如同閃電割裂一切，在坐忘台上劃出一道弧線，將那些欺近的黑袍人給凌厲地逼回去。只聽「叮」的一聲響，十巫手裡的法杖擊在那一道光上，竟都瞬間齊齊退了一步。

大司命的眼神一變，看清了出手的人。

那是朱顏。她從樹下點足飛躍，玉骨凌空一轉，化為一把長劍「唰」地回到她的手裡。她持劍在手，屈膝落到坐忘台前，一劍逼退眾人，另一隻手則結了一個防禦的印，大喝：「想動我師父？作夢！」

巫咸顯然沒想到夢華峰上會憑空出現一個女人，不由得有些錯愕——這小丫頭是誰？她口裡說的「師父」又是誰？是大司命還是大神官？

然而，沒等他轉過念頭，朱顏手掌一按地面，飛快地念動咒術。只是一轉眼，夢華峰上大地顫抖，無數的樹木破土而出，密密麻麻，瞬間將坐忘台給圍了起來，結成一個淡綠色的圈。

「千樹！」那一刻，巫咸脫口驚呼。

這是九嶷術法裡最高深的防禦術，非多年修為的術士不能掌握，居然被這個少女一出手就施展出來，這個人果然是九嶷門下的高徒嗎？可是，九嶷神廟什麼時候收女弟子了？

巫咸長眉一蹙，斷然吩咐：「先解決她！」

十巫「唰」的一聲，齊齊往前飄浮一步，團團將少女圍在中間。

「沒事，我來對付這些人！」朱顏卻是毫無懼色，緊緊盯著十巫，手握玉骨，頭也不回地對大司命道：「你只要好好給師父療傷就行。」

話音未落，她大喝一聲，握著劍便衝出去。

結界裡的大司命皺了皺眉頭，吸了一口氣——這個小丫頭，實在太不知道天高地厚。滄流帝國的十巫掌握了暗系術法，每一個都修為深厚，如今連袂前來，就算是他自己或者時影，都未必會是對手。

但這個小丫頭，竟然想也不想地衝出去？

這個小丫頭衝出去後，整整擋住十巫一百多個回合的攻擊，竟然咬著牙一步都不退讓。

然而，朱顏的戰鬥力之旺盛，令經驗豐富的大司命都意外。

這一仗不知道持續了多久，到最後，朱顏甚至已神志恍惚，每一個簡單的動作、每一句簡單的咒語都需要耗費極大的力量。然而，她知道自己只要一退，眼前這些人就會像五年前那樣取走師父的性命。

玉骨舞成一道流光，密不透風地圍繞著坐忘台，將十巫的每一次攻擊都竭盡全力地擋回去。

千樹結界裡，大司命抬眼看到這一幕，不禁略微動容。這個小丫頭還不到二十歲吧？在九嶷山只不過待了四、五年，居然就有這樣高的悟性。如果不是她不久前剛用過星魂血誓，損傷了元神，只怕此刻還不僅止於此。

影，你還真是收了個好徒弟啊……

大司命無聲地嘆息，眼神有些複雜，一手併指點在時影的頭頂，一手按在他的後心，頭頂紫氣裊裊，飛速地修復重傷之人。

然而另一邊，朱顏已經漸漸支撐不住。

畢竟是年少，實戰經驗不足，更不知怎麼應對多人配合的陣法，她只是一味地進攻，先發制人，不停逼退對方上前的企圖。然而十巫經驗豐富，很快看出她的弱點，並不急於一時，只是此起彼伏地配合著，消耗她的靈力。

終於，他們覷到了一個空檔。

朱顏發出落日箭，「唰」地將靠近坐忘台的巫彭和巫朗逼退，然而左支右絀之下，自身空門大露。剎那間，七根法杖擊落下來，「喀嗒」一聲，她護體的金湯之盾應聲碎裂。

朱顏往前踉蹌一步，一口鮮血吐出來，感覺全身寸裂。

不行……五年了，和當年一樣，她還是打不過這些人。

她……她怎麼這麼沒用！

眼看十巫越過她的防線，連袂走向坐忘台，她只覺得心裡的一股狂怒和不甘勃然而起，一聲大喊，手掌一按地面，整個人倏地飛起，從背後撲向巫咸。

「站住！不許動我師父！」那一瞬，她殺紅了眼，不顧一切地合起雙手，指尖相

對，在眉心交錯，大喝一聲：「天誅！」

夢華峰的上空驟然一亮，狂暴的雷電被召喚而至，當空下擊，如同盛大的金色煙火轟擊入人群。黑袍巫師們齊齊踉蹌一步。

「找死！」巫咸面帶怒容，帶著十巫齊齊回身。

十根法杖齊齊落在她背上，朱顏被震得整個人往後飛出，又是猛然吐了一口血。然而在半空中，她的嘴角露出一絲奇特的笑意，忽然間飛快地念了一句什麼，說了一聲：「定！」

所有飛濺的血，在虛空中忽然定住。

「不好！」那一刻，巫咸失聲喊：「小心，她在用燃血咒！」

這個丫頭，居然是在拚命！

從她身體內飛濺出來的鮮血，一滴滴在空中凝結，如同無數紅色的珠子，散落在十巫身側。然而隨著她吐出的咒語，那些鮮血忽然化成一團火焰，轟然爆炸。

驚人的爆裂聲裡，十巫齊齊往外退開，其中三個搖晃了一下，被咒術擊倒在地，結好的十方大陣頓時破了。趁著那一刻，朱顏用盡最後一點力氣飛身撲過來，重新守住坐忘台的入口，孤身擋住十巫。

然而她也已經筋疲力盡，再也撐不住身體，跌坐在地。

朱顏劇烈喘息著，只覺得全身骨骼都要碎了，嘴裡全是血腥味，心裡又是憤怒又是沮喪——這、這還是她學完師父的手札之後的第一戰吧？居然就打輸了？早知道這些人這麼難打，真應該平日多刻苦練功啊。

然而初出茅廬的她並不知道，能夠獨力和十巫周旋那麼久，在這個雲荒已經是個奇跡。

「先解決這個丫頭！」眼看一次次被攔截，巫咸失去耐心，法杖一揮，整個夢華峰忽地震動一下，山川崩塌。漆黑的天幕下，只聽無數的簌簌聲響起，草木搖動，如同波浪。那些聲音從山崖底下傳來，入耳驚心。

那……那是什麼聲音？他們在召喚什麼？

朱顏心中有不祥的預感，視線所及之處，令她忍不住驚呼一聲——天啊！居然……居然有無數骷髏，從山崖下爬了上來！

那些骷髏不知道死去了多少年，早已風化乾枯，有些甚至四肢不全，然而身上都還穿著襤褸的神袍，彷彿是提線木偶，一步一步踩著刀刃做成的階梯，歪歪扭扭地走過來。

那一刻，她只覺得頭皮發麻。這些西海來的傢伙，居然用巫術召喚出這座山上所有死去的亡靈。

九百多名歷代神官，密密麻麻地踩著刀刃從崖下走上來，將孤零零的坐忘台包圍，無數雙空洞的眼窩盯著她，面無表情。

「殺了這裡所有人。」巫咸念完咒術，如此吩咐。

「唰」的一聲，所有死去的空桑神官齊齊轉身，對著她撲過來。

「啊……啊啊啊！」看到那些死去多年的臉，朱顏頭皮發麻，剎那間幾乎有拔腿就跑的衝動。然而剛跑了幾步，一想到背後就是尚自昏迷的師父，她硬生生停住腳步——管不得別的了，不能讓師父陷入危險。就算是大不敬，也得把這些前輩碎屍萬段。

她反過身來，重新握緊玉骨，向著那些密密麻麻的骷髏衝過去。

「退下！」正當她孤身陷入重圍的一瞬，忽然聽到背後一聲清嘯，一道電光破空而起，將夢華峰上的濃烈黑氣整個破開。

危急關頭，大司命終於完成了治療，從坐忘台上長身而起。

「十巫這一次，定然鎩羽而歸。」在遙遠的西海上，有一個聲音低沉說了一句，拂袖而起。面前的水鏡轉瞬激起了細碎的波紋，將裡面映照出的所有幻影撞碎，智者低語：「不用看了。」

聖女跪在一旁，聞言微微顫抖了一下。

「告訴青王，這一次失敗了。」黑暗裡，一雙金黃色的瞳孔閃爍，璀璨裡含著暗色，乍一看去，幾乎和空桑人供奉的破壞神的眼睛一模一樣。

「是。」聖女叩首，膝行退出。

水鏡重歸平靜，裡面果然映出接下來夢華峰上的走向：大司命終於騰出手來和那個少女並肩作戰，一老一少兩個人，竟和十巫鬥得不相上下。滄流帝國這次孤軍深入雲荒腹地，本來靠的就是奇襲，一旦陷入久戰，只怕勝算便會驟減。

怎會忽然冒出那麼一個丫頭，居然連十巫都收拾不了她？空桑六部上下，從何處出來了那麼一個變數？

還是，時隔七千年，他已經對原來的那片土地陌生呢？

金色璀璨的瞳孔裡掠過無數複雜的表情，智者沉吟著。

忽然，水鏡裡的畫面變幻，夢華峰上的那一場對戰被打斷了。只見雲層裂開，一道白色閃電撕裂黑暗衝了下來，發出淒厲的叫聲。那是重明神鳥，牠背上負著十幾名神官侍從，衝開迷霧從山下飛了上來。

那些援軍加入戰局後，局面瞬間扭轉。

果然，到最後還是功虧一簣……坐在黑暗中的智者無聲地嘆了口氣，抬起頭看著夜空，忽然間怔愣一下。

頭頂的星象整個變了！

星野變，天命改。北斗帝星雖然黯淡，但旁邊驟然出現並肩的兩顆大星，一顆帶著紫芒，一顆閃著暗紅，而且細細看去，這兩顆星之間有著隱約的聯結，竟是休戚與共、交相輝映，點亮整個天宇。

璀璨的黃金瞳忽然暗了一下，若有所思——這個世上，可以改變星圖、隱蔽星辰的，除了自己之外，居然還有其他高人？是來自空桑，還是海國？

「雖然到了末世，但雲荒大地上竟然還有這樣的能人異士……那些空桑人，是想垂死掙扎，挽回天運和宿命嗎？」

聲音從黑暗裡低聲響起，模糊而深沉，似是從遠古傳來。

「看來，我得要親自去一趟雲荒。」

第三十五章　分飛

夢華峰頂的那一場血戰，以犧牲了九嶷神廟二十七位神官、一百多名侍從結束。一天一夜的激戰之後，山下的援軍趕到，十巫最終無功而返，所有被召喚的骷髏重新墜回到崖下，再無聲息。

重明神鳥一身白羽上也濺滿了點點血紅，筋疲力盡，掙扎著飛向深谷，去尋找靈藥治療自己的傷口。

大司命轉過頭，看著坐忘台上的時影，長長鬆一口氣。

垂危的人已經好轉，臉上漸漸有一點血色，一團光華在體內流轉，顯然已重新凝聚被天雷震碎的元嬰。

萬劫地獄、五雷天刑，自古從未有神官從這條路上倖免。幸虧他一早就已計畫好了，親自守在終點施救，這才勉強保住時影的一身修為。

這樣的人，若是重新淪為普通凡人，豈不是暴殄天物？

大神官在漸漸恢復，而那個赤之一族的小郡主托著一條折斷的胳膊蹲在他面前，憂心忡忡地看著，明亮的眼睛裡滿是焦急。

大司命的視線落在朱顏身上，微微動容。那個丫頭在這一場激戰裡和他並肩戰鬥，竟然從頭撐到最後。雖然修為尚不能和前輩相比，卻勝在打起來不要命的氣勢，三次被十巫聯手擊飛，三次拚命反攻，弄得全身上下都是傷。因為咬破舌尖施用血咒時不慎咬到臉頰，臉都腫了半邊，齜牙咧嘴，顯得有點可笑。但此刻，九死一生的她顧不得包紮自己的傷口，只是蹲在那裡關切地看著時影。

大司命不作聲地嘆一口氣，走過去拍了拍她的肩膀。朱顏一個激靈，抬頭看著這個黑袍老人，往後猛然退一步。

這個小丫頭，很怕自己吧？

「影就要醒了，妳讓開一點。」大司命聲音森冷，從懷裡抽出那一卷旨意，在她眼前閃了一下又放回去。「記住妳答應過我什麼。」

朱顏看到那道聖旨，臉色倏地蒼白。

那一瞬她握緊玉骨，似乎想要衝上來拚命，然而遲疑了一下，眼裡的那一點光亮終究還是暗下去。她默默站起來，退回到了花樹下，獨自發呆。到這時候，她才感覺到周身上下的疼痛，發現鮮血幾乎染紅半邊袖子。

「沒想到妳年紀輕輕，修為竟然達到這種地步。」大司命的聲音從背後傳來，帶著一絲嘆息。「即便是影，在和妳同年齡的時候，也無法獨自在十巫手下撐那麼久。」

「過獎了……誰能比師父還厲害啊？」朱顏並不想搭理他，沒好氣地嘀咕一聲。「只是一個人若到了拚命的時候，本領自然會比平時驟然強上好幾倍。我寧死也不會讓這些冰夷動師父一根手指頭。」

大司命心裡一動，再次打量一下朱顏。少女說了那一句話之後便嗒然若喪地垂下頭，用衣帶包紮著受傷的胳膊。

大司命看出她的心思，問道：「怎麼，很不甘心嗎？」

朱顏沒有說話，胡亂將傷口包上，只是看著滿地的殘花發呆。那些空山裡的花，原本開得正好，被這一場激鬥一摧全數掉下來，在地上層層疊疊鋪滿，如同一地的華麗錦緞。她伸出腳尖茫然踢了踢那些落花，隔很久才「嗯」了一聲。

「妳還小。」大司命在心裡嘆了口氣，聲音卻依舊平靜。「等妳再長大一點就會知道，無論是誰，只要活在這世上，再不甘心也得接受的事情其實有很多。」

朱顏忍不住問：「那你難道也有過不甘心的事嗎？」

「當然。」雖然她問得突兀，大司命卻只是淡淡回答。「我的一生都身不由己。」

朱顏不由得睜大眼睛，倏地回過頭看著老人，不敢相信地問：「是嗎？你可是大司命耶。你本事那麼大，怎麼也有做不到的事？」

「當然有。」大司命短促地回答。

「是什麼？」少女眼裡露出強烈的好奇。「是很重要的事嗎？」

大司命搖搖頭，似是想起什麼遙遠的事情，眼神有些黯然，終於還是低聲說：「和妳一樣。終其一生，我也沒能和所愛之人在一起。」

「啊……和我一樣？」朱顏怔愣一下，只是低著頭用足尖踢著地上的落花，半晌才輕聲說：「是因為阻撓你們的人比你厲害，你打不過嗎？」

大司命想了一想，竟然不知道該如何回答。他要對抗的其實不是任何一個人，而是他的命運——幾乎是一出生就被注定的命運。

朱顏卻看著他追問：「真的打不過？你竭盡全力了嗎？」

那一刻，大司命震了一下，沒有說話。

「難道你沒有？」朱顏忍不住嘀咕。

老人沒有說話，眼神裡轉過複雜的神色，漸漸變成悲涼——在遙遠的過去，當他得知父王將阿嫣許配給兄長當太子妃的時候，他做了什麼？他什麼也沒有做，只是躲入神廟，埋頭於那些術法典籍之中，畢生再也不肯從那個殼子裡出來，直到驚聞噩耗。

是的，他什麼也沒做，更沒有竭盡全力，只是過早地放棄了。

「可是，我和你不一樣。至少我努力爭取過了！我……我用盡了所有的力氣！」朱顏挺起胸膛大聲說道。然而說完這句話，她又垂下頭去，沮喪地喃喃說：「可是……我還是鬥不過你。真是太可惡了。」

少女的話語直率又大膽，然而大司命看著她，眼裡的神色竟然變得溫和。

「我並不是在為難妳。」老人終於開口，嘆了口氣說道：「我只是在保護空桑，保護時影。」

「說得這麼冠冕堂皇。」朱顏嘀咕一聲，再度打量一下這個老人，有些無可奈何。「唉……雖然我對你用不了讀心術，但也看得出你是個好人。這些日子以來，你一直在幫我師父，對不對？沒有你，師父估計早就被我害死了。」

大司命點了點頭說：「妳知道就好。」

「所以……說不定我聽你的話，也是對的。」朱顏嘆一口氣，怏怏道：「我不能拿這種事冒險，更不能再害師父第二次。我……應該走得遠遠的，讓他好好地、平安地過完剩下的二十幾年。」

說到這裡，少女的眼神漸漸灰暗下去，顯然是內心開始動搖，逐步放棄最初的堅持。大司命看在眼裡，心中不知道為何有一陣隱痛，嘆了口氣說：「妳能夠這麼想最好。」

「可是……就算這麼想，還是很難受啊！」她嘀咕著，聲音發抖。「心裡很痛，像被硬生生撕開了一樣。」

「我知道這種感覺。」老人的聲音是溫和的，嘆息說：「但是妳還小，還有無數遇到其他人的可能性。時間終究會讓所有傷口痊癒。」

「不，不可能了。」朱顏嘀咕著，聲音哽咽。「我錯過了淵，又錯過師父……我再也遇不到喜歡的人了。」

「會遇到的。」大司命溫和地說著，抬起手握住朱顏的肩膀。剎那間，一道流轉的光華籠罩下來，朱顏還來不及回過神，折斷的手臂便已經不痛了。

「啊？」朱顏愣了一下，抬頭看了看大司命。「你在幫我療傷？你自己的傷還沒好呢。」

「我沒事。」大司命看著她明亮的眼睛，心裡也是沉重。

說到這裡，那一邊忽然有侍從驚喜地喊：「大神官醒了！」

「師父醒了！」朱顏欣喜若狂，便要奔過去。這一刻，大司命卻忽然抬起手拉住

她——回頭之間，朱顏看到老人眼裡的溫度再次全部消失，變得冰冷不容情，冷冷地看著她。

剎那間，朱顏明白了他的意思，忍不住顫抖一下。

「記住，不要拿父母和全族的命開玩笑。」大司命語氣冰冷，帶著威脅。「別忘記妳答應過我什麼。」

朱顏的手指顫抖，終於還是握住玉骨，走向那個人。

經歷過漫長的煉獄之路，時影剛剛睜開眼，猶自虛弱。他看著周圍簇擁上來的人群，神情有些恍惚，竟是想不起此時、此刻、此地是什麼景象，自己又為何會出現在這裡。

然而，當那個少女來到他的面前時，他的神志忽然清晰起來。

「阿顏？」他看著走到眼前的人，失聲道：「妳……妳不是回去王府了嗎？怎麼又來這裡？」

朱顏沉默地凝視著他，嘴唇微微動了動，欲言又止。

然而，時影看到她鼻青臉腫、滿身是傷的樣子頓時變了臉色，撐起身來失聲問：

「怎麼，妳受傷了？是誰把妳打成這樣？」

「沒……沒事。」朱顏連忙搖了搖頭，往後退一步。

她反常的退縮讓他怔住了。就在這短短的剎那，時影的意識漸漸清晰起來，迅速地回憶起萬劫地獄途中的種種，再看著眼前的人，心裡忽然間百味雜陳，說不出一句話。

彷彿生怕自己失去勇氣，下一刻，朱顏忽地一咬牙，抬起手直直地伸到他面前，大聲道：「我……我是來還你這個的！」

時影看到她的掌心，猛然一震。

——她的掌心裡，赫然握著那一根晶瑩剔透的玉骨。

他抬起眼，詢問地看向她。朱顏卻立刻垂下頭，避開他的視線，聲音僵得如同一條直線，手臂也彷彿僵硬似地伸在那裡，遞到他面前，一動不動。「還給你。」

時影明白了她的意思，瞬間吸一口氣，眼神黯淡下去。然而只是沉默了片刻，他便控制住自己，聲音竟然還是平靜的。「既然已經送給妳，就不用還回來了。」

聽到這個回答，朱顏嘴角動了一動，幾乎露出一個哭泣的表情——怎麼，他不肯收？難道……還是得逼著她說出那句話嗎？

她下意識地看了一眼大司命，然而那個老人在人群之外直直看著她，表情沉默而冰冷，並無絲毫緩和。在他的手裡，那一道可以奪走她全族生命的旨意，讓她不得不臣服於死亡的威脅下。

沒辦法了，必須要說。

朱顏轉過頭看著師父，深深吸一口氣，艱難地開口：「可是，我……我不想留著它了！每次只要一看到它，我就會想到是你殺了淵！我……我怎麼也忘不了那一天的事，再也不想看到它！」

時影驀然抬頭看著她，露出不可思議的神色。

他的視線令她全身一震，彷彿是覺得燙手，玉骨從她的掌心頹然滑落。

時影倏地抬起手，在玉骨落地之前接住它，用力握緊──用力到讓尖端深深刺入掌心，鮮血沁出。

「我知道了，那就拿回來吧。」時影定定地看著她，沉默了一瞬，聲音竟然還是平靜的。「原來是這樣……妳早該說出來的。」

朱顏怔愣一下，一時間心如刀割。說完那幾句話幾乎耗盡她所有力氣，此刻她不知道該說什麼，大腦一片空白，呆呆地站在原地，雙腳彷彿生了根一樣。

時影吃力地站起身，將被她扔掉的玉骨握在手裡看了看，嘴角微微動了動，再度沉默片刻後說道：「那麼，讓重明送妳回去吧。」

重明神鳥應聲從深谷裡飛回，落在兩人身邊，不知道發生了什麼，卻也知道氣氛不對，四隻眼睛骨碌碌地看著他們兩人，竟是不肯上前。

大司命在一旁看著，開口解圍：「重明剛受了傷，不適合飛行萬里之遙，還是讓我的金瞳狻猊送朱顏郡主回去吧。」

「如此也好。」時影對長輩頷首說：「多謝了。」

大司命也頷首：「何必客氣。」

朱顏怔怔地看著時影和大司命應酬揖讓，站在一旁，竟是無法開口說一句話。當她說出那句話後，看到他的眼神，內心幾乎碎裂。然而，他聽了這句話，居然平靜如舊？

朱顏死死地看著眼前的人，他每一個表情、每一個動作、每一句話語，都如刀一樣刺入她的心裡。朱顏全身發抖，必須動用全部的力氣，才能控制住自己不在這一刻哭出聲音。

此刻，他只要看她一眼，便能發覺她的反常。

然而他已經回過頭去，再也不看她。

當狻猊飛起，再度帶著赤之一族的小郡主離開時，大司命長長嘆一口氣，眼裡露出一絲複雜的表情，如釋重負。

一切終於結束了。

當那一句話被說出來的時候，無形中似乎有什麼被斬斷，如此乾脆俐落、不留餘地。從小到大，影的性格一直是驕傲而決絕，寧為玉碎不為瓦全。既然被人當面拒絕，他便會轉身離開，再也不回頭。

『可是，至少我努力爭取過了！我……我用盡了所有的力氣！』

那一句話還在耳邊縈繞。那股熱情和力量，明亮耀眼，如同太陽，竟然連他蒼老的心都忍不住為之震動。大司命的神色變得恍惚而傷感，不作聲地搖了搖頭——唉，傻孩子，妳的確是盡了力。可是，妳不知道妳在對抗的是什麼。我並不討厭妳，只是這個天下，還有比你們這些兒女之情更重要的事情罷了……

大司命還在樹下出神，侍從跑過來匆忙地稟告，語音驚慌無比：「大司命！大神官……大神官剛剛忽然間吐血了！」

「沒事。」大司命卻毫不動容，只是淡淡道：「先回神廟。」

變亂過去後的九嶷神廟恢復平日的寧靜，晨鐘暮鼓，祈禱祝頌，一切如舊。當侍從們都退回去各司其職之後，大殿裡只留下兩個人，供桌上整整齊齊地放著兩樣東西：一枚玉簡，一件血衣。

原本如雪的神袍，竟是染成血一樣的顏色。

「走完萬劫地獄、接受天雷煉體，終於脫下這件法袍，也就算是脫離九嶷門下。」大司命的視線從那兩樣東西上掠過，對身後的時影說道：「從此以後，你可以重返紅塵俗世，過著和普通人一樣的生活。」

時影沒有說話，只是默然聆聽。

「你雖然接受五雷天刑，但我替你護住氣海，守住元嬰不散。最多休息一個月，你依舊是之前的你。」大司命指了指案上，繼續說道：「在沒有選出新的大神官人選之前，這枚玉簡先由你保存。」

時影沒有說話，也沒有開口表示感謝，手裡攥著那一根玉骨，不知道想著什麼，忽然開口問一個奇怪的問題：「一百多年前，九嶷……是否曾有個神官活著走完萬劫地獄？」

「什麼？」大司命有些錯愕，不知道他為何忽然問起這個。「在你之前一百二十七年，的確有個神官打破誓言，經受五雷天刑回到塵世，走的時候甚至還帶走神廟裡的一件神器。那個神官，據說是和……」說到這裡，大司命忽然明白時影為什麼要問這個問題，頓了頓卻還是如實回答：「是和赤之一族的郡主私奔了。」

「是嗎？」時影的眉梢微微一動，臉上掠過複雜的表情，輕聲呢喃：「原來，我在懸崖上看到的那具屍體並不是他？太好了。」

他的語氣裡充滿欣慰，竟似認識那個百年前的人。

「那個神官活著下山，和赤族的郡主走了，從此不知下落。」大司命知道他心裡在想什麼，不由得嘆了口氣。「那些大漠上的女子，天性熱烈自由、敢愛敢恨，就像是一團火……真是修行者天生的剋星。」

時影沒有說話，只是垂下眼睛看著手裡的玉骨，忽然咳嗽幾聲。

「怎麼？」大司命看了他一眼問：「感覺不舒服？」

時影搖了搖頭：「沒什麼大礙。」

「我也知道你沒什麼大礙。方才你忽然嘔血，只是氣急攻心罷了。」老人看著他，眼裡有洞察的神情，嘆息說道：「沒想到你自幼修行，心如止水，區區一個女娃竟讓你如此方寸大亂，真是孽緣啊……」

時影握緊玉骨，眼神漸漸有些煩躁，沒有接大司命的話。

「不過，她把話說開也好，免得再耽誤下去。」大司命盯著他看，語氣看似客觀平靜，卻字字句句入耳刺心。「我知道你殺那個鮫人不是為了私仇，而是為了空桑大業。可惜，那個丫頭不能諒解你，過不了心裡那道坎。她若是能……」

「住口！不要說了！」那一瞬，時影忽然衝口而出，聲音裡氣性大作，有著平日罕見的怒意和狂躁。

大司命微微一驚，不再說話，生怕再度激怒這個年輕人，沉默了下去。

片刻後，時影平靜下來，只道：「對不起，我現在不想和人說這些。」

「好。」大司命點了點頭，果然不再繼續這個話題。

時影沉默片刻，再度開口：「在踏上萬劫地獄之前，你說過有重要的事情要和我說，是什麼？」

大司命怔了一怔，這才回想起此事，肅然道：「對，我是來告訴你一件大事的。你父王病危，只怕已經活不了多久。」

什麼？時影一震，眼神終於動了一動，抬頭看著老人。

大司命仔細看著他的表情，似在捕捉他內心的想法。「既然如今你已通過了萬劫地獄的考驗，脫下這一身神袍，那麼，跟我回帝都去吧——以一個兒子的身分，去見一見你久別的父親。可好？」

時影沉默著，臉色冷冷不動，並沒有開口應允。

大司命微微皺眉說：「你們父子已經二十幾年沒有見過面……如今他都病成這樣了，你難道不想見他最後一面嗎？」

「不想。」時影斷然回答兩個字。

大司命倒吸一口氣，一時沒有說話。

「而且，他也未必想見我。」雖是說著自己的親生父親，但時影的聲音依舊平靜而冷漠。「我此刻剛剛脫離神職，如果回到帝都，那些人不會以為我只是去看父王一面而已。呵……他們只會以為我是回去搶我弟弟的王位。我可不想引發雲荒的內亂。」

大司命花白的長眉一挑。「怎麼，你真的全然無心帝位嗎？」

時影頷首道：「沒有絲毫興趣。」

「可惜了。」大司命凝視著他，語重心長地說道：「影，你會是一個非常優秀的帝王。比起你那個只知道吃喝玩樂的不成器弟弟，要強上千百倍。」

「其實也不必如此貶低時雨。」提到弟弟，時影臉上的表情溫和一些，語氣平和公允。「雖然他學識不高、貪玩好色，但至少心地不壞。如果有大司命輔佐，他即便不能是個中興明主，也不至於是個昏君。」

「輔佐？呵……」大司命冷笑一聲說：「青妃生的小子，算是什麼東西？也配我去輔佐？」

聽出這一聲冷笑裡的殺機，時影心中一驚，不由得抬頭看著大司命。

「我不是宰輔，也不是六部之王，擔不起這個責任。而且，空桑的未來，難道就指望讓我竭盡全力去扶一灘爛泥上牆？」大司命看著他，神色出乎意料地嚴峻，語氣凌厲。「何況，我的壽數已經不多。七十年後，滅國的大難就要降臨，你覺得到時候能指望那個不成器的小子？」

「什麼？」時影的身體一震，眼裡露出不敢相信的表情，站起來失聲道：「滅國大難？海皇已死，海國的威脅不是已經被徹底清除了嗎？」

「不。」大司命搖了搖頭，一字一句地回答。「沒有。」

老人的回答讓時影倒吸一口冷氣，脫口道：「不可能！」

「真的。雖然你做了那麼多，可是空桑未來的災難，迄今未曾有絲毫改變。」大司命定定地看著時影，嘆了口氣，眼裡露出悲憫的表情。「唉，你剛剛走完萬劫地獄，九死一生，我本來不想這麼早告訴你這個消息……這對你來說，未免太殘酷了。」

「不可能！」時影臉色倏地蒼白，站起身推開窗戶。

外面的風吹進來，月朗星稀，長久陰雨之後的九嶷山終於迎來一個晴朗美好的夜晚。然而，時影只看了一眼星辰，便劇烈地顫抖一下，失手將玉簡摔到地上。

自從他復活以來，九嶷一直籠罩在陰雨中，所以他從未能好好看過夜空星圖。此刻抬頭仰望，一切便赫然在目。

「不……」他眼裡露出不可思議的表情，喃喃說：「不可能！」

「在你殺死止淵之後，那片歸邪還在原位置，並未消失，甚至不曾減弱。」大司命凝視著他，一字一句道：「我實在不想告訴你這個消息，影——雖然你竭盡了全力，但是很不幸，你的嘗試失敗了。」

時影的臉色變得如同死去般蒼白，身體晃動一下。

房間裡，一時間沉默得幾乎令人窒息。

「是嗎？」不知道過了多久，時影才開口，語氣裡竟然有一種溺水之人瀕死的虛弱。「這麼說來……海皇的血脈……依舊還在這個世間？我殺止淵……竟是殺錯了嗎？」

「不，你當然沒有殺錯。」大司命斷然回答：「那個人是復國軍的左權使，鮫人叛軍的領袖。你替空桑誅殺這樣一個逆首，一點錯都沒有。」

「可他並不是海皇的血脈。」時影搖頭，低聲說：「我……弄錯了？」

那一個「錯」字，幾乎有千斤重，但他終究還是親口說出來。作為獨步雲荒的術法天才，他自幼深窺天機，幾乎從未有過一次錯誤的判斷。二十幾年日積月累的勝利，逐漸造就他從不容許別人質疑自己的性格。

那麼久以來，他還是第一次親口承認自己的錯。

「不，你沒有錯！」大司命一把抓住他的衣襟，死死盯著他灰冷的眼眸厲聲道：

「影，你千萬不能認為自己錯了！一旦你對自己失去信心，你就真的敗了！」

「可是……」時影苦澀地呢喃：「錯了就是錯了。」

他低下頭，看著自己的雙手。生平第一次，他居然錯了？自己如此竭盡全力，不惜犧牲自己的生命乃至阿顏的幸福，讓雙手染滿鮮血。然而這件事，到頭來，居然是錯的？

多麼愚蠢，多麼可笑啊……他一生無錯，卻在最重要的事情上錯了！錯得萬劫不復。

如果阿顏知道，又會怎麼想？他……又有何顏面再去面對她？

『可是，即便海皇重生的事情是真的，那個人也未必是淵啊！萬一……萬一你弄錯了呢？一旦殺錯了，可就無法挽回！』

那個時候，她曾對著他大聲說過這樣的話。

為了維護那個鮫人，她的表情是如此不甘而絕望，近乎不顧一切。可是他呢？當時的他只是憤怒於她居然敢質疑自己——是的，他怎麼會錯？他是獨步雲荒的大神官，從出生到現在一直俯瞰天地、洞徹古今，從沒有錯過一次。

然而，就是因為這樣的自負，他才一意孤行，將錯事做絕，終至無可挽回。

時影將頭深深地埋入掌心，說不出一句話。

大司命在一旁看著，伸出手輕輕拍了拍他的肩膀。然而那一刻，老人發現他整個人都在微微顫抖，不由得心生悲憫。

「誰都會出錯，哪怕是神。」大司命低聲道：「你不過是凡人，不必自苛。」

「她把玉骨還了回來……這樣也好。」時影竭力控制著自己的戰慄，沉默許久才低聲說了一句：「難怪阿顏不肯原諒我……我做錯的事，萬劫不復。」

大司命怔了一下，一時無語。

那個小丫頭為何不肯原諒，為何要執意離開，自然沒有人比他更清楚。此刻聽到時影居然曲解了緣由，老人心裡一怔，卻也不想解釋其中曲折。影是如此自苛的一個人，如今種下這個心魔，大約會令他一生都自慚形穢，不會再有接近那個少女的念頭，這樣不也正好？

大司命嘆了口氣，只道：「放心，這件事她永遠不會知道……反正那個鮫人已經死了，她知道了也於事無補。」

時影還是沒有說話，身上的戰慄一直持續，只是默然竭力克制。

大司命眼裡露出一絲擔憂，從小到大，他還從沒見過影這一刻的樣子，如此絕望和灰冷，彷彿整個人被由內而外地摧毀，再也不復昔日的冷傲睥睨、俯瞰天下。再這樣下去……

「好了，振作起來。」大司命嘆了口氣，不得不提點陷入低沉的人。「既然海皇血脈未被斬斷，空桑大難就依舊未除。影，你肩頭的重任尚未卸下，我們需要從頭再來。」

聽到這句話，時影猛然震了一下，在月下沉默許久，終於點了點頭。

「眼前這局面，遠比你預料得嚴峻許多。」大司命看著他，聲音輕而冷，一字一句道：「到了現在，你還想脫身遠離雲荒，自由自在去海外嗎？」

時影微微一怔，反問：「你是要我留下來輔佐時雨？」

「你錯了。」大司命看著他，一字一句道：「我的意思，是讓你在你父親駕崩後，君臨這個雲荒，守護空桑天下。」

什麼？時影不由得震了一下，倏地扭頭看著這個老人。大司命的眼睛亮得可怕，直視著他，一瞬不瞬。時影剎那明白對方並不是說笑，臉色也轉瞬凝重起來。

「不。」沉默了一瞬，他吐出一個字。

「你還是不願意？」大司命皺眉，語氣不悅。「都這個時候了，你還要堅持你那視天下如糞土的清高？」

「我不想和弟弟為敵。」時影搖了搖頭，語氣也是凝重。「若是我此刻返回帝都，和時雨爭奪王位，青王、青妃如何肯干休？他們手握重兵，必然令天下動盪。如

此一來，七十年後的大難豈不是要提前到來？」

「放心，你不用和時雨爭奪帝位。」大司命忽然笑了一笑，看著他緩緩道：「已經沒有這個必要。」

「什麼？」時影被老人眼裡亮如妖鬼的光芒驚了一下，心裡忽然有一種極其不祥的預感，失聲道：「你……你難道……」

「是的。」大司命忽然間笑起來。那個笑意深而冷，如同一柄利刃在寒夜裡閃過光芒，令時影心驚不已。「你看。」大司命從袍袖間抬起手，手心裡握著一塊玉佩，放到時影的眼前。「你不用和你弟弟爭奪帝位。因為，他已經不能再和你爭什麼了。」

握在大司命手心的，竟是皇太子隨身攜帶的玉佩。

時影臉色剎那間蒼白，整個人都震了一下。

「影，我已經替你提前掃清了道路。」大司命淡淡地說著，然後手指一捻，竟然將堅固的玉石一分分地捻為粉末。「死人是無法再來爭奪帝位的。」大司命吹了一口氣，化為齏粉的玉石瞬間消失。「現在，時雨這個人已經徹底消失，在這個六合之中什麼痕跡也不曾留下。」

時影失聲道：「你……你到底把時雨怎麼了？」

大司命臉色不變，看著他說：「你大概不知道吧？你的弟弟，空桑的皇太子時雨，早在那一場復國軍的動亂裡，不明不白地死在葉城。」

「什麼？」時影大驚說：「死了？」

「對。」大司命卻是看著他冷笑。「早就死了。」

「不可能！」時影霍然抬起頭，看向窗外的夜空，指著星辰。「時雨他的命星明明還亮著！他明明還……」

然而，話沒有說完，語音戛然而止。

時影定定地凝視著夜空裡時雨的那顆星辰，露出疑慮的表情，繼而轉為震驚——仔細看去，那顆星雖然還在原來的位置上，似乎一動未動，但作為大神官，他能看出那已是一顆幻影。

那是一顆已經隕落的星辰，本應該消失在天際，卻有術法極高的人做了手腳，暫時保留隕星的殘相，讓光芒停駐天宇，暫時不至於消失。這樣高明的偽裝，整個雲荒大約只有他能識破。但是……

時影倒吸一口冷氣，猛然看向大司命。「是你做的？」

大司命眼神裡露出一絲冷然，低聲說：「現在你明白局面了嗎？」

時影怔怔地看著這個雲荒術法宗師，眼神從震驚變為茫然，充滿不敢相信。

「怎麼會？」冷靜如他也忍不住反復地呢喃：「你……殺了時雨？你竟然殺了空桑的皇太子……你、你是大司命啊！」

這個老人，原本是他在這個世間最熟悉的人，二十幾年來照顧他、教導他，一手將孤苦無依的孩子帶大，可謂亦師亦友。可是到了現在，他才發現自己原來從未瞭解這個人。

「殺了皇太子又如何？那麼重要的位置，豈能讓一個朽木擔當？」大司命苦笑，看著深受震驚的時影。「影……你真是個善良的孩子，雖然一輩子沒見過時雨幾次，卻真的當他是自己的弟弟嗎？」

「你怎麼可以殺了時雨？他做錯什麼？」時影一把勒住大司命的衣領，手指微微發抖，殺氣在眼裡凝結。「為什麼要殺他！」

「時雨是個無憂無慮又無腦的孩子，當然沒做錯什麼。只是，他是青妃那個賤人所生，又正好擋了你的路而已……」大司命咳嗽著，語氣意味深長。「怎麼，你要因此殺了我嗎？」

時影眼裡殺氣一盛，幾乎捏碎大司命的喉嚨，然而老人的眼裡沒有絲毫恐懼，只是冷笑地看著他，並無反抗。

最終，他的手頓了頓，並沒有繼續勒緊。

大司命微微冷笑，低聲說道：「是的，現在時雨已經死了，你再殺我也於事無補，只會令空桑更加震盪不安，又是何必呢？」

時影沒有說話，卻也沒有反駁。

「你……為何要做這種事？」許久，他低聲開口，聲音嘶啞，幾近顫抖。「身為大司命，供奉神的人，你……你不該做這樣骯髒的事！」

大司命喘息了一口氣，反問：「我如果說是為了雲荒天下，你信嗎？」

時影沉默了一瞬，竟然鬆開手。

大司命頹然後退，劇烈地喘息，看著時影緩緩點頭，一字一句道：「我就知道，即便天下人都誤解我，你也一定會明白我的苦心。要知道，我這一生所做的事，從未有一件是為了我自己。」

「但無論如何，你也不該對時雨下這樣的毒手！」時影咬牙，眼神裡充滿憤怒。

「如果我一早知道這件事，一定會不惜代價阻攔你！」

「呵呵……就像那個小丫頭不惜一切代價阻攔你殺那個鮫人一樣嗎？」大司命忽然冷笑一聲，意味深長地看著他。「影，你認為那個小丫頭目光短淺，可是，我又何嘗不認為你看得不夠長遠？你真的覺得歸邪是一切災禍的緣起嗎？那麼歸邪更遠處的那顆昭明星呢？你看到其中的關聯了嗎？」

聽到這句話，時影猛然震了一下，扭頭看向窗外，臉色漸漸蒼白。

「你是說……」他看著老人，又看了看夜空，有些恍然地呢喃：「除了歸邪，還有其他力量在影響空桑的國運？」

「是的。天穹中星辰萬千，相互影響，並非單一改變某處就能改變整個結局。」大司命看著星空，語氣嚴肅。「就算沒有歸邪，空桑的帝星也已經黯淡，國運已衰。你要消除歸邪並沒有錯，那是一切災禍的緣起，但宿命的線千頭萬緒，通向空桑覆滅結局的，不僅僅只有這一根。就算你真的斬斷海皇血脈、消滅歸邪，雲荒在七十年後也未必平安。」

時影沉默地看著天象，雙手痙攣地握緊窗台，只聽「喀嚓」一聲輕響，窗台上的硬木應聲在他手心粉碎。

「你說過，我們身為神官司命，總得要做點什麼。」大司命霍然回過頭，看著時影，眼神炯炯。「而我要做的，便是讓你成為雲荒之主！」

時影不可思議地看著他，喃喃說道：「為什麼？」

大司命一字一句道：「因為星象千變萬化，不可捉摸、無法應對，唯有改變自身才是根本之道。我相信以你的能力，只要坐上帝位，定然能讓空桑度過大劫。你，才是那個可以改變雲荒未來的人！」

時影彷彿被這樣的說辭震住，一時沉默，並沒有回答。

「影，除了術法之外，我從小便以帝王之道教導你，為的就是這一天。」大司命看著他，聲音冷定：「我很早就在安排這一切，而最近借著星魂血誓的力量，星野大變，正好是我們回歸帝都的時候。」

時影聽著這樣驚人的話，終於開口說了一句：「原來，您是將我當成棋子嗎？」

大司命停了一停，抬起花白的長眉看著這個自己一手帶出來的年輕人，似是洞察。「怎麼？不甘心嗎，影？」

時影搖頭說：「如果我拒絕呢？」

「你要怎麼拒絕？同樣是為了挽救空桑，你嘗試過的方法已經失敗，如今，也只能按照我的方法勉力一試。」大司命凝視著他的表情，搖頭說：「你從小是個心懷天下的人，悲憫蒼生，甚至可以為此犧牲自我。現在，空桑上下只有你這麼一個繼承者。你若是不肯繼位，那麼雲荒的動盪，恐怕真的是要立刻來臨。你願意嗎？」

時影抿住了嘴唇，劍眉緊鎖，沒有說話。

「影，你想想現在空桑的局面。十巫剛剛深入腹地，揚長而去。」大司命一字一句地問，看著他臉上的表情。「帝位懸空，雲荒動盪，外族入侵……這一切，難道是你願意眼睜睜看著發生的事嗎？」

時影沉默許久，看著這位師長，而老人也在看著他。

兩人對峙了不知多少時間，直到窗外斗轉星移，蒼穹變幻。黎明破曉的光射了進來，映照著大神官蒼白英俊的側臉，冰冷如雕塑。

然而，他的眼神已經悄然改變。

大司命捕捉到他的變化，在晨曦之中對著他伸出手，低聲說：「怎麼樣？想定主意了嗎？跟我一起回帝都去吧。白王和赤王，都在等待著我們的到來。」

第三十六章　聯姻

朱顏趴在狻猊的背上，從夢華峰呼嘯而回。

沒有了玉骨，她的一頭長髮披散下來，在風裡如同匹練飛舞。這一路穿越整個雲荒，白雲在身邊聚合，腳下景色壯闊無限，可她無心觀賞，只是發呆，心裡空空蕩蕩，想哭又哭不出來。這一別，不知何日再相見。

師父脫下了神袍，不再受到戒律約束。他說過要雲遊四方以終老，那麼會去哪裡？七海、空寂之山、慕士塔格，還是更遙遠的中州、西天竺？

她不知道……她只知道，自己只怕永遠見不到他了。

橫跨了飛鳥難渡的鏡湖，腳下出現繁華喧囂的城市。狻猊連續飛了好幾天，終於帶著魂不守舍的她回到久別的葉城。

朱顏迫不及待地跳下地，一邊叫著阿娘，一邊直接撲到了在窗下梳頭的母妃懷裡。母妃發出驚喜交集的喊聲，赤王聞聲隨即從內室緊張地衝出來，然而一眼看到歸來的愛女，頓時愣在了原地。

久別重逢，朱顏眼眶一紅，再也忍不住抱著父母痛哭起來。

當初她為了給蘇摩治病，在半夜裡不辭而別，不料這一走便是天翻地覆，孤身走遍半個雲荒。如今不過短短數月，卻已經發生如此多驚心動魄的變化，再度見到父母的臉，簡直恍如隔世。

這中間她受了多少委屈和悲苦，一直勉強支撐著，然而此刻一回到父母的懷抱，立刻涕淚縱橫，哭得像一個迷途後歸家的孩子。

赤王正要痛罵這個離家出走的女兒，反而被她痛哭的樣子嚇住。母妃更是心疼，抱著女兒居然也忍不住哭起來。

一時間，赤王一家三口抱頭痛哭，嚇得侍從們都悄悄退出去。

不知道哭了多久，朱顏終於平靜下來，抹著眼淚，看著出現在行宮的赤王妃，有點詫異，哽咽著問：「娘，妳……妳怎麼也到了葉城？妳、妳不是應該在西荒天極風城的王府嗎？」

「還不是為了妳這個丫頭！」聽到這句話，赤王終於找到一個機會發怒。「跑出去一個多月，全家誰坐得住？妳娘千里迢迢把王府裡的所有得力人手都帶過來，把整個葉城翻了個底朝天！妳這個不知好歹的……」

「好了好了。」母妃連忙擦了擦眼淚，阻止赤王，低聲說：「別罵了，只要阿顏

回來了就好……你要是再罵她，小心她又跑了。」

赤王一下子停住話語，用手指重重戳一下女兒的腦袋。

「哎喲！」朱顏忍不住痛呼一聲，連忙道：「放心吧，父王、母妃，我以後再也不亂跑了。我會好好聽話，再也不會讓你們擔心。」

「真的？」母妃卻有些不信。「這種話妳說了有一百遍。」

「真的真的！」她連忙道：「這次我吃了大苦頭，以後一定會學乖！」

說出這話的時候，她倒是誠心誠意。讓家裡人提心吊膽了一個月，眼看著母妃形容消瘦，哭得連眼睛都腫了，她心裡滿懷歉疚，的確是決心從今往後做一個安分守己的模範郡主，好好讓父母安心。

「好，這話可是妳說的。」赤王看了她一眼，還是滿腹懷疑。「等一下可別再反悔，說『不幹了』、『要逃跑』之類的話。」

「啊？」朱顏一驚。「難道……你們又想要我幹什麼？」

「哎。」赤王剛要說什麼，母妃卻拉一下他的衣袍，遞了一個眼神過來，搖了搖頭說：「先別提這些。阿顏剛回來呢……日後再說。」

赤王於是收住話題，恨鐵不成鋼地瞪了女兒一眼。

「阿顏，妳這幾天去哪了？那一天復國軍叛亂的時候，妳一個人半夜跑出去做什麼？」母妃將她攬入懷裡，看了又看，心痛地說道：「怎麼搞得鼻青臉腫的？誰欺負妳了？」

「沒什麼沒什麼。」朱顏忙不迭地轉過頭去。「是我自己不小心摔的。」總不能告訴她，是自己日前殺了大神官、帝君的嫡長子，然後為了救回他，在夢華峰上被十巫聯手打成這樣的吧？要是父王母后知道了，可不知道會嚇成什麼樣子。

「摔？」母妃卻是不相信。「怎麼可能摔成這樣？妳的手臂……」

「阿娘，我已經好幾天沒吃飯，肚子餓死了。」她連忙岔開話題，摸了摸肚子，裝出一副可憐兮兮的樣子。「廚房裡有好吃的嗎？」

「有有有。」母妃連忙道：「瘦得下巴都尖了，趕緊多吃一點。」

嘴裡說是餓了，其實朱顏卻是半分胃口也無。當離開了父母的視線，獨自坐在那裡時，她只喝了幾口湯便再也吃不下，垂下頭呆呆地看著湯匙出神。

『原來是這樣……妳早該說出來的。』耳邊迴響著師父收回玉骨時說的話，冷淡而決絕。那一瞬，她心裡一抽，再也忍不住發出一聲啜泣，大顆大顆的眼淚從臉頰上滾落，簌簌落到了湯碗裡。端著菜上來的盛嬤嬤嚇一大跳說：「郡主，妳這是怎麼啦？」

她搖著頭，不想解釋，只哽咽著道：「傷……傷口很疼。」

「唉，我說郡主啊，妳這些天到底是去哪裡？可把我們給急死了……」盛嬤嬤給她又端來一大碗湯，嘮嘮叨叨：「王爺、王妃帶著人滿城找妳，府裡不知道多少人為此挨了板子。」

「呃？」她吃了一驚問：「他們沒有打妳吧？」

「這倒不曾。」盛嬤嬤將湯碗放到她面前，嘆氣說：「我一把老骨頭了，王爺的爹都還是我奶大的呢，他也打不下手。」

「謝天謝地……」朱顏心有餘悸。「不然我罪過就大了。」

「我的小祖宗啊，這些天妳到底跑去哪了？」盛嬤嬤看她一眼，又是心疼又是生氣。「弄得這樣鼻青臉腫地回來，頭上這麼大一個包。」

「唉……說也說不清。」她嘆了口氣，摸了摸腫得有一個雞蛋高的額頭，黯然道：「反正這次我吃了大苦頭，能活著回來就不錯了……我以後一定會乖乖聽話，再也不會亂跑啦。」

「真的？」盛嬤嬤居然也不信她。「妳會聽話？」

「騙妳是小狗。」朱顏實在是沒有胃口吃飯，就從旁邊的漆盒裡抓了一把糖，剛剝開一顆，看著那張糖紙，彷彿忽然想起什麼，隨口問：「對了，那個小傢伙呢？怎麼不見他出來找我？」

「哪個？」盛嬤嬤一時沒回過神來。

「蘇摩啊。」朱顏抓著糖，有些意外。「那個小傢伙去哪裡？我回來了這半天，怎麼沒見他出來？難道又鬧了脾氣？」

「蘇摩？」盛嬤嬤也是吃了一驚，脫口反問：「那個小傢伙不是那天晚上被郡主一起帶走了嗎？他今天沒和郡主一起回來嗎？」

「什麼？」朱顏知道不對勁，臉色立刻變了，失聲道：「我那天晚上明明讓申屠大夫先行把他送回府裡，難道他沒送蘇摩回來？」

盛嬤嬤愕然道：「沒看到申屠大夫來過啊。」

「什麼？沒有來過？這是怎麼回事？」這下朱顏大吃一驚，直跳起來往外就走。「該死的，他把蘇摩弄哪去了？看來我得去一趟屠龍村，把那個老色鬼找過來問問。」

「郡主、郡主！」盛嬤嬤連忙小跑著追上來，一把攔住她。「不用去了。那個什麼申屠大夫已經不在屠龍村，他失蹤了。」

「真的嗎？」她吃了一驚。

「是真的。」盛嬤嬤連忙上來拉住她的手，生怕她又跑出去不見。「前些日子為

了找妳，王爺把葉城的角角落落都搜遍了，所有接觸過妳的人也都被調查過，自然派人去找過那個申屠大夫。但奇怪的是，怎麼也找不到他了。」

「什麼？」朱顏怔了一下，一時間說不出話來。

這些天來，她在外奔波流離，歷經生死大劫，自顧不暇，心裡一直以為申屠大夫那晚定然是將蘇摩送回赤王行宮，不料一、兩個月後回到葉城，得到的卻是這樣的答案。已經過去那麼久，那個小傢伙到底是怎麼了？難道是被那個申屠大夫拐走了？

「怎麼會這樣？」她想了又想，還是百思不得其解。「兵荒馬亂中，他帶著那個小傢伙又會去哪裡？那個孩子肚子裡的瘤剛剛被剖出來，身體還很虛弱，又能去哪裡？」想到這裡，她不由得打了一個冷顫，失聲道：「天啊……他們不會是遇到什麼不測吧？那天晚上兵荒馬亂，萬一被不長眼的火炮擊中，那……」

「唉，郡主，別想這個了。」盛嬤嬤緊緊拉著她的手。「說不定只是在亂兵之中走散了，等過一段日子自然會回來。」

朱顏皺著眉頭，卻不相信她的說辭。「不對勁。現在都過去一、兩個月了，如果要回來也早該回來了。」

「說不定是那個孩子病了，申屠大夫這些日子一直在忙著給他治病呢，所以一直不方便外出。」盛嬤嬤拉著她回房間，竭力安慰：「妳看，既然是跟大夫在一起，那孩子一定會很安全的，妳不用擔心。那個孩子身體虛弱又帶著殘疾，賣也賣不出好價錢，申屠大夫能把他怎麼樣？」

「唉……也是。」朱顏想了一想，頷首道：「這小傢伙是鮫人中的瑕疵品，想來也沒有誰會打他的主意。」

「郡主，妳還是好好養傷吧，小心破相留疤，也成了瑕疵品。」老嬤嬤一邊說，一邊拿起布巾擦了擦她的額頭。「妳看，好大一個包。」

「嘶……」朱顏痛得倒吸一口冷氣，捂著額頭跳起來，口裡卻道：「我怎麼能不擔心？告訴管家，快派人出去找申屠大夫和那個孩子。」

「是。」盛嬤嬤連聲答應。「我等一下就派人去告訴管家。」

然而她嘴裡說著，手上動作卻不停，還在繼續給她的額頭敷藥。

「現在就去！」朱顏一把扯開她的手。「不要磨磨蹭蹭的。」

「好好好。」盛嬤嬤無可奈何，只能放下布巾出去。

朱顏獨自捂著額頭在榻上坐下來，看了看房間。這是她在葉城行宮的閨房，布置得和天極風城一模一樣，她不由得感嘆父母對自己的關懷之深，暗自發誓以後一定不讓他們擔心。

一邊想著，她一邊隨處走了一圈，隨手推了推側面小房間的門。那是一間儲藏室，平時她幾乎不進去，然而此刻一推居然沒有推開。

奇怪，怎麼會上鎖？

朱顏天生是個好奇心氾濫的人，一看到房間居然上鎖，反而非要打開來看看。她手指一劃，用了一個小小的術法，上面的鎖應聲而開。

這小房間裡堆了滿滿的東西，幾乎從地上堆到梁下。朱顏心下起疑，忍不住扯開油布看了一眼，原來是一排整整齊齊的箱籠，雕花鑲玉、華麗無比，散發著淡淡的木香味。

她越發好奇，忍不住挨個打開那些箱籠看了一圈，發現裡面都是價值連城的珠寶：拇指大的明珠、鴿蛋大的寶石，其中甚至還有雪鶯向她誇耀過的價值連城的駐顏珠，整個黯淡的儲藏室都被照得如同秉燭。朱顏也算是王侯之女，自幼鐘鳴鼎食，見多了各種珍寶，但此刻乍然看到這些東西，竟也被鎮住了。

「那是什麼？」等盛嬤嬤回來，她便指著那一排珠光寶氣的箱籠發問。「父王忽然發財了嗎？為啥堆了這麼多金山銀山在我房間裡？」

「哎呀，郡主妳怎麼把這些給翻出來了？」盛嬤嬤一眼看到，不由得大吃一驚，脫口道：「明明我都已經鎖好了。」

「為什麼要上鎖？」朱顏看了她一眼，大惑不解。「哪裡來的？」

盛嬤嬤竟然有些口吃：「那……那是……別人送來的禮物。」

「誰送來的？」她心裡更加覺得不對勁。「平白無故的，誰會送那麼貴重的東西給我？」

盛嬤嬤沉默了一下，沒有回答。

「難道是白風麟？除了白王，天下還有誰會那麼有錢？不過，他為何送了那麼貴重的禮物來？莫非是……」朱顏心念電轉，一下子就想到答案，失聲道：「哎呀！真該死！」

她變了臉色，倏地就衝出去，速度快得盛嬤嬤攔都攔不住。

該死的！父王為什麼收了白風麟那麼多貴重的禮物？無事獻殷勤，非奸即盜。那個口蜜腹劍的傢伙這麼討好她家，又是為了什麼？

朱顏氣憤地奔到父王的門口，正要推開門，忽地聽到父母的聲音。

「聯姻的事情，你就先不要和阿顏提起了，我也讓人把那些箱籠都鎖起來。」母妃細細的聲音穿過簾子傳來，微微咳嗽。「唉，她剛回來……別聽了這個消息，一氣之下又出走。這丫頭脾氣火爆得很，你也知道的。」

朱顏聽到「聯姻」兩字，如同晴天霹靂，一下子怔住，竟忘了推開門。

「這事情遲早得讓她知道。」赤王悶聲悶氣道，聲音透著不悅。「白王送來的聘

禮我們已經收了，還能瞞著她不成？白風麟也算六部藩王年輕一代裡的佼佼者，配阿顏還有什麼不夠？」

聽到這句話，朱顏身子猛然一晃。白風麟？果然……父王真的是和白王結了親？不是說這一、兩年都暫時不考慮把她嫁掉嗎？怎麼可以出爾反爾。

「是，白王親自來替長子求親，也算是給足我們面子。」然而，母妃輕嘆了一口氣，顯然對這門婚事也是心滿意足。「聽說白風麟不但年輕俊秀、身分尊貴，更要緊的是他對阿顏一見鍾情，主動要求父親出面結這門親。只要有這一份心意，日後他對阿顏一定會好，我們也就放心了。」

赤王點了點頭。「老實說，像阿顏這種嫁過一次又守寡的，能當未來的白王妃，也算是她有福氣了。」

朱顏在外面聽著，氣得就要炸裂。誰要這種福氣？那個白風麟，看著斯文正派，卻天天出入青樓妓館，風流好色、口蜜腹劍，鎮壓鮫人又殘酷無情，她才不要嫁給這種人。

因為正在氣頭上，她也顧不得父王會問「妳怎麼會知道他出入青樓妓館」，便要推門進去大鬧一場。然而剛一抬手，聽裡面母妃長長嘆息了一聲說：「但是……我總覺得阿顏不會同意這門婚事。你沒看她這次回來心事重重嗎？都不知道她在外面到底遇到了什麼事。」

赤王也沉默了一瞬，嘆氣道：「肯定吃了大苦頭。」

女兒自小是個藏不住心思的人，這次回來卻整個人都沉默許多，也不像之前那麼愛笑，說話行事都乖順許多。她不過十九歲，膽大包天地獨自闖出去，消失於戰亂，又憑空地回來，誰也不知道這段時間她經歷過什麼，想起來都讓人心裡又是擔心又是後怕。

母妃嘆了口氣。「所以，你先別和她提這件事，緩一緩，等找一個合適的時機，讓我出面和她慢慢說開。」

「由不得她！」赤王厲聲道：「她不是剛保證會聽話嗎？」

「這丫頭的話你也信？」母妃苦笑，打斷丈夫的話。「從小到大，她求饒了那麼多次，哪次真的聽話過嗎？這些年來，我們替她收拾了多少次殘局、擦了多少次屁股，但這次可萬萬不能再得罪白王。否則，赤之一族在雲荒哪還有立足之地？」

為什麼不能得罪白王？得罪了又怎麼樣？朱顏正在氣頭上，想要推門進去，忽然聽到赤王壓低聲音道：「白王知道那個鮫人的事情。」

「什麼？」母妃吃了一驚，語音有些發抖。「他……他怎麼會知道阿顏昔年想和那個鮫人私奔的醜聞？是……是哪個多嘴多舌的下人洩露出去的？這可如何是好？」

「妳們這些女人，就知道這些婆婆媽媽的事情！」赤王有些煩躁，一拳捶在桌子上。「我說的不是這個。妳知道嗎？那個鮫人止淵，居然是復國軍的臥底！」

「什麼！」母妃大吃一驚，手裡的茶盞砰然落地。「那個止淵？」

「千真萬確。白風麟鎮壓了葉城復國軍叛亂，經過仔細盤查，發現叛軍的首領便是那個在我們府上住過多年的止淵。」赤王壓低聲音，咬著牙說：「此事是滅族殺頭的罪名，要是暴露，整個赤之一族都要被株連！」

這一下，不要說母妃，連在門外的朱顏都怔住了。

她千辛萬苦想瞞下來的事，居然被白風麟知道了？這下子要怎麼收場？是不是……是不是去求大司命幫忙？不然白王那邊若是稟告了朝廷……

「他是復國軍？」母妃也說不出話來。「這可怎麼辦！」

「白風麟沒有稟告朝廷，把這件事壓下來。」赤王嘆了口氣說：「他年紀雖輕，做事卻有魄力。他剛弄明白那個復國軍首領的身分，便立刻將相關的知情人士都處理掉，直接告知了白王，讓白王來和我商量。」

什麼？朱顏在門外聽得不禁怔住了。

「他居然肯為阿顏冒這麼大的風險。妳說，我能不領這個情嗎？」赤王低聲道：「這才是我最後不得不答應白王聯姻的真正原因。」

「這麼說來，白王那邊拿捏著我們的要害了？」母妃語氣有點發抖，頓了一頓卻急道：「那阿顏嫁過去了，會不會受欺負？」

「唉……妳怎麼只想著女兒？」赤王跺腳。「整個赤之一族都要大難臨頭了，妳知不知道？」

朱顏在門外聽著，漸漸地低下頭去，垂下要推開門的手。

「這門親事看來非結不可了。可是……阿顏要是不答應呢？」母妃憂心忡忡。「她的性子你也是知道的。萬一她又跑掉，或者拚死不從，我們也奈何不了她，又該怎麼辦？」

「還能怎麼辦？我也不能真的把她綁起來送去白王府……」赤王長長嘆一口氣。「事情如果瞞不住了，最多赤之一族滿門抄斬便是。一家人，要死也得死在一起。」

「不會那麼嚴重吧？」母妃是個膽子小的人，嚇得聲音都變了。「只是一門親事而已，白王怎麼會對我們家下這麼重的手呢？」

「婦人之見！」赤王低聲訓斥：「聯姻就是結盟。不為盟友便為敵手，知道嗎？」

朱顏站在門外，肩膀微微發抖，思前想後，終於放棄了推門而入和父母鬧一場的心思，頹然轉身，往回走去。

然而，她剛轉頭便看到盛嬤嬤正往這邊趕來，看到她正要開口招呼。朱顏連忙豎起手指放在嘴唇上，輕輕對嬤嬤搖了搖頭，便徑直走了開去。

她夢遊似地回到房間，看著那一堆價值連城的珠寶，呆呆地出神。

在這一刻，雖然家人在旁、珠玉環繞，她心裡卻是從未有過的荒涼無助，像是一個人站在曠野裡，空蕩蕩的什麼也看不到。她想要哭，卻連哭都不能，因為能讓她放心大哭出聲的那個懷抱已經不在了。

——淵……淵，如果你還在這裡該有多好？至少還可以找你傾吐一番，好好地大哭一場。可是現在，連你都已經離去。

——如果你在，會建議我怎麼做呢？

盛嬤嬤不知道郡主在想什麼，便在一旁陪著，隱約擔心。郡主這次回來之後，心裡忽然就多了許多事，再也不曾展露以前那種無憂無懼的歡顏。那個明亮快樂、充滿活力的少女，似乎一去不復返。

「嬤嬤。」朱顏低頭把玩著那一顆價值連城的駐顏珠，沉默許久，忽然輕聲道：「妳覺得……我嫁到白之一族如何？」

盛嬤嬤愣了一下，一時間竟然不知道如何回答，半晌才小心翼翼地說道：「那個白風麟今年二十五歲，聽說長得俊秀斯文，做事妥貼細心，是六部許多少女的夢中情郎。」

「是嗎？」朱顏呢喃，吐了一口氣，彷彿下定什麼決心一樣，忽然道：「那替我寫一封回函給白風麟吧……就說他的禮物我收下了，很喜歡。」

「什麼？」盛嬤嬤吃了一驚，張大嘴巴說不出話來。

「回頭妳也去和母妃私下說一聲。」朱顏邊說著，邊將那顆緋紅色的美麗珠寶托在掌心，凝視著珠子上流轉的光華。「就說我願意嫁給白風麟，讓她別擔心。」

盛嬤嬤還是說不出一句話。這些日子以來，她早就看出小郡主對白風麟心懷不滿，對婚嫁更是抗拒得很，此刻忽然說出這樣的話來，簡直嚇人。

然而朱顏苦澀地笑了一笑，什麼都沒有說。

反正她已經失去淵、失去師父，為何不乾脆做個決定，再退一步，讓父母徹底安心呢？從小到大，他們一直在寵愛和遷就她，為她操碎了心，如今她已長大，應該反過來守護父母和族人吧？

她已經失去太多的東西，必須要好好守護住剩下僅有的。

她嘆一口氣，下意識地抬起手摸了摸頭髮——上面空空蕩蕩的，正如她此刻的心。

白赤兩族的聯姻消息傳出來的時候，整個帝都為之震驚。

事關六部藩王長子長女的婚姻，此次聯姻需要稟告朝廷，由帝君賜婚，方能進行大婚儀式。於是，白王帶著長子白風麟、赤王帶著獨女朱顏，雙雙離開了葉城的府邸，抵達位於鏡湖中心的帝都伽藍城，在行宮裡等待帝君召見。

在帝都停留的短短幾天裡，朱顏終於見到長久不見的好友。

「沒想到阿顏妳竟然會成為我的嫂子。」微風從湖上吹來，驅走夏日的灼熱，白之一族的雪鶯郡主看著朱顏，嘆了一口氣。她和朱顏同歲，兩人因為母親是表姊妹的關係來往甚密，自幼一起長大，情同姊妹。但近幾年聚少離多，漸漸生疏，難得有這般在一起閒聊的時候。

「世事無常。」朱顏折著手裡的東西，心不在焉地回答。

「妳在做什麼？」雪鶯詫異，看到朱顏正在用糖紙折著一隻紙鶴。她的案頭已經堆了好幾十隻紙鶴，各種各樣的顏色。等最後一隻疊好，朱顏將那一疊糖紙折成的紙鶴捧在手心裡，用力吹了一口氣。瞬間，那些紙鶴「呼啦啦」地從她手心裡飛起來，雪片般朝著天空四散。

雪鶯吃了一驚：「妳……妳在用術法？帝都不是禁止私下亂用術法嗎？」

「在自家後花園裡，哪管得了那麼多？」朱顏不以為意地嘀咕，臉色有些疲倦。

紙鶴傳書雖然是小術法，但一下子派出幾十隻紙鶴，還是有點累的。她拿起茶盞喝了一口，對好友道：「我收養的那個小鮫人在這次的戰亂裡走丟了，我一直在找他……派了那麼多紙鶴出去，卻一點消息也沒帶回來。」

「又是鮫人？」聽到這裡，雪鶯忍不住刺了她一句。「妳還真是喜歡鮫人。」

朱顏沒好氣道：「怎麼，妳有意見嗎？」

「我倒是沒意見。」雪鶯心下暗自不悅，對多年的好友也是直來直去。「但是我哥他可不喜歡鮫人。妳該不會想帶著這個小鮫人嫁到我家吧？」

「什麼？白風麟他不喜歡鮫人？」朱顏聽到這裡，忍不住冷笑一聲。「他去星海雲庭可去得勤呢。」

「什麼？」雪鶯吃了一驚。「妳怎麼知道？」

「我……」朱顏嘴快，一下子把白風麟逛青樓的事捅給他的親妹妹知道，立刻赧然，不好意思說自己也去了青樓，只能搖了搖頭含糊帶過。「反正我知道。我一定要把那個小兔崽子找回來。我答應過他阿娘要照顧他，絕不能扔著他不管。」

「雲荒那麼大，哪裡能找得到？」雪鶯嘆了口氣。「而且妳都快要成親了，哪裡還管得了這些？等大婚完畢再說這些瑣事吧。」

一提起大婚，朱顏就不說話了，只是低下頭玩著糖果。

「怎麼，妳好像不開心？難道是不想嫁給我哥哥？」雪鶯看著同伴鬱鬱寡歡的神色，皺了皺眉頭。「阿顏，妳最近怎麼忽然瘦了那麼多？」

朱顏勉強振作精神，笑了一笑：「妳不也瘦了？」

「我那是……唉。」雪鶯嘆了口氣，欲言又止，片刻抬起頭，盯著她看了一眼，開口道：「阿顏，我哥哥是個風流自賞、眼高於頂的人，以前身邊的女伴也很多，見到妳後卻是兩樣了。他很喜歡你——可是，妳喜歡他嗎？」

「我……」朱顏愣了一下，一時間竟無法回答。

無論如何，即便聯姻已成定局，她還是怎麼也說不出違心的話。

「難道妳還是喜歡那個叫什麼淵的鮫人？」畢竟是多年好友，雪鶯很快便自以為是地猜出她囁嚅的原因，心頭一怒，頓時露出不屑一顧的表情。「妳是堂堂赤之一族的郡主，怎麼會被一個骯髒的鮫人奴隸給迷住了呢？那傢伙有什麼好？我哥哥和他相比，簡直是一個在天一個在地。」

「一個在天一個在地？」朱顏變了臉色。「妳說反了吧？」

「妳！」雪鶯臉色一沉，也要發火，卻又硬生生忍住。她們兩人隔著桌子對視，眼神都不善。

終於，朱顏先收斂了怒意，嘆了口氣說：「我們倆難得見上一次，就別為這些事吵架了。」

雪鶯畢竟性格溫柔，看到好友讓步，立刻也放緩語氣，不好意思地呢喃：

「我……我今天也不是來和妳吵架的。」

朱顏苦笑一聲，看了看好友。「我從小到大都不曾見過妳和人吵架，妳對白風麟這個哥哥倒是很維護。」

「在十幾個兄弟姊妹裡，他是最照顧我的。」雪鶯輕聲道：「在我生母去世之後也不曾冷落我們這一房，逢年過節都派人送禮探問，倒是比對自己的同胞妹妹更親切一些。」

朱顏心裡暗自冷笑一聲。那傢伙口蜜腹劍、心思縝密，這點表面文章自然做得好好的。雪鶯長在深閨裡，不諳世事，這一點功夫就把她收買了。真論起親疏遠近，白風麟斷斷不可能把雪鶯放在一母同胞的妹妹之上。

然而她笑了一聲，終究不忍心拆穿，只是悶頭喝一口茶。

這次一番經歷下來，她的確有點長大了，許多話到了嘴邊也能硬生生忍下來。

雪鶯想了一想，還是忍不住開口勸說：「那個小鮫人如今不見蹤影，妳就算心裡難受，也不要在我哥哥面前表現出來。他這個人，心眼可小了。還有那個什麼止淵，更是連提也不要提。」

「是嗎？」朱顏蹙眉，心裡更生反感。

或許是多年不見，這次她和雪鶯在一起的時候，明顯感覺到了生疏，連聊一個話題都無法繼續，再也沒有少時的那種親密無間。畢竟路長多歧，行至此時，童年的兩個好友早已不再是同路人。原來，這世上所有的感情都有枯榮變遷，無論是朋友還是戀人，都逃不過命運潮汐的漲落。

朱顏心裡暗暗感嘆，然而剛想到這裡，下一刻，雪鶯伸過手來，忽地握住她的手腕，眼裡撲簌簌地掉下眼淚。

「怎麼回事？」她嚇了一跳，回過神來。

「阿顏，怎麼辦？我……我覺得快要撐不住了。」雪鶯哽咽著，眼眶紅紅地看著她，壓低聲音不肯讓旁人聽見。「時雨……時雨他到現在還沒回來！我都快要瘋了！」

朱顏回過神來。「怎麼，皇太子還是下落不明嗎？」

雪鶯點了點頭，掉下一連串的淚水，哽咽著說：「他都已失蹤兩個月……帝都葉城全找遍了，還是一點影子都沒有，我怕是……」

「別胡思亂想。」朱顏心裡一跳，嘴裡卻安慰著好友：「他一向喜歡到處玩，妳又不是不知道。妳再等一等就是了。」

「可是……」雪鶯張了張口，欲言又止。「我等不得了。」

朱顏怔了怔問：「為什麼？妳父王逼妳了？」

「我……我……」雪鶯只是搖頭，垂下哭紅的眼，茫然撥弄著手裡的茶盞，不再說話，許久才輕聲道：「那天，我們偷偷跑了出來，去到葉城。他非說要去看看沒破身的魚尾鮫人是啥樣子，我拗不過他，便一起去了……可是剛走到屠龍村附近的群玉坊，前面就發生戰亂。他拉著我往回跑，轉過一個彎，眼前忽然白光一閃，我就暈倒了。」

朱顏知道那天正好是復國軍叛亂的日子，心想這也真是不巧，平日錦衣玉食的皇太子遇到這種動盪，炮彈不長眼，只怕有什麼三長兩短也說不準，然而嘴裡安慰道：「皇太子吉人天相，不會有事的。」

「等我醒來，就已經在總督府的花園裡。」雪鶯喃喃說：「不知道是不是時雨把我送回來的……可是他自己又去了哪裡？」

朱顏心裡一跳，很想說其實那天是自己路過看到她，順手把她送回去的。當時雪鶯躺在路邊的屍體堆裡，早已失去知覺，皇太子壓根兒不見蹤影。不過她想了一想，又硬生生地把話忍下來。

如果實話一說，又要解釋一大堆事情吧？比如自己那天為何會出現在屠龍村，比如她之後去做了什麼……每一件事扯出來，細細追查，都會給赤之一族帶來災禍。

她只能緘默，不再說話。

「妳說，時雨是不是為了保護我，自己卻出了什麼意外？」雪鶯聲音發抖，越想越是害怕。「我……我這幾天一直夢到他全身是血的樣子，好可怕！他、他一定是出了什麼事！」

朱顏連忙按住她的手安慰：「不會的，妳別多想。」

「阿顏，我……我好想他！他怎麼會忍心撇下我不理？」雪鶯卻再也忍不住地啜泣起來，捂住了臉。「妳不知道，帝君現在病危，朝中局勢微妙得很。他、他要是再不回來，可能父王就要把我許配給別人了！」

朱顏大吃一驚：「不會吧？許配給誰？」

「給……給……」雪鶯側過頭去，死死咬著嘴唇發抖，怎麼也說不出自己將會被嫁給紫王五十多歲的內弟續弦的事。

「雪鶯，妳要撐住，決不能答應妳父王！」朱顏卻憤怒起來，為好友抱不平。「皇太子只是暫時失蹤而已，他一定會回來的！妳父王難道不想妳當上皇后母儀天下嗎？讓他多等幾天啊。」

「唉，父王哪裡肯聽我的話？他有他自己的盤算。」雪鶯目光游離，微弱地道：

「他不像妳父王，對妳言聽計從。我父王他有十幾個孩子呢。我母親雖是正妃，卻已經去世了……如今家裡當權的是二夫人，也就是白風麟的生母。她對我，可是一直當作眼中釘。」

朱顏第一次聽到她說這種話，一時說不出話來。

從小到大，她都羨慕雪鶯，因為她比自己美貌、比自己富有，不但父親寵愛，母親也是正妃，卻沒想到白王偌大的後宮裡居然有那麼多勾心鬥角，雪鶯並非一直過得快樂無憂。

半晌，她才開口道：「皇太子一定會回來的……帝君就一個孩子，他若不回來，帝位豈不就懸空了嗎？」

「誰說只有一個孩子？」雪鶯搖了搖頭。「妳不知道嗎？聽說白皇后生的嫡長子已辭去神職，馬上就要返回帝都。青王、青妃都很緊張。」

「不可能！」朱顏脫口而出：「他……他怎麼可能來帝都？」

「是真的。」雪鶯咬牙，語氣憤憤不平。「我聽父王說了，大司命帶著那個嫡長子已經從九嶷山動身，這兩天就要回到帝都。」

什麼？朱顏只覺身體一晃，說不出話來。

師父要回帝都？而且是和大司命一起？這……這怎麼可能！

「多半只是個謠言。」許久她才艱澀地開口：「他是個從小出家修行的大神官……回來帝都做什麼？」

「自然是來奪王位的！」雪鶯滿懷敵意，咬著牙低聲說：「妳看，那個人被驅逐出帝都二十幾年，如今帝君一病危，他就回來了。說不定就是他們設下計謀，害了時雨！」

「不可能！」朱顏失聲道：「肯定不是他！」

她激烈的反應讓雪鶯怔了一下，愕然看著她問：「為什麼？」

「因為……因為……」朱顏訥訥，又不能說出那天她親眼看到師父正星海雲庭狙擊止淵，斷無可能再分出手來暗算皇太子，只能道：「人家不是一直待在九嶷嗎，又怎麼可能跑去葉城呢？」

「妳也太天真了。」雪鶯冷笑一聲，居然用朱顏腹誹過自己的話語回敬她。「他是大神官，術法高深，若想殺個人，那點距離又怎能難住他？」

朱顏憤然拍案。「胡說！他才不是這種人！」

「那妳說，為何他自幼出家修行，此刻帝君一病危，他就辭去神職回到帝都？」雪鶯蹙眉，語氣尖銳。「分明早已有意染指王位，心懷不軌！」

朱顏一時語塞，只能勉強開口道：「如今帝君垂危，他……他就不能回來看望一下父親嗎？」

「呵……說得他們好像一向父子情深一樣。」雪鶯譏誚地笑了一聲。「誰不知道皇長子從小被驅逐出帝都，已經二十幾年沒見過帝君。早不來晚不來，偏偏這時候來！」

朱顏一時語塞，只能硬著脖子道：「反正他不是那種人！」

雪鶯也看出她臉色不好，頓住了話語，久久沉默。兩人多時未見，一見面便是連續的話不投機，她便也止住了繼續傾訴的心思，擦了擦眼角站起身，低聲道：「我先告辭了。明天要一起進宮去覲見帝君，妳可別忘了。」

「知道了。」朱顏一想起這個，心裡便很不是滋味，嘀咕了一聲。

雪鶯站起身，身體忽然搖晃一下，連忙扶住欄杆。

「怎麼了？」朱顏吃了一驚。「妳生病了？」

「沒事。」她臉色蒼白，勉強笑道：「就……就是有點頭暈噁心。」

「可得小心一點。」朱顏抬手小心翼翼地扶住她，輕聲埋怨：「妳從小身體就不大好，是個風都吹得倒的嬌小姐，這次可別又病了。」

「放心，我會照顧自己的。」雪鶯扶著朱顏的手，緩步走下台階，回頭看了她一眼，輕聲道：「我好羨慕妳啊，阿顏。妳是父王母妃的掌上明珠，自己又有本事，我

哥哥也對妳一見傾心。而我……什麼都沒有了……」

她聲音低了下去，垂下眼看著自己的足尖。

「別怕，我會幫妳。」朱顏看不得好友情緒如此低落，一時不由得心頭一熱，慨然道：「如果妳父王真的逼妳嫁給不喜歡的人，妳就來找我，我一定幫妳逃婚！」

「逃婚？」雪鶯愣了一下。

「是啊。」朱顏拍著胸口。「這個我可在行。」

雪鶯怔了一下，似乎遙遙設想一下逃婚的可能性，最終還是搖了搖頭呢喃：「逃出去了又能幹嘛呢？我……我什麼都不會，離開王府能做什麼？沒有嬤嬤照顧，我連頭都梳不好。」

朱顏愣了一下，一時間無言以對。夏蟲不可以語冰，當逆風獵獵吹起時，西荒大漠裡矯健的薩朗鷹，又怎能帶著柳蔭深處的相思雀一齊展翅飛去呢？她固然希望雪鶯能夠掙脫厄運，可是，誰知道雪鶯的想法和自己是不是一樣？

當雪鶯走後，她還在呆呆出神，直到耳邊傳來管家的稟告聲。

朱顏一怔，回過神來，有些不耐煩地問：「怎麼，不就是明日入宮一趟嗎？父王是怕我又惹禍，所以派你再來耳提面命一番嗎？」

「屬下不敢。」管家恭恭敬敬地道。

朱顏微微蹙起眉頭。「我吩咐你去找的那個小傢伙，有消息嗎？」

管家不防她忽然有這麼一問，連忙道：「屬下無能，迄今尚未找到……」

「那申屠大夫呢？」朱顏急道：「找到了嗎？」

「也沒有。那個好色的老傢伙忽然人間蒸發，誰也不知道他去了哪裡。」管家為難道：「屠龍村已經在戰火裡付之一炬，屠龍戶都被暫時安置在城南，屬下帶著人去細細查問了一遍，也沒有任何人看到申屠大夫。」

「都已快兩個月，怎麼一點蹤影也沒找到？」朱顏心裡焦急，頓時顧不得嘴下留情。「只是找個孩子而已，真是一群飯桶！」

「是，屬下無能。」管家連忙請罪。「請郡主原諒！」

「唉……我這些天派了不少紙鶴出去，也是一個消息都沒帶回來，真令人心焦。」朱顏嘆了口氣，跺腳說：「對了，申屠大夫那個老傢伙很好色，他要是在葉城，少不得又要去那些地方。你去群玉坊那邊，把每個青樓歌舞館都給我翻過來找找！」

「是！」管家連忙頷首。「這就派人去找！」

「還有還有……」彷彿想起什麼，朱顏又急急忙忙加一句：「給我貼出懸賞令！葉城凡是有人知道蘇摩或者申屠大夫的下落，無論是誰，都獎賞一萬金銖！我就不信重賞之下沒有勇夫。」

「屬下立刻照辦。」管家點了點頭。

「那個小兔崽子身體不好，萬一出了點什麼事，我怎麼對得起魚姬啊……」朱顏心裡沉甸甸的。「希望老天保佑，早點找到那個不省心的傢伙。」

「郡主放心，他一定會平安歸來的。」管家溫言安慰，又道：「只是明日就要入宮覲見了，王爺吩咐郡主今日務必早點休息。」

「知道了。」她知道管家心裡擔心什麼，回答了一聲。「我這回一定不會再跑掉的，你放心。」頓了頓，她輕聲補充：「我這一輩子，都不會再逃了。」

說到這句話的時候，赤之一族小郡主的臉上忽然浮現一絲哀傷的表情，抬頭看著窗外。雖然天地浩渺，然而，她心中的火焰已經熄滅。曾經飛上過九天的鷹，此刻收攏了翱翔的翅膀，決定就這樣在這個牢籠中終老。

等找到了那個小兔崽子，就這樣與他相依為命地過一輩子吧……

她認命了。

第三十七章　龍神現

然而，最近一直深陷於命運漩渦的朱顏並不知道，在她離開的短短兩個多月裡，那個鮫人的孩子又遇到了什麼樣的事情……

青水的末端伸向神祕陰暗的森林，樹木森森，陰涼撲面。即便是白天，九嶷山下的這片夢魘森林裡也少有行人，空蕩寂靜得宛如墳墓。

林間小徑上，傳來了隱約的足音。

結伴而來的是一男一女，年輕俊美，一頭水藍色長髮如綢緞般柔順，雖風塵僕僕卻不掩其容色，正是來自鏡湖大營的如意與簡霖。

他們從鏡湖潛行而來，一路上穿過鏡湖、行過青水，到這裡已經疲憊不堪。如意抱著懷裡的孩子，腳步滯重，旁邊同行的簡霖將行囊往背後一甩，伸出手說：「讓我來抱一會兒吧，妳身上的傷還沒好全。」

「不用。」如意壓低聲音。「這小傢伙好不容易才睡著，別吵醒他。」

在她懷裡的是一個看上去只有六、七歲的孩子，瘦小蒼白，小臉看上去只有巴掌大，如同一隻病弱的貓咪一樣縮成一團，眉頭緊蹙地睡著了。

一路上，這個孩子反復發病，全靠著申屠大夫給的藥才支撐到這裡。眼看穿過這片夢魘森林就要到達蒼梧之淵，可是這個孩子在密林裡又突然發起高燒，開始不斷地囈語。

「姊姊……姊姊……」懷裡的孩子呢喃。

在空蕩蕩的森林裡，聲音顯得分外清晰。

如意低下頭，輕輕嘆了口氣，將孩子抱緊一點。這一路上，這個孩子昏迷中一直反復地叫著兩個名字，一個是阿娘，另一個便是姊姊。如意也曾是葉城西市裡的奴隸，知道孩子的母親是魚姬，可是另一個所謂的姊姊從未見過，想來，便是申屠大夫口裡所說的那位赤之一族的郡主吧？

如意從小看著蘇摩長大，自然知道這個孩子性格孤僻。那個空桑郡主到底是什麼樣的人，竟然會讓這個孩子生出如此依賴？

「要不要再餵他吃點藥？」簡霖擔憂地問：「這孩子好像在抽搐。」

「好。」如意點了點頭，緩下腳步，看了一眼四周。

簡霖見機得快，趕緊上前一步，在密林的一塊石頭上鋪開布巾，這才示意同伴坐下。如意看了他一眼，露出感激的笑意，坐了下來，從自己的懷裡拿出藥。

然而，就在這一刻，簡霖眼神忽然一變，手腕一翻拔出劍，翻身後掠。

只聽「呲啦」一聲，一條雪白藤蔓似的東西飛快從布滿枯葉的樹下縮回去，鑽入土壤中，消失不見。

「這是什麼？」如意吃了一驚，連忙將孩子護在懷裡。「蛇？」

「女蘿。」簡霖低聲說道：「奇怪，怎麼會盯上我們？」

「女蘿？」如意知道那是什麼樣的一種妖物，不由得倒抽一口冷氣。然而放眼看去，這一片看不見盡頭的密林裡，四處都是窸窸窣窣的聲音，枯葉底下似乎有什麼在翻轉，如同一條條蛇在地底下起伏翻轉。

那些不是蛇，而是女蘿。

這一片位於九嶷山下的森林，正因為有女蘿盤踞，才有了「夢魘森林」的稱呼。

如意從懷裡拿出藥，放到昏迷的孩子嘴裡，然後用水壺裡的水餵他。然而她剛剛把水壺放下，只聽耳邊「簌簌」一響，竟然又有什麼從枯葉裡動了起來。

「小心！」簡霖再次厲聲道，出手如電。

只見白光一閃，一隻蒼白的手被釘在地上，不停抽搐著——那是一隻女子的手，纖細小巧，毫無血色，若不是幾乎有一丈之長，看上去幾乎是美麗的。然而此刻，如同一條被釘住的蛇一樣在地上翻滾、掙扎，發出奇怪的叫喊，不似人聲。

「出來！」簡霖一個箭步過去，將那隻綿長的手臂扯起。

「唰」的一聲，彷彿一條藤蔓被扯出了根，空氣裡傳來一聲痛苦驚懼的叫聲，有一物破土而出，滾落在密林的地面上。

那是一個赤身裸體的女子，蜷縮在枯葉上瑟瑟發抖，發出尖厲的哭泣，水藍色的長髮如同海藻一樣披散在蒼白的胴體上，赫然是一個鮫人的模樣。

然而，「她」的眼神是空洞的，裡面只有混濁的兩團灰白，拖著兩條極長的手臂，下半身還埋在土裡，像是雪白的藤蔓。「她」的手臂被劍刺穿，然而奇怪的是傷口是漆黑色的，並沒有流出血。在「她」慘白的肩膀上，還有一個刺眼的烙印。

如意看在眼裡，忽然間心裡一痛：她認得那個烙印，那是奴隸的記號，就和她自己肩膀上的一模一樣。

是的，這些女蘿，在生前本來是她的同族。

她們都是被殉葬的鮫人。

空桑人相信宿命和輪迴，所以非常重視地宮王陵的建設。歷代空桑帝王均推崇厚葬，墓室宏大，陪葬珍寶無數——其中最珍貴的陪葬品，便是來自海國的鮫人奴隸。以密鋪的明珠為底，灌入黃泉之水，然後將那些生前在宮中最受帝王青睞的鮫人奴隸活著裝入特製的、被稱之為「紫河車」的革囊中，沉入挖好的陪葬坑裡，再將土填平、加上封印，便完成了殉葬的過程。

因為鮫人生於海上，所以儘管土下沒有可以呼吸的空氣，黃泉之水也極為陰寒，卻依舊可以在坑裡活上多年而不死，最終成為怪物。因為怨恨和陰毒，那些處於不生不死狀態的鮫人，某一日衝破了封印，從墓裡逃脫，遊蕩於九嶷山下，漸漸聚集在這一片夢魘森林裡，成為介於生和死之間的一種魔物，襲擊路人，吞噬生命。

這種鮫人，被稱為「女蘿」。

如意看著那個掙扎慘叫的女蘿，眼裡露出不忍的神色，輕聲嘆了口氣：「算了，放了她吧。」

簡霖遲疑一下，終於拔起釘住的劍。那隻女蘿發出一聲叫喊，一得了自由便飛快地縮回地下，地面微微起伏，女蘿轉眼便潛行離開，消失在密林的深處。

「女蘿不是從不襲擊鮫人的嗎？」如意有些愕然。「今天是怎麼回事？」

「可能是最近穿過夢魘森林的行人太少，開始饑不擇食了吧。」簡霖握著劍，小心地巡視四周。「太陽已快落山，我們得趕緊穿過這片密林。」

「好。」如意匆匆地將藥餵入孩子嘴裡，抱著蘇摩站起來。「我們好不容易才躲過空桑人的追捕，可別最後在這種地方出了意外。」

「我看過地圖，穿過這片林子，前面就是蒼梧之淵。」簡霖雖然年輕，做事卻老練。「只要按照長老們的吩咐把孩子帶到那兒交給龍神，我們的任務就完成。」

「嗯。」如意嘆氣。「希望到了那裡，龍神會救這個孩子。」

簡霖沉默一下，卻沒有回答。泉長老說過：「如果龍神不肯救，就說明這個孩子不是我們要找的人……能不能活下來，得看他自己的造化了。」這樣的吩咐，其實意味著……遺棄？

想到這裡的時候，簡霖忽然感覺到自己身後的行囊緊了一緊，裡面有東西在蠕蠕而動。如意抱著蘇摩，而他的行囊裡放著從孩子腹部被剖出的肉胎。那個詭異的東西即便是被申屠大夫用銀針封住了，也還在蠢蠢欲動。

「姊姊……姊姊。」高燒中的孩子說著囈語：「不要丟下我。」

「我在這裡。」如意將孩子抱起來，柔聲道：「我不會丟下你的。」

「痛……很痛。」蘇摩咽下了藥，喉嚨裡輕輕咕噥幾句，抓緊如意的衣襟，怎麼也不肯放開。「姊姊……痛……」

如意嘆了口氣，抱起孩子，重新走上小徑。

他們兩個人走得很快，一心想儘早穿過這片不祥的密林。一路上非常安靜，那些樹葉下的女蘿似乎忽然都消失，並沒有再次出現。

「應該再有一里路就到了。」簡霖估計了一下距離，開口道。然而話音未落，他

忽然覺得背後的行囊裡有什麼明顯地動了一下，似在掙扎，隱約發出嚶嚶哭泣一樣的聲音。

就在那一瞬間，眼前一晃，整個森林忽然變成慘白色。

無數手臂、無數雙足，從腐土裡、從樹林中、從溪水裡伸出來，密密麻麻，如同一望無際的雪白藤蔓，鋪天蓋地而來。那些夢魘森林裡的女蘿居然全部瞬間出現，集中在這裡，撲向他們兩人。

「快走！」簡霖失聲驚呼，一把拉住如意，點足飛掠。

「攔住他們……攔住他們！」那些女蘿紛紛嘶喊，相互傳達著訊息。「他們手裡有一個孩子……就是那個孩子！」

那些東西怎麼會突然集結在這裡，還知道他們帶了一個孩子？難道是有人通風報信，復國軍裡出了內奸？

簡霖心裡震驚，手上卻絲毫不慢，長劍如同電光縱橫，「唰唰」地斬出一條血路。女蘿的戰鬥力並不高，然而數量眾多，冰冷的肢體如同海底的水母，一條條被割斷又一條條伸過來，似乎完全不覺得疼痛，尖利的指甲閃耀著有毒的光芒，迎面抓向他們。

「快！」簡霖低斥：「到樹林外面去！」

如意一手抱著蘇摩，另一隻手也拔出短劍，跟著他往前衝。

這片樹林已經快要到盡頭，她甚至能看到密林外漫射進來的夕照，只要再往外衝個幾十丈便是蒼梧之淵，亦即他們此行的最後目的地。然而，此刻眼前是一片雪白，無窮無盡的女蘿如同一張網攔在前方，令他們寸步難行。

不知為何，那些女蘿竟然蜂擁而至，要搶奪那個孩子。

絕不能讓蘇摩落在女蘿手裡！如意不顧一切地搏殺，將那些伸過來的手腳砍斷。那些死去同族的血飛濺在她臉上，腥臭又冰涼，令人毛骨悚然。

懷裡的孩子似乎被這一番激烈的動作驚醒了，睜開湛碧色的眼睛，懵懂虛弱地看著這一切，不知道自己置身何處。

「別怕。」她一邊血戰一邊安慰：「沒事的。」

「如意！」然而她只是一分神，耳邊就聽到簡霖的驚呼：「小心！」

如意一抬頭，便看到一隻銀髮的女蘿從樹上無聲無息地垂掛下來，雙手延長到一丈多，並化成兩根尖刺，「唰」的一聲朝著自己刺過來。

「不！」她失聲，只來得及抬起手臂，死死護住懷裡的孩子。

如意的雙臂瞬間被洞穿，鮮血飛濺。女蘿洞穿她的手臂，卻沒有抓到她懷裡的蘇摩，憤然將手往回一抽。如意被拖得往前踉蹌一步，幾乎跌倒，卻忍著劇痛不肯撒手。

「給我！」那隻銀髮女蘿厲聲道，再度攻擊而來。

白光一閃，只聽金鐵交擊之聲響起，簡霖扔出了手裡的劍，擊在女蘿身上，硬生生將那隻銀髮女蘿逼退。

「快！」簡霖一把拉住她。「走！」

如意用流血的手臂抱著孩子，一起朝著夢魘森林外狂奔而去。背後窸窸窣窣的聲音鋪天蓋地而來，竟是整個森林都在瘋狂地湧動，無數女蘿都破土而出、追殺而來。奇怪，女蘿雖淪為妖物，卻從來不會攻擊同屬於海國族人的鮫人，今日為何忽然大反常態？

此刻他們已經來到森林盡頭，前面豁然開朗，陽光萬丈。

那些女蘿彷彿畏懼日光，紛紛在樹林裡頓住腳步。

簡霖殺出了一條路，帶領如意奔出森林。然而，當他殺到密林邊緣時，忽然間覺得背後一冷，動作停頓了——有什麼東西刺中他的後頸，那一瞬，他只覺得僵硬麻痺，全身的力量都被抽走。

怎麼，是女蘿終於從背後刺中了自己嗎？

「簡霖！你的背後！」如意失聲驚呼。

他背後的行囊裂開了，有一個小小的東西爬出來，悄然貼在他的後頸——那不是女蘿，而是那個從蘇摩腹中被剖出的詭異肉胎，居然掙脫銀針的封印，爬在他背後，一口咬住簡霖。

如意不顧一切地搶身而上，短劍下指，想要硬生生將那個肉胎從簡霖身上切離。然而，那個小肉塊居然非常靈活，看到她上前，倏地又縮回行囊。當它轉身的那一刻，發出了一聲尖嘯。聲音落處，整個密林裡的女蘿彷彿聽到什麼命令，竟然再也顧不上畏懼日光，暴風驟雨般攻擊了過來。

如意只看得心驚。這個肉胎到底是什麼東西？居然能號令那些女蘿？

然而，她已經沒有時間再去想這些，視線裡只有一片慘白。無數手臂朝著她伸過來，青紫色的尖利指甲如同刀鋒，閃著妖異的光。

完了……他們終究沒能完成長老的囑託。

在最後的一刻，她下意識地彎下腰，將孩子護在懷裡，閉上眼睛，等待著萬箭穿心的剎那。

然而，什麼都沒有發生，周身忽然寂靜如死。

如意等待片刻，愕然睜開眼，忽然發現那些鋪天蓋地而來的女蘿竟然都頓住了，彷彿為看不見的力量震懾。那些尖利的手指離自己已經不足一尺，卻齊刷刷停在了原地，似被瞬間凍結。

女蘿的眼睛，齊齊盯著她懷裡的孩子，表情恐懼。

她懷裡的蘇摩睜開眼，凝視著遍地的妖鬼。孩子的眼眸是湛碧色的，映照著日光，如同琉璃璀璨。蘇摩看著面前詭異的情境，虛弱地搖了搖頭呢喃：「妳們……是什麼東西？滾開。」

當那個細小的聲音一出口，那些尖利的指甲竟然顫抖一下，所有女蘿紛紛往後倒退一步。

「那個孩子……那個孩子！」女蘿們看著如意懷裡的那個小鮫人，紛紛低語，似乎畏懼著什麼。「他的聲音裡，有著『皇』的力量！」

「不對！如果這個孩子才是『皇』，那麼，剛才召喚我們的又是誰？」

「不可能……難道有兩個『皇』？」

什麼？這些東西，難道聽從蘇摩的指令？如意聽到這些竊竊私語，忍不住吃了一驚，低下頭看著懷裡的孩子。蘇摩在傷病中，猶自虛弱，眼神也沒有完全清醒，嘴唇蒼白單薄。然而，他只是短短吐出兩個字，便似乎有著巨大的、不可抗拒的力量，讓遍地妖鬼都為之退縮。

趁著這一刻空檔，簡霖已經拉著如意轉身狂奔。

兩人奔跑了一百多丈，穿過界碑，終於來到蒼梧之淵旁。深淵如同一線，黝黑不見底，通向另一個地底世界。淵內霧氣瀰漫，伸手不見五指，只有隱約的一點猩紅，如同地獄的熊熊之火。

簡霖將懷裡的寶物拿出，跪倒在裂淵旁邊大呼：「龍神！我是您的子民……請接受獻祭！」

語畢，他對著雲霧瀰漫的深淵扔出手裡的寶物——那是泉長老給他的玉環，裡面封印著上古的龍血，「唰」地直墜深淵。剛墜入不久，玉環在虛空中彷彿受到重擊，寸寸碎裂，釋放了裡面封印的血。

那一滴遠古的龍神之血從封印裡湧出，滴落雲霧之中。

彷彿一滴血導致整個滄海沸騰，那一刻，黑黝黝的裂淵底下，驟然風起雲湧，吹出令人睜不開眼睛的颶風。只聽一聲巨響，有一道金色閃電穿透了黃泉之水，瞬間直上九天，照亮夢魘森林。

「龍神！是龍神！」電光之下，所有女蘿發出一聲驚懼交加的呼喊，倏地全部縮回了密林，不敢暴露在那耀眼的金色光芒之下。

風雲從龍而起，整個蒼梧之淵瞬間天翻地覆。影影綽綽的巨大影子從地底騰空而起，伴隨著電閃雷鳴，直上九霄。

「誰？是誰？」閃電裡傳來雄渾低沉的聲音。「以我之血驚醒我？」

「是您的子民。」簡霖匍匐在地。「奉命前來參拜。」

如意仰起臉，看到閃電裡的海國神靈，再也忍不住地驚呼。她下意識地鬆開手，想要合掌膜拜，然而，她剛剛鬆開手，一股強大的力量吸來，懷裡的孩子忽地飛了出去。

「蘇摩！」她驚呼一聲，不顧一切地想去抓住他。

簡霖大吃一驚，拚命伸出手，冒著自己跌落深淵的危險想要抓住蘇摩。然而，下一瞬間，深淵再度被閃電照亮，蘇摩忽然停止墜落之勢，彷彿有一隻手托住他的背部，讓他重新向上升了起來，離開深不見底的蒼梧之淵。

托住他的，是金色的巨龍。

龍神從蒼梧之淵現身，奪去如意懷裡的孩子，盤身雲海，垂首細細地凝視懷裡那個微小如芥子的生靈。

「這……這個小傢伙……」龍神看著孩子，似乎長久不曾說過話，所以發音都很吃力。「難道就是……嗯？」

蘇摩幾次飛升和墜落之後有些暈眩，虛弱地睜開眼睛，在半空和龍神對視，瞳子裡居然沒有絲毫畏懼。龍神俯下頭，用巨大如同日輪的雙眼凝視著那個瘦小的孩子，似乎在審視所有的過去與未來，片刻，終於吐出一聲長嘆：「果然是你……七千年了，這一天終於到來。」

一語未落，龍神忽然甩了一下尾巴。狂風中，孩子背上的衣衫寸寸碎裂，露出背部一片黑色的痣。

「我的一部分在你身上沉睡了那麼多年，也該醒來了。」龍神低語，對著蘇摩吹一口氣。

那一刻，孩子背後那一團黑色忽然流動起來，閃現微微的光亮。如同被什麼注入，那團黑色倏地旋轉，化成一條龍的形狀，竟然和虛空中的龍神一模一樣。

「痛……」孩子呻吟了一聲，小小的身體蜷縮起來。

「天啊……」如意低聲驚呼，不敢相信地拉住旁邊的簡霖。「你……你看到了嗎？蘇摩……蘇摩背上的那個不是痣！而是……而是……」

「騰龍的血徽！」簡霖衝口而出，定定地看著半空——是的，這個孩子身負海皇之血，背上有可以和龍神呼應的圖騰，他就是傳說中的海皇！

兩個人站在深淵邊上，一時間目眩神迷。

龍神背負著孩子，在雲霧裡上下飛騰，想要破空而去。然而，祂頸下的逆鱗上鎖著一條金色鎖鏈，上面縈繞著無數電光，死死鎖住了祂的每一個動作，無論祂怎麼掙

扎，始終無法掙脫。

隨著龍神不斷飛躍，蘇摩背上的那個黑色紋身也在劇烈變化，每一個動作都和龍神對應，似乎在他的身體裡也有另一條龍，正在奮力掙扎著，要突破這個軀殼的障礙，從孩子的身體裡飛出去。

然而，無論是那個影子，還是蛟龍，始終無法掙脫。

「為何……為何還不讓我走？」龍神仰首望向九天，發出低吼，似在和什麼人對話。「海皇已經歸來……三女神，請將存於九天之上的力量歸還海國！」

然而，九天白雲離合，亦無迴響。

騰龍的影子在蘇摩的軀殼裡掙扎，他小小的身體不停抽搐，痛苦非常。最後，瘦弱的孩子再也支撐不住，發出一聲大喊，倒了下去，眼裡流出兩滴殷紅的血，背後的圖騰瞬間熄滅了光芒。

同一瞬間，半空中的龍神發出一聲低吼，也倏地沉入深淵。

風雲轉瞬消失，四周是死一樣的沉寂。

「怎……怎麼回事？」如意愣住了，看著忽然間又陷入寂靜的蒼梧之淵，聲音微微發抖。「方才……方才發生了什麼？」

簡霖的臉色也是蒼白，半晌，才輕聲道：「龍神失敗了。」

「你說什麼？」如意脫口。

「剛才，龍神想要掙脫七千年前星尊大帝設下的禁錮，躍出這個被困千年的地方……但是，祂失敗了。」簡霖站在深淵旁，看著底下滾滾的黃泉之水，聲音發抖。「祂闖不出那個結界，筋疲力盡，最終重新沉入了蒼梧之淵。」

「怎麼會！」如意的臉色瞬間慘白。「那麼……蘇摩呢？」

簡霖搖了搖頭，看著深不見底的裂淵，低聲道：「蘇摩大約是跟著龍神一起沉下去了吧。」

蒼梧之淵底下，便是濤濤的黃泉之水，任何陽世的活物都無法在其中生存。這個小小的孩子，估計早就神魂俱滅、屍骨無存了吧？難怪泉長老說，見到龍神之後，能不能活下來要看那個孩子的造化——看來，這個孩子終究未能通過這一輪嚴酷的試煉。

如意猛烈地顫抖一下，衝到深淵旁邊，失聲大喊：「蘇摩……蘇摩！」

然而，黃泉之水滾滾而來，深淵裡瀰漫著死亡的氣息，哪裡有絲毫活人的跡象？

「蘇摩……蘇摩。」如意頹然跪倒在地，淚水一顆顆滾落，在地上化為珍珠。蒼梧之淵上，天色已暗，頭頂星辰明亮，耳邊只有夢魘森林裡女蘿邪異的竊竊私語和黃泉滔滔的流水聲。

忽然，地上有什麼東西動了一下。

那是簡霖的行囊，在剛才的搏殺裡被扔到地上，四散開來。裡面有東西在蠕動，正是那個詭異的肉胎。似乎是看到了剛才發生的一幕，肉胎的臉上露出一個奇特的譏笑表情。

「笑什麼？」看到那個詭異的表情，如意忽然覺得一陣莫名的憤怒，一把抓起那個肉胎，就要往蒼梧之淵裡投擲下去。那個肉胎發出了一陣尖厲的「嚶嚶」聲，似乎是在尖叫，聽起來毛骨悚然。

然而，如意剛抬起手，忽地對上一雙巨大的日輪，從蒼梧之淵的地底升起。怎麼……怎麼會有兩個太陽同時升起？

如意被炫住了眼睛，卻聽到簡霖在一旁失聲驚呼：「龍神？」

海國的守護神此刻竟然再度從深淵裡浮上來，吃力地將頭顱探出蒼梧之淵，喘著粗氣，全身金鱗片片染血。這個時候，他可以清晰地看到龍神的身體上纏繞著一根金光四射的巨大鎖鏈，死死地鎖住祂的脖子、勒入血肉，末端拖向深不可測的蒼梧之淵地底。

那是七千年前星尊帝滅亡海國之後，為了困住鮫人的神祇而設下的。

然而，即便是如此疲憊，龍神還是掙扎著第二次攀上蒼梧之淵，用爪子抓住了深淵的邊緣。在龍神的額頭上，赫然躺著一個昏迷的孩子，小小的身體縮成一團，臉色蒼白如紙，卻還有微弱的呼吸。

「蘇摩！」那一刻，如意失聲驚呼，驚喜萬分。「蘇摩！」

龍神抬起巨大的爪子，搖了搖腦袋，吃力地把蘇摩從自身上勾下來，小心放到地上，滿懷擔憂地看了一眼，忽然俯下頭，將孩子一口吞了下去。

簡霖和如意一同驚呼，雙雙上前想要阻攔，卻見龍神只是銜著昏迷的孩子，含在嘴裡，並無傷害的意圖。隨著呼吸，龍牙之間綻放出奇特的光華，開始一分分地注入孩子的身體。

龍神一共呼吸了三次，才收住光芒，伸長脖子，吐出了蘇摩。昏迷的孩子滾落在深淵旁的草地上，一動不動。如意撲過去將蘇摩抱在懷裡，跪倒在神祇的面前。

「這個小傢伙，太虛弱了……我分了一點力量給他。」龍神的聲音低沉而緩慢，非常吃力地對他們兩人說：「我知道長老們讓你們帶他來這裡的意圖——是的，這個孩子的確是你們要等待的人。可惜……時間還沒有到。」

龍神在和他們對話？那一瞬，簡霖和如意都震驚得說不出話。

時間還沒有到？這是什麼意思？

「時間還沒到。所以，九天上的雲浮城，未將海皇的力量歸還海國。」龍神語氣

非常虛弱，抬頭望了一眼裂淵上空的天宇。「這個孩子還沒有繼承海皇的力量，也無法幫助我斬斷金鎖。」

簡霖和如意沒有明白龍神這些話的意思，面露疑惑之色。

「和你們解釋這些也沒有用……你們都回去吧。」龍神的聲音漸漸微弱下去，攀住地面的爪子也逐漸鬆動。「等七十年後，等這個孩子經歷了更多、獲得更大的力量，或許……我們可以在此地再度相見。」

還要等七十年？簡霖和如意雙雙愕然，不知道說什麼好。

「在這樣漫長的時間裡，應該會有許多人想要奪走這個孩子的生命吧？包括空桑人……西海上的冰族……還有祂。真是令人憂心啊。」龍神低聲沉吟，似乎遙遙感知著這個六合之間的一切。「似乎現在就有人想通過歸邪，找到這個孩子？這可不行！」

龍神仰起首，對著蒼穹長嘯一聲，猛地吸一口氣，探出了爪子。那一瞬，祂周身綻放出千萬道耀眼的閃電，天空風起雲湧，令人無法直視。

風雲過後，星空裡，似乎有什麼悄然改變。

——那一片騰起於碧落海的歸邪，竟然消失不見。

「我在星圖上暫時抹去這個孩子的蹤影……現在，即便是凡界最有力量的占星者，也無法再追查這個孩子的下落……」龍神動了動爪子，將昏迷的孩子推過來，聲音越發虛弱。「現在我能做的……也不過就是這些。好了，你們帶他回去吧，好好保護他。」

「是！」簡霖和如意不敢違抗，齊齊領命。

就在那一刻，被遺棄在地上的那個肉胎動了一動，似乎想要跟隨他們離開。

「咦？這個小東西……是什麼？」雖然那個東西微小如芥子，卻逃不過龍神的眼睛。祂一看，眼神忽地一變，喃喃道：「這是非常邪惡的存在啊……是光之後的暗，是畢生不能擺脫的心魔。」

話音未落，祂低下頭，轟然吐出一口烈焰。

然而烈焰過後，那一團小小的肉胎居然完好無損。

「奇怪……連赤炎都沒有辦法消弭這種『惡』嗎？」龍神疲倦地低語，抖了抖身體，「唰」的一聲，無數道金光落下，刺穿肉胎的每一個關節，將它釘死在地上。

那是細小的龍鱗，每一片都貼在申屠大夫原先的銀針位置，鑲嵌在那個肉胎骨節上，如同銀骨金釘。瞬間，那個肉胎蜷縮成一團，發出尖厲的痛呼，刺耳驚心，卻依舊在劇烈地扭動，不曾死亡。

「還真是消弭不掉嗎？」龍神看著這個詭異的肉胎，有些詫異，也有些疲倦。

「這是『惡的孿生』……看來，會和這個孩子畢生如影隨形。」

龍神疲憊地呼出一口氣，爪子微微鎖緊。

同一瞬間，貼在肉胎上的金鱗倏地發出光芒，同時嵌入肉胎的各個關節中，和銀針融為一體。那個詭異的肉胎發出了嬰兒般的尖叫，身體扭動著，彷彿被無形的鎖鏈鎖住，漸漸不能動彈。

「我暫時封印了它，希望這七十年的時間，足夠讓這個孩子變得強大。」龍神的聲音低沉，垂頭看著昏迷的蘇摩，眼神裡露出一絲憐憫。「唉……這個可憐的孩子，不但要對付敵人，還要對付自己內心這樣可怕的魔……希望他能夠帶領你們，重歸碧落海……」

說到這裡，龍神的聲音低下去，似乎再也堅持不住，爪子緩緩從蒼梧之淵鬆開。那一條沉重的金色鎖鏈從深淵裡伸出，無聲無息地鎖緊，用可怖的力量將巨龍一寸寸地重新拖回不見天日的淵底，再次禁錮。

「龍神！」簡霖和如意不捨，雙雙衝到裂淵旁。

「我的子民啊……你們已經等待了七千年。再等七十年，也只是剎那吧？」

龍神的聲音從淵底縹緲的雲霧裡傳出，驚心動魄。

「所有的苦難即將到頭……七十年後，這個脆弱的孩子將會成為海國空前絕後的海皇，帶領你們掙脫鎖鏈，進而傾覆這個雲荒。到那時，你們將在此處，再次見證海國的復興！」

龍神消失在深淵，然而預言還在空中迴盪，如滾滾春雷。

如意戰慄著俯下身，抱住懷裡的蘇摩，淚水接二連三地滾落，在地上凝為珍珠。簡霖在她身側，凝望著那個孩子，神情也是難掩激動。

那麼年幼的孩子，瘦小得如同一隻路邊的流浪貓，脆弱無助、神志不清，怎麼看都不像是能號令七海的海皇啊。

然而，如意抱緊了懷裡瘦小的孩子，警惕地看了看身後的密林，提防著裡面的女蘿再次衝過來，低聲道：「我們得儘快把這個孩子帶回大營。長老們要是知道了這個消息，一定會……」

說到這裡，蘇摩在她的懷裡戰慄了一下，悠悠醒轉。那雙湛碧色的眼眸宛如大海一樣深遠，令人只看一眼便有些目眩。

「蘇摩？」如意驚喜地低呼。「你醒了？太好了！」

她的手覆上孩子的額頭，發現經過龍神的治療，蘇摩身上的高燒果然已經奇跡般地退下去，只是小臉蒼白，氣息依舊微弱。然而，當她想要將孩子抱起的時候，蘇摩

忽然微微一用力，扭動著想掙脫她的懷抱。

她怔了一下問：「怎麼了？」

「不……不要碰我。」孩子的眼神裡充滿敵意，乾涸的嘴唇微微動了動，喃喃說道：「這……這是在哪裡？讓我走！」

「怎麼，你不認識我了嗎？」如意以為這個孩子剛剛甦醒，腦子一時糊塗，連忙道：「我是如姨啊！」

「我知道。」那個孩子定定地看著她。「是又怎麼樣？」

如意被孩子語氣裡森冷的敵意刺了一下，看著蒼梧之淵旁的小小身影，有些迷惑。

「怎麼啦，蘇摩？是不是生我的氣了？對不起，讓你獨自流落在西荒那麼多年，被那些空桑人折磨欺負。」她張開雙手，想要擁抱他。「不過現在沒事了。其實我是復國軍密部的人，長老們讓我帶你來這裡覲見龍神，一路保護你的安全。以後再也沒有人會欺負你，我會替你阿娘好好照顧你。」

「替我阿娘照顧我？」孩子呢喃，眼裡忽然露出複雜的表情。

如意嘆了口氣道：「既然你找到我們復國軍，就是回家了。只要跟我們回到鏡湖大營，以後整個雲荒，誰也不能欺負你。」

她一邊說著，一邊屈身前傾，想要伸手擁抱這個瘦小的孩子。然而下一瞬間，她身體猛然一震，幾乎僵住——只見孩子的手裡握著一柄短劍，悄無聲息地抬起，「唰」地抵住了她的心口。

「走開。」蘇摩不知何時拿起一把草地上掉落的短劍，戳在如意的心口，將這個試圖擁抱自己的女子抵住，語氣很冷漠。

「如意！」簡霖脫口驚呼，幾乎不敢相信自己的眼睛。他剛想一個箭步上前，如意卻抬起手阻止他的行動。

蘇摩看著眼前的同族，眼裡流露一種極其厭惡的光。「我說過了，不要再碰我！」

「蘇摩，你……你怎麼了？」如意雙臂僵硬，無法置信地看著這個孩子，喃喃說道：「我們是你的族人，是來幫你的啊！」

「幫我？你們只是想找屬於自己的海皇吧？」孩子細細的手腕握著短劍，一分不退，眼睛裡全是戒備。「妳想帶我去復國軍大營？呵……那裡有三個老頭子，在昏迷的時候，我聽到他們說……」說到這裡，孩子冷笑一下說：「如果龍神不肯救我，那我就不是你們要找的人，也就不用管我的死活，是不是？」

那一刻，簡霖和如意都默然倒抽一口氣。

沒想到，這個孩子竟然裝作昏迷，偷聽了鏡湖大營裡復國軍首領們的談話，而且一路上不動聲色。這麼小的孩子，心機怎會如此深沉？

「我怎麼會丟下你不管呢？我答應過魚姬要照顧你。」如意急切地說道，想安撫這個劍拔弩張的孩子。「何況，既然現在你是龍神認可的海皇，長老們一定會好好對待你。蘇摩，跟我回去吧，你會成為我們的皇！」

孩子卻搖了搖頭，不屑一顧。「我才不想當你們的皇。」

「什麼？」簡霖和如意同時驚呼了一聲。

這樣短短的一句回答，彷彿是一道驚雷，將聽到的人瞬間打入煉獄。

這個孩子在說什麼？他居然說，不願意成為海皇？海國自從亡國之後，所有鮫人等待海皇已經整整等待了七千年。七千年後，轉世重生的海皇，居然說不願意成為他們的領袖？

這……這怎麼可能？

「我最恨別人把我當成貨物一樣買來賣去。無論是買去當奴隸，還是買去當皇帝。」孩子的語氣很輕很冷，看著面前的兩個同族，眼裡帶著銳利的惡意。「呵……你們復國軍，說到底，和那些該死的空桑人又有什麼區別？」頓了頓，孩子輕輕搖頭道：「不，有些空桑人，甚至比你們更好一些。」

「不！不是這樣的！」如意急切地道：「你怎麼會這麼想？空桑人怎麼會比族人還好？你瘋了嗎？」

「我當然沒瘋。」蘇摩的眼神厭倦而厭惡。「瘋的是你們。」

如意和簡霖雙雙怔住，說不出話來。

許多年過去，她還記得這個孩子被關在籠子裡的樣子，瘦弱而孤僻，如同一隻小獸。好多年不見，這個孩子一路顛沛流離，不知道吃了多少苦頭，竟然變成今天這種陰鬱早熟的模樣，手裡拿著劍，對著她說出這樣的話。

「你怎麼會不相信如姨呢？快和我們回去吧！」如意心裡一痛，顧不得那一把短劍還抵在心口上，便想伸手抱住他。她不信這個孩子真的會殺人，無論如何，她也不能讓他離開。

然而看到她的孤注一擲，蘇摩臉色一變，眼裡的戾氣大盛。

「滾開！」孩子咬了一咬牙，手裡的劍竟然真的不肯縮回。

「唰」的一聲，劍尖刺破如意的肌膚，然而，葉城花魁臉色沉痛，也帶著一種不顧一切的決絕，竟然不惜被刺穿身體也要將這個孩子擁入懷裡。

生死交界的一瞬，耳後忽地有風聲逼近，猛然擊落在蘇摩的後腦。

孩子「啊」了一聲，眼裡露出憎恨震驚的神色，晃了一晃，終於倒下。

簡霖在千鈞一髮之際出手，斷然打倒蘇摩，解救了危局。他從孩子的手裡奪過短劍，看了一眼——那把短劍，尖頭已經染上鮮血。他忍不住倒吸一口冷氣，低聲道：「好險！這小傢伙，還真的是想殺人啊……如意，妳也真是的，怎麼能這麼不管不顧呢？」

「不，我們不能失去他。」如意喃喃道，不知是心裡痛還是身上痛，全身都在發抖。「簡霖，我們不能失去這個孩子！」

「我知道。」簡霖是個戰士，做事雷厲風行，完全不像如意那麼感性溫柔，邊說邊俯下身，將被擊倒的孩子提起來，並把他的雙手雙腳全部捆住。「所以，別和他多廢話了，趕緊把這個小傢伙帶回去就是。」

「小心一點。」如意看得心疼。「別弄疼他了。」

簡霖俐落地綁好蘇摩，接著把地上散落的東西都撿起，包括那個被龍神封印的肉胎，重新放入背後的行囊，轉頭對如意道：「回去讓長老們說服他吧，我們的任務已經完成了。這裡不安全，儘快離開為好。」

「好。」如意終於回過神，伸手接過蘇摩揹在背上，攬過了所有的負荷，方便簡霖騰出雙手握劍，以應對一路上的不測。

他們兩人從蒼梧之淵返回，重新穿越那片夢魘森林。

返回的時候，天已經全黑了。那一片邪異的森林裡到處是奇怪的聲音。那些女蘿在地底蠕動，窺探著這一行人，蠢蠢欲動。簡霖握劍在前面開路，如意揹著蘇摩緊跟在後，警惕地前行。

「奇怪。」簡霖低聲道：「那些東西還在跟著我們。」

「怎麼回事？」如意也是有些疑惑。這些受盡折磨死去的鮫人，按理說應該不會襲擊自己的族人，為何這一路上還苦苦地跟著他們？

他們一路警惕，幸虧平安無事。

然而，在他們快要安然走出這片森林的時候，如意懷裡的孩子醒了過來，發現自己被束縛住，便開始激烈反抗，如同被困住的小獸。

「不要掙了。」如意嘆了口氣。「跟我們回鏡湖大營吧。」

「不！我不和你們回去！」蘇摩掙扎著，厲聲道：「放開我！」

孩子的掙扎力量微弱，不值一提。然而，詭異的事情發生了，在他喊出「放開」兩字的時候，整個森林都震了一震。當他第二次喊出「放開」的時候，如同接到一個命令，森林深處的所有女蘿發出鋪天蓋地的尖叫，忽然從各個方向衝過來。

「天啊……」如意失聲驚呼，提醒簡霖：「小心！」

森林彷彿在瘋狂地舞動，一片慘白，所有蟄伏的女蘿同時向他們發起攻擊。領頭的銀髮女蘿不顧一切地圍攻他們兩人，伸出細長的手，用鋒利的指甲割斷束縛，將那個孩子從她懷裡硬生生地搶了過去。

儘管她和簡霖拚命搏殺，卻一時間無法從鋪天蓋地的女蘿中殺出一條血路。那些女蘿彷彿被什麼指揮著，一搶到蘇摩，立刻帶著這個孩子迅速地奔赴青水，沉入了水底，如同游魚一樣飛快地消失，再也不見蹤跡。

蘇摩一聲求救，無數的女蘿瘋狂撲來，將他帶走。一雙雙蒼白的手從水中升起，將瘦小的孩子托起，向著青水深處潛行而去，如同白色的荷葉上托著一個小小的孩子。

領頭的銀髮女蘿看著蘇摩，因為激動而微微顫抖，說不出話來。

這……就是傳說中的海皇？可是，這麼瘦弱的孩子，連保護自己都做不到，將來的某一日，能肩負起那樣的重擔嗎？

「放開我……」孩子微弱地掙扎一下。

彷彿一句咒語，三個字剛落，無數藤蔓般纏繞的手臂倏地鬆開了。蘇摩漂浮在青水裡，一頭藍色的長髮如水藻般浮動。他看著身邊的妖魅，神色充滿警惕和不信任。他剛一動，周圍無數慘白的手臂便隨之而動，如同森林圍繞著他，不放他離開。

孩子看著眼前這一群奇詭的同類，眼裡有疑惑，忽然問：「妳們……也想把我搶回去當妳們的皇帝嗎？」

「當然不。」領頭的銀髮女蘿怔了一下。「您剛才發出命令，想要從那兩個鮫人手裡掙脫，於是我們聽從了您的命令。僅此而已。」

「是嗎？」孩子沉默，似乎在考慮這群奇怪的東西所說的話是不是真的，半晌，忽然搖頭道：「不對。那麼在我們來的路上，妳們又為何會襲擊如姨？那個時候我可沒有命令妳們攻擊他們。」

「您沒有？那時候，我們明明聽到您的召喚。」銀髮女蘿顯然也吃了一驚。「我們聽到您說要我們殺掉他們兩人，所以才不顧一切地動手。否則，我們怎麼會忽然襲擊同族？」

「胡說。」蘇摩皺起眉頭。「我怎麼可能會讓妳們殺死如姨？」

「可是，我們明明聽到了……」

「嘻嘻。」在他們兩人爭辯的時候，水面上忽然間傳來一聲細細的冷笑。銀髮女蘿倏地回頭，看到青水的水面上不知何時漂來一個褡褳。在褡褳裡，露出一張小得只有一寸大的臉，帶著一絲詭異的笑容。

那一瞬，蘇摩發出一聲驚呼，整個身體都蜷縮起來。

那個肉胎！那個從他身體裡被剖出來的肉胎，竟然隨水漂了上來。

「這是什麼東西？」銀髮女蘿愕然，伸手將那個褡褳撈起來，端詳說道：「是……一個小傀儡？」

蘇摩心裡一冷，驟然明白過來：是的，方才女蘿聽到的聲音，並不是來自他，而是來自眼前這個詭異的小東西……那個死去的胎兒、惡的孿生！而且，龍神說，終其一生，它都將如同夢魘一樣纏繞著他。

「這是我的東西。」蘇摩劈手將這個褡褳拿過來，看著銀髮女蘿，語氣卻依舊充滿敵意。「可是……妳們為什麼要聽我的命令？」

「因為您是被龍神承認的海皇啊。」銀髮女蘿恭謹地鞠了一個躬，回答：「所有鮫人，無論生或死，怎能不聽海皇的吩咐？」

「海皇？」孩子臉上露出一絲疑惑的神色，頓了頓卻問：「那我的話，妳們真的都會聽嗎？」

「是。」銀髮女蘿斷然回答：「無論任何命令。」

蘇摩蹙眉問：「如果我想走呢？妳們會讓我走嗎？」

「當然，我們怎敢勉強您呢？」銀髮女蘿同樣想也不想地頷首。「無論您想做什麼，我們都會聽從；無論您想去哪裡，我們都可以送您去。」

「是嗎？」孩子臉上有一掠而過的喜悅，遲疑了一下道：「我不想回鏡湖大營。我……我要去葉城。」

「好，一切聽憑您的吩咐。」銀髮女蘿毫無考慮地接受指令，立刻道：「我們可以護送您到息風郡的浮橋渡，那裡是我們女蘿所能到達的極限距離。我們生前被空桑人用禁咒封印在九嶷，無法離開這裡太遠。」

「不用妳們跟著。」蘇摩搖了搖頭，還是流露出一絲戒備。「送我到浮橋渡，我會自己回去。」

「那也好。」女蘿首領點了點頭，看了一眼瘦弱的孩子，卻忍不住問：「可是……您要去葉城做什麼？那裡剛剛圍剿過復國軍，對鮫人來說，非常不安全。」

「我一定要回去。」孩子搖了搖頭，在青水上抬起眼睛看向遠方，輕聲道：「已經在外面那麼久了……不能讓姊姊擔心。」

姊姊？女蘿的首領微微驚訝，卻忍住了沒有問。

第三十八章　宮闈變

然而，遠在蒼梧之淵的蘇摩並不知道，在他歷經種種磨難，一心想要回到葉城見朱顏時，那位赤之一族的小郡主已經不在葉城。她在鏡湖中心的伽藍帝都，同時也陷入另一個牢籠。

困住她的是世間無數無形的枷鎖。

因為答應了聯姻，事關兩個王族，便需要進京請求賜婚。一大早，朱顏便起身洗漱梳妝，跟著父王母妃起身，準備去宮裡覲見北冕帝。

在遙遠的過去，大約六歲的時候，她也曾跟著父王來到伽藍帝都，覲見過一次北冕帝。當時帝君賞賜了她和六部的郡主們每人一柄玉如意、兩串夜光珠、一匣出自斑斕海的龍涎香。其他郡主都驚喜地把玩著美麗的珠寶玉石，只有她對這些小東西覺得無聊，隨手扔給了盛嬤嬤，獨自偷偷地四處看。

頑皮的她甚至趁著侍女不注意，攀上伽藍白塔頂的女牆，將小腦袋探出去，第一次俯瞰到了雲荒全境。白雲之下，四野浩蕩、七海圍合，鏡湖宛如深邃的大地之眼，靜靜凝望著天宇下的一切，恢宏瑰麗。

小小的她忍不住發出一聲讚嘆，張開雙臂，想要擁抱身邊離合縹緲的白雲。侍女們驚呼起來，趕緊撲上去把她拉下來。

然而，一眼看到的雲荒天地全圖，宛如烙印刻在了她的心裡。

如今她十九歲了，第二次來到帝都，卻已是另一番心境。

入城之前，朱顏偷偷撩開了馬車的簾子往外看一眼。入眼的是占地巨大的白色石材，如同一堵牆在眼前展開，一望無際。那道牆是那麼高，即便是用力抬起頭，卻還是望不到頂。

那是伽藍白塔的基座。

傳說中，這座伽藍白塔高六萬四千尺，底座占地十頃，占了整個帝都十分之一的面積。七千年前，空桑歷史上最偉大的帝王，開創毗陵王朝的星尊帝琅玕，用九百位處子的血向上天獻祭，分葬白塔基座六方，驅三十萬民眾歷時二十年，才在號稱雲荒之心的地方建起這座通天白塔。

數千年過去了，朝代更迭、生死輪迴，無論帝王還是將相都已經成了白骨，唯有這座塔還佇立在天地之間。

今日，它也將見證她一生之中重大轉折的到來。

赤王一行人車馬如雲，抵達了宮外，從正門依序魚貫進入。還沒有到紫宸殿，她便注意到宮裡一片反常的寂靜，宮女侍從進進出出，雖然個個低頭不語，但每個人臉上都隱隱有驚惶之色。

朱顏暗自吃驚：怎麼了？為何整個內宮的氣氛都不大對？聽說帝君最近一直病勢沉重，難道是他們這一行正趕上出什麼事了嗎？

她跟著父王母后在偏殿裡等待許久，裡面卻一直遲遲不宣覲見。赤王的臉色也漸漸有些凝重起來，抬眼看了看外面。此刻，白王應該也已經到了，被安排在另一側的偏殿裡，不知道是什麼樣的情況。

赤王在袖子裡結了一個手印，用術法放飛了傳訊的幻鴿，想探知白王的下落，然而那隻幻鴿飛出去後居然杳無音信，似是落入羅網，有去無回。

赤王暗自心驚，但生怕身邊的妻女擔心，表面上不顯山不露水，只是對朱顏低聲叮囑：「等一下進內宮之後，妳要好好跟著我，寸步不能離開，知道嗎？」

「是。」朱顏今日特別乖巧，立刻點頭。

赤王一家在偏殿等了半個多時辰，終於看到大內總管從後宮出來，身邊帶著一批御醫，遠遠地對著他遞了一個眼色。赤王心裡更是不安，正準備想個法子去打聽一下，忽然身後一陣清風，袖子微微一動。他下意識地手指收攏，「唰」的一聲，一道白光返回他的掌心，竟是那隻幻鴿終於帶回了訊息。

『今日有變，千萬小心。』

白王傳來的，竟然是這樣短短幾個字。

什麼？赤王悚然一驚，立刻將幻鴿熄滅，扭頭看了一眼深宮——那一瞬，不知道在深深的濃蔭中看到什麼，他忽然臉色一變。

「宣白王、赤王入內覲見。」就在此時，宮內傳出宣召。

赤王站起來看了一眼妻子和女兒，眼神隱約有些異樣。然而內侍已經在旁邊等著，無法拖延，赤王便整了整衣衫，跟著內侍進去，轉身間，忽地低聲對女兒說了一句：「阿顏，小心照顧好妳母妃。」

什麼？朱顏微微一怔，心裡一沉。

和他們父女二人相比，阿娘只是個普通人，不會術法。此刻父王如此交代，不啻暗示著即將有大變到來。可是……都已經來到伽藍帝都的內宮，又會發生什麼樣的意外？

她心念電轉，手指在袖子裡飛快地劃過，將靈力凝聚在指尖，隨時準備搏殺，同時隨著父母一起朝著紫宸殿深處走了進去。

一路上，氣氛更加肅殺。角樓上隱約有弓箭手閃動，道路兩側侍衛夾道，仔細看

去，這些人中有幾個比較面熟，竟然不是原本的禁宮侍衛，而是驍騎軍中的影戰士。怎麼？到底發生什麼事？為何將驍騎軍中的精英全數調集到了宮裡？朱顏看在眼裡，心下更是擔憂，不知道今日此行到底是福是禍，小心翼翼，一路沉默地被領到紫宸殿外。

白王一行已經在殿外等候，看到他們到來，只是迅速交換一下眼神。白風麟也站在白王身後，穿了一身宮廷正裝，儀容俊美，正目光炯炯地打量著朱顏，似笑非笑地說一句：「郡主，又見面了。」

朱顏不由得一陣不自在，蹙眉轉過頭去。

今日之後，這個人便要成為自己的夫君嗎？他們以後要在同一個屋簷下生活，生兒育女，直到老死？一想起這樣的未來，她心裡就有不可抑制的牴觸，只能勉強克制住自己。

白王和赤王兩行人站在廊下，等著北冕帝宣召。

「今日是怎麼了？」內侍進去稟告的時候，赤王壓低聲音，詢問旁邊並肩站著的白王：「聽說帝君前些日子不是一直昏迷不醒嗎，怎麼今天忽地宣召我們入內？一路上看這陣仗，裡面到底是出了什麼事？」

「我也不知道。」白王看了看四周，低聲道：「據說今日帝君醒來後，第一個就傳召青妃進去。但她早上進去後，直到現在還沒出來。」

「青妃？」赤王一驚，壓低聲音說：「為何一醒來就召見青妃？莫非……是時雨皇太子回來了？」

「怎麼可能？」白王啞然失笑。「皇太子他……」

然而，短短幾個字後，白王立刻止住話語，眼神複雜地閉上嘴。

「皇太子到底去了哪裡？」赤王看著這個同僚，眼裡有無法抑制的疑惑，忽地壓低聲音問：「他的下落，你……到底知不知情？」

「當然不知情。」白王壓低了聲音，臉色也有些不好。「難道你也覺得我和這件事脫不了干係？」

「誰不知道你和青王、青妃是多年宿敵？皇太子若是出了事，只有你得利最多。只怕就算不是你幹的，也要把這筆帳算在你頭上。」赤王苦笑，搖了搖頭說：「唉……只怕我們這次進宮，凶多吉少啊。」

「你怕了？」白王心機深沉，到了此刻居然還能開得出玩笑：「青妃不會是在裡面磨刀霍霍等著我吧？到時候，你打算站哪邊？」

赤王看了同僚一眼，只問：「大司命怎麼說？」

「大司命？」白王搖了搖頭。「據說他此刻並不在宮中。」

「什麼？這種時候他居然不在宮中？」赤王這回是真正吃了一驚。大司命是他們在帝都的盟友，關鍵時刻居然不在宮中，那可真的是……

白王低聲，也是大惑不解地說：「大司命是三天前臨時離開帝都，當時只和我說九嶷神廟有要事，數日之內便會返回。也不知道他葫蘆裡賣的什麼藥。」

「這老傢伙……」赤王有些憤怒。「做事怎麼從不和我們商量？」

兩位藩王低聲商議，各自心裡都有些忐忑不安，不知今日入宮會面對什麼樣的局面。白王暗自指了指紫宸殿旁的松柏，低聲說：「進來的時候，你有看到那幾個藏在樹影裡的人嗎？有劍氣，好像是劍聖門下。」

「果然是劍聖一門的人？我還以為是我看錯了。」赤王吸了一口氣，低聲道：「他們不是已經很久不曾出現在世間嗎？」

白王喃喃道：「所以今日真是不同尋常。」

劍聖一門源遠流長，自從星尊帝、白薇皇后時期便已經存在。此一門傳承千年，以劍道立世，每代劍聖均為一男一女，分別傳承不同風格的劍術，身手驚人，足以和世間修為最高的術法宗師相媲美。

劍聖一門雖然經常從六部王族裡吸納天賦出眾的少年為門下弟子，卻一貫游離於王權之外，不參與空桑朝堂上的一切爭鬥。此刻，為何劍聖門下弟子忽然出現在帝都深宮？

難道這一次入宮，竟是一場鴻門宴？

兩位藩王剛低聲私語了片刻，內侍已經走出來，宣外面的人入內覲見。白王、赤王不能再多說，只能帶著家眷走了進去。

剛走進去，身後的殿門便關上。

那一刻，朱顏大吃一驚，下意識地往前一步，擋在父親的面前——在殿內，重重的帷幕背後，有無數的刀劍寒光。

有危險！那一刻，朱顏想也不想，「唰」的一聲以手按地，瞬間無數的樹木從深宮地面破土而出，縱橫交錯，轉瞬便將自己和父母都護在裡面，密不透風。

旁邊的白王父子看了她一眼，卻是不動聲色。

「咳咳……千樹？好身手……」帷幕深處忽然傳出一個聲音，虛弱而混濁，赫然是北冕帝。「赤王……你的小女兒……咳咳，果然出色……」

「阿顏，帝君面前不得無禮。」赤王一看這個陣仗，心裡也是一驚，低聲喝止劍拔弩張的女兒。「撤掉結界。」

朱顏猶豫了一下，看了看周圍那些握劍的人，只能先收回術法，往後退一步，站在父親身後，寸步不離。

赤王和白王對視一眼，雙雙上前俯身下跪：「叩見帝君。」

所有人一起俯身行禮，朱顏不得已，也只能和白風麟一同跪下，然而背後是繃緊的，時時刻刻警惕著周圍。宮殿的深處，到處是森然的劍氣，不知道有多少高手潛伏在暗影中。

「咳咳……」她正在左思右想，卻聽到帷幕深處的北冕帝咳嗽著說道：「小小年紀，便能掌握這麼高深的術法……很好、很好。」

「謝帝君誇獎。」赤王低聲道：「願帝君龍體安康。」

簾幕微微一動，分別向左右撩起，挽在了玉鉤上。燈火透入重簾，看到北冕帝被人扶起，斜斜地靠在臥榻上，不停咳嗽著，聲音衰弱之極，似是風中殘燭，緩緩點了點頭說：「白赤兩族聯姻……咳咳，是一件好事……能令空桑更為穩固。朕……朕很贊同。」

「多謝帝君成全。」白王、赤王本來有些惴惴不安，生怕今天會出什麼意外，此刻聽得這句話，心裡一塊大石頭落地，連忙謝恩。

北冕帝吃力地抬起手。「平……平身吧。」

兩位藩王站起來，面色卻有些驚疑不定。北冕帝前些日子已經陷入斷斷續續的昏迷，誰都以為帝君駕崩乃是指日可待之事，為何今日前來，卻發現帝君神志清晰、談吐正常，竟似比前些日子還康復了許多？難道……帝君前些日子的病，只是個障眼法？

那麼說來，又是為了障誰的眼？

白王、赤王心裡各自忐忑，對視了一眼，卻聽到帝君在帷幕深處的病榻上咳嗽了幾聲道：「咳咳……你們兩人……單獨上前一步說話。」

什麼？兩位藩王心裡一跳，卻不得不上前。

朱顏心裡焦急，但沒有旨意，她無法隨著父親上前。

她抬起眼睛無聲無息地打量周圍。空桑帝君的龍床是用巨大的沉香木雕琢而成，床架宏大、華麗無比，竟然也分成三進。第一進是客人停留，第二進是僕從服侍，第三進才是帝君起臥之所。每一進之間，都垂落著華麗的帷幕。

此刻看去，帷幕的最深處，帝君病榻的後方隱隱約約站著兩個人。一男一女，看不清面目，只是遠遠靜默地站著，卻已經令她悚然心驚。

這兩人都是絕頂的高手，只怕比自己還厲害。

她剛想到這裡，忽然聽到赤王和白王來到帝君病榻前，不知道看到了什麼，齊齊脫口，發出一聲短促的驚呼。

「父王！」她嚇了一跳，不顧一切地衝過去。

然而她剛一動，只聽「唰」的一聲，兩道電光從黑暗裡襲來，凌厲無比。她手指一動，瞬間結成了護盾。然而，只聽一聲裂帛，兩道閃電左右交剪而來，只是一個撞擊，金湯之盾居然被轟然洞穿。

朱顏踉蹌後退，只覺一口血迅速湧到了咽喉。

「朱顏郡主。」一邊的白風麟拉住她，低聲道：「別妄動！」

他的年紀雖然比朱顏大不了幾歲，但從小長於權謀之中，處事穩重老練得多。此刻早已看出情形不對，哪怕自己父親身陷其中，卻也不敢輕舉妄動。朱顏憤怒地甩開他的手，摸了一摸臉上，發現頰邊居然有一絲極細的割傷，鮮血沁出，染紅半邊臉。

方才那一擊，竟然是劍氣。在雲荒大地上，居然還有人用劍氣便能擊潰她的金湯之盾。是誰有這般身手？

她霍然抬頭，看到隱藏在帷幕後的那兩個人。那兩人雖然站在暗影的最深處，卻有閃電般的劍光從他們手裡射出，耀眼如同旭日，凜冽得令人不敢稍微靠近。這是……

「阿顏，快退下！」赤王連忙回頭厲斥：「不許亂來！」

「沒……沒事。」病榻上的帝君卻咳嗽著，斷斷續續地揮手說道：「讓……讓她也一併過來吧……飛華、流夢，兩位不必阻攔。」

話音一落，劍光倏地消失了。

飛華？流夢？那一瞬，朱顏大吃一驚，幾乎不敢相信自己的耳朵。這……這不是當今兩位劍聖的名字嗎？難道此刻，在紫宸殿裡保護帝君的，居然是空桑當世的兩位劍聖？

朱顏心裡震驚，連忙往前幾步躍到父親身後，生怕再有什麼不測。

然而，等她一上來，病榻兩側便有人悄然出現，替北冕帝拉上帷幕，將他們三人和外面等待的其他人隔離開來。轉眼間，連母妃和白風麟都消失在視線之外。

朱顏心下焦慮，生怕母妃獨自在外會有什麼不測，卻又更不放心父親，只能惴惴不安地朝帝君的病榻上看了一眼——這一瞥之下，她忽然也忍不住脫口驚呼了一聲。

帝君的榻前，竟然橫躺著一個人。

衣衫華貴、滿頭珠翠，面容秀麗雍容，顯然是宮中顯赫的妃子。然而，那個女子橫倒在地，咽喉有一道血紅，眼睛猶自大睜，竟是被一劍殺死在北冕帝的床榻前。

這個女子，赫然便是統領後宮的青妃。

那一瞬，朱顏驚駭得說不出話來，指尖都微微發抖，知道事情不妙，只能飛快地積聚靈力，隨時準備動手保護父母。

青妃死了？難怪外面到處是刀斧手，戒備森嚴，竟然是發生了宮變。

「咳咳……不用怕。」北冕帝似乎知道他們三個人的驚駭，微微咳嗽，斷斷續續地開口：「青妃……青妃心懷歹毒，竟然敢於病榻之上意欲毒害於我……幸虧，咳咳，幸虧被我識破……當場誅殺。」

什麼？朱顏剛要發動結界，聽到這句話卻是愣了一愣。

青妃之死，竟然是北冕帝下的令？

這個老人……她忍不住打量了病榻上的北冕帝一眼，發現這個風中殘燭似的帝君雖然不能動彈，眼睛卻是雪亮的，裡面隱約像是藏著兩把利劍。

白王和赤王齊齊震了一下，對視一眼。

青妃要毒殺帝君？這倒是不無可能……帝君病重臥床那麼久，青妃估計早就等得不耐煩吧？可是，皇太子時雨尚在失蹤階段，現在就動手毒殺帝君，未免有點貿然。以青妃之精明，當不會如此。而且，帝君長期軟弱無能，臥病之後又昏昏沉沉，為何能識破並控制局面？

兩位藩王心裡還在驚疑不定，不知到底是什麼樣的情況，耳邊又聽得北冕帝開口，咳嗽著說道：「我召兩位劍聖入宮，替我誅殺青妃……此事……咳咳，此事和你們沒有關係，不必擔憂。」

白王和赤王對視一眼，雙雙鬆一口氣。

原來是劍聖出手，幫帝君誅殺了青妃？如此一來，此事便和他們兩人沒關係。不用和青王決裂，倒也不錯。

「咳咳……總而言之，你們今天來得正好。」北冕帝虛弱地抬了抬手，示意兩位藩王往前一步。「我……我正要草擬一道詔書。此事十分重要……咳咳，必須得到你們的支援方可。」

兩位藩王心裡忐忑，然而到了此刻也只能走一步看一步，便恭恭敬敬地道：「請帝君示下。」

北冕帝劇烈地咳嗽一番，終於緩了一口氣，一字一句說道：「我……我要下詔，廢黜時雨的皇太子之位，改立時影為皇太子。」

什麼？宛如一道霹靂打下來，白王和赤王都驚在原地，一時說不出話。連站在他們身後的朱顏，瞬間也僵在原地。

「怎麼？」北冕帝看著兩個藩王，不由得露出一絲意味深長的笑容。「咳咳，你們兩個……難道反對？」

「不、不！」白王反應過來，連忙搖首。「不反對！」

「那……」北冕帝抬了抬眼睛，看了一眼赤王。

赤王雖然粗豪，卻粗中有細，此刻在電光石火間便明白了利害關係，知道此刻便是關鍵的轉捩點，若不立刻表態，頃刻間便會有滅族之禍，於是立刻上前，斷然領命：「帝君英明！」

唯獨朱顏呆立在一邊，脫口而出：「不！」語一出，所有人都吃了一驚，齊齊看向她。

「阿顏？妳……妳在做什麼？」赤王沒想到這個不知好歹的女兒，居然會在這個當口橫插一嘴，不由得又驚又氣，厲喝：「沒有人問妳的意見，閉嘴！」

然而，北冕帝並未發怒，只是饒有興趣地看著這個少女，咳嗽了幾聲問道：「妳……為什麼說不？」

「我……我只是覺得……」朱顏遲疑了一下，低聲說：「你們幾個在這裡自己商量就決定了別人的人生，可是，萬一人家不肯當皇太子呢？」

「孩子話！」赤王忍不住嗤笑一聲。「有誰會不肯當皇太子？」

「可是……」她忍不住要反駁。

師父是那樣清高出塵的人，從小無心於爭權奪利，早就打算好辭去神職後要遊歷天下，又怎麼肯回來帝都繼承帝位？帝君真是病得糊塗了，哪有到了這個時候貿然改立皇太子？這個做法，不啻是給時雨判了死刑，而且將師父硬生生推進漩渦之中啊……

「給我住嘴！」赤王一聲厲喝，打斷不知好歹的女兒。「這裡沒妳的事。再說這些胡話，小心回去打斷妳的腿！」

朱顏氣得嘟起嘴，瞪了父王一眼。

然而北冕帝若有所思地看著她，點了點頭道：「妳……咳咳，妳認識時影嗎？為何……為何妳覺得他不肯回來當皇太子？」

「我……」朱顏不知道如何解釋，一時發怔。

過去種種，如孽緣糾結，已經不知道如何與人說起。更何況，如今他們之間已徹底決裂，從今往後再無瓜葛，自己此刻又有何餘地置喙他的人生？

朱顏不知道怎麼說，那邊白王已經從案几上拿來了筆墨，在帝君病榻前展開。北冕帝不再和她繼續說話，努力撐起身體，斷斷續續地口述旨意。赤王捧墨，白王揮筆，在深宮裡寫下了那一道改變整個空桑命運的詔書——

『青妃心懷不軌，竟於病榻前意欲謀害。特賜其死，並褫奪時雨皇太子之位，廢為庶人。即日起，改立白皇后所出的嫡長子時影為皇太子。欽此。』

這樣簡單的幾句話，卻是驚心動魄。

白王和赤王一起擬好了詔書，拿過去給北冕帝看了一遍。帝君沉沉點頭，抬起眼再度示意，赤王連忙上前一步，將旁邊的傳國玉璽奉上。北冕帝用盡力氣拿起沉重的玉璽，「啪」的一聲蓋下來，留下一個鮮紅刺目的印記。

廢立太子之事，便如此塵埃落定。

「好，現在……一切都看你們了。」北冕帝虛弱地呢喃，將那道詔書推給白王和赤王。「我所能做的……咳咳，也只有這些了。」

兩位藩王面面相覷，拿著那道詔書，竟一時間無法回答。

今天他們不過是來請求帝君賜婚，卻驟然看到青妃橫屍在地，深宮大變已生。事態急轉直下，實在變化得太快，即便是權謀心機過人如白王，也無法瞬間明白這深宮裡短短數日到底發生了什麼。

那一道御旨握在手裡，卻是如同握住了火炭。

白王畢竟是梟雄，立刻就回過神，馬上一拉赤王，雙雙在北冕帝病榻前單膝下跪說道：「屬下領旨，請帝君放心！」

此話一出，便象徵他們兩人站在了嫡長子那一邊。

北冕帝看到兩位藩王領命，微微鬆一口氣，抬起手虛弱地揮了幾下，示意他們平身，然後回過頭，對著深宮裡喚了一聲：「好……咳咳，現在……可以傳他們進來了。」

誰？朱顏不禁吃了一驚，以為帝君是對守護在側的兩位空桑劍聖說話，然而一轉頭，看到站在帷幕後的兩位劍聖微微側身，讓出一條路。
房間的更深處有扇門無聲地打開，兩人並肩走了出來。他們穿過重重帷幕，一直走到北冕帝的榻前，無聲無息。
看到來人的瞬間，所有人都驚呆在原地。
「你……」朱顏嘴唇微微翕動，竟是說不出話。「你們……」
從最深處走出來的不是別人，正是大司命。那個消失幾日的老人，此刻竟是帶著九嶷神廟的大神官、帝君的嫡長子，一起出現在這裡。
師父！是師父！他竟然來到這裡！
朱顏在那一瞬幾乎要驚呼出來，卻又硬生生地忍住，不知不覺淚已盈眶。
不過是一段時間不見，重新出現的時影卻已有些陌生。他沒有再穿神官的白袍，而是穿著空桑皇室的制式禮服，高冠廣袖，神色冷靜，目不斜視地走過來，甚至在看到她也在場的時候，連眉梢都沒有動一下。
隔著帝君的病榻，她愣愣地看著他，一時間只覺千言萬語哽在咽喉，嘴唇動了動，竟然說不出一句話。時影沒有看她，只是低下頭看著自己的父親，眉宇之間複雜無比，低聲喚了一句：「父王。」
北冕帝蒼老垂死的眼神忽然亮一下，似乎有火光在心底燃起，竟被這兩個字喚回

了魂魄。

「你來了。」他勉力伸出手，對著嫡長子招了招。「影……」時影面無表情地走過去，在父親的病榻前俯下身。北冕帝吃力地抬起手，枯瘦的手臂無力地落在他的肩膀上。老人抬起眼端詳著自己的嫡長子，呼吸低沉急促。

忽然間，有混濁的淚水從眼角流下來。

「原來……你是長得這般模樣？很像阿嫣。」北冕帝呢喃，細細看著面前陌生而英俊的年輕人，語音縹緲虛弱。「雖然我已經不記得她的模樣……咳咳，但我記得，她的眼睛……也是這般明亮……就像星辰一樣。」

「是。」時影面無表情地看著垂死的父親，聲音輕而冷。「聽說她到死的那一刻，都不曾瞑目。」

這句話就像是匕首插入北冕帝的心裡，老人臉色忽地煞白，抬起來想要撫摸兒子臉頰的手停住了，劇烈地顫抖著，半晌沒有動。

「何必說這些？」大司命看了時影一眼，神色裡帶著責備。然而從萬里外歸來的皇子神色冷淡，隱約透露著鋒利的敵意。

「我知道……你不會原諒我，咳咳……」北冕帝頹然放下手，劇烈地咳嗽起來，整個身體都佝僂成一團。「整整二十幾年……我們父子之間相隔天塹。咳咳，事到如今……夫復何言？」

他吃力地抬起手，將一物放到時影的手心。「給你。」

即便是冷漠如時影，也不自禁地動容——放入他掌心的是一枚戒指，銀色的底座上，展開的雙翼托起一枚璀璨的寶石，耀眼奪目、靈氣萬千。

那，竟是象徵著空桑帝王之血的皇天神戒。

「交給你了。把……把這個雲荒，握到你的手心裡吧。」北冕帝看著嫡長子，眼神殷切，斷斷續續地咳嗽著。「這是……我這一生的最後一個決定。相信你會是一個非常好的皇帝……咳咳，比……比我好十倍、百倍。」

時影看著手心裡的皇天神戒，手指緩緩握緊，頷首應允。

他一直沒怎麼說話，也沒正眼看她，然而朱顏看著這一幕，心裡震驚得難以言表。她怎麼也想不到，原本在九嶷便以為此生再也不會相見的人，會在此刻出現。而且等他再次出現的時候，已是換了另一個她遙不可及的身分。

他繼承了皇天，即將君臨這個雲荒天下。

怎麼會？他怎麼會回到這裡？又怎麼會坦然接受皇太子的身分？他……他明明說過無意於空桑的權力爭奪，要遠遊海外過完這一生，為何言猶在耳，轉身卻做了截然不同的事？

他……對自己說了謊嗎？

朱顏站在那裡，定定地看著握緊皇天神戒的時影，眼神複雜而疑惑，恍如看著一個完全陌生的人。時影顯然是感覺到她的注視，眉梢微微動一下，卻沒有回顧，只是低下頭看了看橫倒在腳下的屍體。

那個謀害母親、一生專橫的奸妃終於死了。被自己的丈夫親手所殺，到死也不知道自己唯一的兒子已經早一步去了黃泉。她昔日所做的一切，終於有了報應。可是，為何此刻，他心裡沒有多少快慰？

「影一定會做得很好。」開口說話的是一旁一直沒有出聲的大司命。「放心，我會盡心盡力地輔佐他。」

「很好……很好。」北冕帝抬起頭，看著自己唯一的胞弟喃喃說：「我撐了那麼久，就是為了等你們回來……」

帝君枯瘦發抖的手握上來，冰冷如柴。大司命猛然一震，並沒有抽出手，忽然間嘴角動了動。

怎麼，大司命……他是哭了嗎？

那一刻，朱顏心裡一震，幾乎不敢相信自己的眼睛。

繼承了帝王之血的兩兄弟在深宮病榻前握手言和，那一刻的氣氛是如此凝重而複雜，令所有人一時間都沒有說話。

時影看著這一幕，眼神也是微微變化。

「咳咳……影已經正式辭去神職，回到帝都。」許久許久，北冕帝鬆開手，劇烈地咳嗽起來，看了看兩位藩王。「白王，你是影的舅父……赤王又是你的姻親，咳咳……我、我就把影託付給你們兩位……」

白王連忙上前一步，斷然道：「請帝君放心。」

「王位的交替，一定要平穩……我聽說青王暗中勾結冰夷，咳咳，不……不要讓他趁機作亂……」

北冕帝的聲音低微，語言卻清晰。

在生命的最後一程，這個平日耽於享樂的皇帝，忽然變得反常地清醒，竟然連續做出這樣的安排，令人刮目相看。

「是，請帝君放心。」白王和赤王連忙一起回答。

「你們……咳咳，你們先退下吧。明天一早上朝，就宣讀詔書。」北冕帝說了許多話，聲音已極其微弱，他揮了揮手下令：「阿珏，你出去送送白王和赤王……我、我和時影……還有話想要單獨說。」

「是。」白王、赤王連袂退出。

大司命扭頭看了一眼病榻上的北冕帝，眼神微微變化，似乎有些不放心，但終究沒有拂逆他的意思，跟隨兩位藩王一起離開。

朱顏站在原地，一時間不知該如何是好。

這麼天翻地覆的大事，難道就在這幾句話之間決定了？不知為何，在這樣重要的場合，所有人，包括北冕帝，都沒有提到他另一個兒子時雨。此刻的情況，似乎那個被一句話褫奪王位的兒子，也同時被一句話輕易抹去其存在。

如此殘忍，如此涼薄。

朱顏怔怔地看著這一切，有一種如同夢幻的感覺。

「阿顏。」赤王站住腳步，回頭看著呆呆留在北冕帝榻前的她，聲音裡有責備之意。時影的眼神微微一動，卻始終不曾看她。

朱顏被父親喚回神志，最後看了一眼深宮裡的時影，才茫然跟著父親從帝君的病榻前出來，回到外面。站在外頭的母妃已經急得面無人色，看到他們父女倆出現，身體一軟，便再也支撐不住地暈倒在地。赤王連忙扶起妻子，招呼侍從。白風麟也急急忙忙地圍上來，低聲向白王詢問出了什麼事。

一時間，四周一片嘈雜，無數人頭湧動。

朱顏沒有留意這一切，只是有些恍惚地看著外面的天色。

只是短短的片刻，這個雲荒，便已經要天翻地覆。而在這短短片刻，她認識了十幾年的人，也已經完全陌生。

第三十九章 咫尺

所有人退出之後，紫宸殿裡空空蕩蕩，只剩下父子兩人。風在簾幕間停住，寶鼎餘香縈繞，氣氛彷彿像是凝結了。

「二十三年了。」北冕帝呢喃：「我們……終於見面了。」

身為至高無上的空桑帝君，語氣裡居然有一絲羞愧和感慨的情緒。至於時影只是垂下頭看著手心裡的皇天神戒，神色複雜。這只由遠古星尊帝打造、象徵著雲荒皇權的戒指，在他的手指間閃爍，瑰麗奪目。

他嘗試著伸出手，將左手無名指伸入那只神戒。

在距離還有一寸的時候，皇天忽然亮起一道光。

「看，它在呼應你呢……」北冕帝在病榻上定定地看著嫡長子，呼吸緩慢低沉，感慨萬分。「你是星尊帝和白薇皇后的直系後裔，身上有著最純正的帝王之血……咳咳，足以做它的主人。」

時影卻收回了手指，並沒有將皇天戒戴上。他的眉宇間籠罩著沉沉的陰影，雖然是天下在握，卻沒有絲毫的輕鬆快意，更像是握著一團火炭。

「影，你……」許久，北冕帝看著嫡長子，終於艱難地開口，一字一句問道：「是不是已經殺了你弟弟？」

那一刻，時影猛然一驚，倏地抬起頭來。

垂死老人的眼神是冰冷而銳利的，直視著唯一剩下的兒子，並沒有絲毫回避。時影的嘴角動了動——他想說自己並沒有殺死弟弟，然而時雨之死分明又是因為他，無論如何他都脫不了干係。

「呵呵……」看到他驟然改變的神色，北冕帝苦笑起來，喃喃說：「果然啊……時雨，那個可憐的孩子，咳咳……已經被你們抹去了嗎？」

時影說不出話，眼神漸漸銳利。

帝君留下他單獨談話，莫非就是為了這個？他想替時雨報仇嗎？

「放心吧，我不會追究……事到如今，咳咳……難道我要殺了我僅剩的嫡長子，為他報仇？」北冕帝呢喃，眼神充滿灰冷的虛無。「時雨是個好孩子……要怪，只能怪他生在帝王家吧……」

時影將皇天握在手心，聽到這些話，只覺得心裡一陣刺痛。

君臣父子、兄友弟恭，這些原本是天道、是人倫，是自然而然的事情。然而，在

這樣君臨天下的帝王家，一切都反了：丈夫殺害妻子，兄長殺害弟弟……這樣的紅塵，猶如地獄。

這難道就是他脫下神袍，將要度盡餘生的地方？

恍惚之中，耳邊又聽到北冕帝低沉的話語：「你回來了，成為皇太子……那很好。接著從白王的那些女兒裡……選一個做你的皇后吧，儘早讓空桑的局面安定下來。」

什麼？時影一震，倏地抬頭看著北冕帝。

「怎麼，你很意外？」北冕帝看著他的表情，嘴角浮出一絲笑，聲音微弱。「空桑歷代的皇后，都要自白之一族遴選……這是世代相傳的規矩。」

時影沒有說話，只覺得手心裡的皇天似乎是一團火炭。

「冊妃之事，容我再想想。」過了片刻，他開了口，語氣平靜。「我自幼出家，對這些兒女之事並不感興趣。」

北冕帝打量著他，沉默下去。

怎麼？時影抬起頭看了父親一眼，卻發現北冕帝正看著他，眼神裡有一種奇怪的洞徹和了然。那種表情，是只有至親之人才能瞭解。

「你不願意？」北冕帝低聲問道：「你心裡另有所愛？」

那一瞬，時影終於再也控制不住地變了臉色。這個垂死的老人，難道竟會讀心術？可是，整個雲荒除了大司命，又有誰的術法修為比自己更高，能讀出自己的心？

「哈……真不愧是我的兒子。」北冕帝咳嗽著，看著兒子的表情，斷斷續續地苦笑。「影……你知道嗎？三十多年前……當父王勒令我迎娶你母親的時候，我的表情也是一模一樣……一模一樣。」

時影全身一震，似乎被一刀刺中心臟，說不出話來。

原來，他是這樣讀出自己的心？

「當年，我是不得不迎娶阿嫣的……」北冕帝喃喃說著，似乎從兒子身上看到遙遠的過去。「那時候，我已經遇到秋水……只可惜，她是一個鮫人，永遠……咳咳，永遠做不了空桑的皇后。」

秋水歌姬——此刻父親提及的，是自己曾經切齒痛恨過的那個鮫人，然而不知道為何，他心裡沒有以前那樣濃的憎恨，只化作了灰冷的悲憫。背棄心意的痛苦，求而不得的掙扎，一生負重前行，卻總是咫尺天涯。

這些，他都已經瞭解。所以，也漸漸寬恕。

「我非常愛秋水，咳咳，卻還是不得不為了鞏固王位……迎娶六部王室的郡主……光娶了一個皇后還不夠，還得接二連三地娶……以平衡六部的勢力。」在垂死的時候提及昔年往事，北冕帝的聲音還是含著深沉的痛苦。「唉……後宮險惡。我……我身為空桑帝君，卻不能保護好她，只能眼睜睜地看著她慘死！咳咳……這中間的痛苦，無法用言語形容萬一。」

時影看著垂死的父親，手指開始略微有些顫抖。這些話，他永遠沒想到會從這個人的嘴裡說出來。那個從小遺棄他們母子的父親，那個高高在上卻視他們母子如敝屣的帝王，竟然在臨死之前，對著自己說出了這樣的話。

「我只希望……我這一生遭遇過的，你將來都不會再遭遇。」北冕帝語氣虛弱，看著自己的嫡長子。「我所受過的苦，你也不必再受。」

時影默默握緊了手，忽然道：「我被迫離開母親十幾年，在深谷裡聽到她慘死在深宮的時候，心裡的感受，也難以用言語形容萬一。」

北冕帝的話語停住了，劇烈地喘息著，長久凝望著自己的兒子。

「我知道，你永遠不會原諒我……」許久，北冕帝發出一聲苦笑。「可是，當你站到我的位置上，或許……或許會多多少少理解我。影……你將來會知道，為了這個帝位，需要付出多少的犧牲——犧牲自己，也犧牲別人。」

時影深深吸了一口氣，控制住自己的情緒。

是啊，需要多少犧牲？這一點，他早已明白。因為他的父親、他的母親，乃至於他自己，無一不是犧牲品。面前這個垂死的老人即將解脫，而他呢？面前等待著他的，又是怎樣一條漫漫無盡的路？

那條路，是否比萬劫地獄更難、更痛、更無法回頭？

可是此時此刻，他不入地獄，誰入地獄？

「我、我的時間不多了。」北冕帝咳嗽著，聲音微弱。「兩位劍聖替我用真氣提振元神，咳咳……才、才讓我拖到現在。要抓緊時間……先……先讓白王和赤王完成聯姻吧。」

時影一震，脫口而出：「白赤兩族要聯姻？」

「是啊。」北冕帝斷斷續續地咳嗽著。「今天白王和赤王來請求賜婚，你不是也看見了嗎？咳咳……這兩族聯姻，將會是保證你繼位的基石……你必須重視。如今我病重了……此事……還是由你親自去辦吧。」

時影沒有說話，一瞬間連呼吸都停住了。

父王後面說的那些話，他再也沒有注意，腦子裡只想著一個念頭：聯姻？兩族聯姻？怎麼可能！原來，她今天出現在帝都深宮，居然是為了這事？

她、她會同意嫁給白風麟？

時影緊緊握著手心裡的皇天神戒，神色複雜地變幻，沉默著一言不發，竭力控制著自己的情緒。北冕帝雖然是垂死之人，此刻卻注意到他眼神的變化，慢慢地停住了話語。

「影？」他蹙起眉頭，詢問兒子：「你在想什麼？」

「她……」時影忍不住開口，聲音發澀。「她同意了？」

「她？你說的是誰？」那一刻，垂死的老人腦中靈光一閃，忽然想起什麼——對了，那個赤王的獨女、朱顏郡主，聽說過去似乎學過術法，曾經拜在九嶷門下。影……說的是她？他們，難道認識？

北冕帝的心裡猛然一沉，有一種不祥的預感。

然而時影只是脫口問了這麼一句話，又停住了。他微微咬住嘴唇，在燈下垂首，將臉埋在燈火的陰影裡，讓人看不見自己的表情。

這句話，他完全問得多餘。

那個丫頭性烈如火，只要她心裡有一絲不情願，又有誰能勉強她？既然今天她跟著父親來到紫宸殿，那說明她已是首肯。離夢華峰頂上，將玉骨還給他才不過短短半個月，她的想法和心意，竟然已經完全轉折嗎？

「據我所知，咳咳……朱顏郡主並沒有異議。」北冕帝看著嫡長子的表情，語氣有些凝重，帶著一絲試探。「這門婚事……你以為如何？」

時影的手指微微震了一下，握緊皇天，沒有回答。

「如果你覺得不妥……」北冕帝緩慢地開口。

然而，就在那一刻，他聽到時影開口說了一句：「並沒有什麼不妥。」

北冕帝怔了一下，沒想到時影竟然答應得如此痛快，不由得止住下面要說的話，細細看了嫡長子一眼。時影從燈火下仰起頭來，冷靜的臉上看不出絲毫痕跡，似乎方才一瞬間的失神只是幻覺。

事到如今，還能說什麼呢？

在這短短半個月裡，連他自己的想法也已經完全改變，又有何資格要求別人依舊如昔？更何況，她從一開始就說明白了，因為那個鮫人的死，她永遠無法釋懷，也永遠無法接受他。既然如此，她接下來應該有自己的人生。她親自選擇了這條路，旁人又能如何？

時影沉默許久，手指痙攣著握緊皇天，終於開口說一句：「既然這場聯姻如此重要，我會好好安排，儘量促成。」

「好。」北冕帝凝視著嫡長子的表情，咳嗽著點了點頭，又問：「那……冊立皇太子妃的事情……」

「冊立是大事。」時影頭也不抬，淡淡地回答：「我會去見白王，和他細細商議。一切以空桑大局為重。」

只是片刻，那種激烈的光芒從他的眼眸深處迅速地消退了，宛如從未出現一樣。那雙亮如星辰的眼眸依舊平靜，那種平靜底下，卻隱藏著說不出的暗色，似乎自刀刃滴下的血。

北冕帝看在眼裡，心裡微微一沉。

時影離開後，重病的北冕帝再也支撐不住，頹然倒下，劇烈地喘息。不知道想著什麼，老人的眼裡有一種深深的悲痛，竟是無法抑制。

「你不能再耗神多慮。」忽然間，一個聲音在身後低低道，卻是剛剛送走白王和赤王的大司命，悄然返回病榻之前。「你壽數已盡，活一天是一天，不要這麼勞心勞力了。」

「唉……我很擔心影。」北冕帝喃喃說道：「未了之事太多，我如果不處理完，就是死了也不安心。」

「難得。」大司命看著奄奄一息的北冕帝，忍不住笑了一笑。「沒想到你糊塗享樂了一輩子，臨死前卻忽然變得這般英明神武。」

大司命的聲音裡滿含諷刺，然而眼神並無惡意。

「那是。」北冕帝微弱地苦笑起來。「我、我們身上，畢竟流著一樣的血……誰會比誰蠢多少呢？」

「本來我覺得你未必能對付得了青妃，沒想到你竟能自己一手平定後宮。」大司命探了探北冕帝的氣脈，頷首道：「居然能請動兩位劍聖，難得。」

北冕帝喃喃說：「我當了一輩子皇帝……總會結交一、兩個朋友吧？咳咳……劍聖一門，欠我一個人情……如今算是償還了。」

「原來如此。」大司命看著兄長，微微蹙眉。「你這樣硬撐著，是想在死之前料理好一切嗎？其實你不必如此，我會好好安排，讓空桑王朝延續下去。」

「你……你覺得，我會任由青妃這個賤人竊取天下？」北冕帝冷笑起來，手指痙攣著握緊，眼睛裡充滿憤怒的殺意。「只……只要我還有一口氣在！我、我就要親手替秋水報仇，把這個賤人……」

垂死的帝君劇烈地咳嗽起來，說不出下面的話。

「好了好了，我知道你是想替秋水歌姬報仇。」大司命連忙輕撫他的背部。「如今青妃已經死了，你可以放心。」

北冕帝虛弱地握著錦緞，斜靠在榻上，眼神有些渙散地看著高高的屋頂，沉默了

許久才低聲說：「是啊……我可以放心了。現在影回來了……咳咳，而且有你在身邊輔佐，我也很放心……」

大司命拍了拍帝君的肩，默不作聲地點頭。

「只是……我在影的身上，看到當年的自己。」北冕帝看著虛空，輕聲道：「你看出來了沒有？他……似乎不太想娶白之一族的郡主當皇后啊……」

大司命猛然一震，停了下來，眼神複雜地看著胞兄。

「放心，他會迎娶白王的女兒。」大司命沉默了一會兒才開口：「影是一個心智出眾、冷靜決斷的人，絕不會因一己之私，棄天下不顧。」

「是嗎？作為我的兒子……他可正好和我相反呢。」北冕帝笑了一聲，看著大司命。「阿珏……你把我的兒子培養成一個優秀的帝王。」

大司命苦笑了起來，搖頭道：「我只是為了空桑未來的國運。」

「國運？你們這些自稱可以看透天命的神官……咳咳，總是說這些玄之又玄的話。」北冕帝的聲音虛弱，透出一股死氣。「將來如何，又有誰能真的知道？人總是活在當下。我不想他和我一樣……」

「你都快死了，還想這麼多幹嘛？」大司命搖頭，避開了帝君的話題。「影有他自己的命運，他自然會知道定奪取捨。」

北冕帝沉默下去，片刻後才咳嗽幾聲說：「也是。人生不滿百，常懷千歲憂啊……」

兄弟兩人在深宮裡靜默相對，耳邊只有微微的風吹過的聲音。

「明日早朝，我便要宣布今天擬定的旨意。」許久，北冕帝低聲咳嗽著說道：「你……你覺得，青王庚，他會乾脆選擇叛亂嗎？」

「難說。」大司命只簡短地回了一句。「那隻老狐狸心思縝密，不是一時衝動的人，也不會因為胞妹，一怒之下便起兵造反。」

「嗯……」北冕帝沉吟：「那你覺得……他會忍？」

「也難說。根據密探稟告，青王最近和西海上的冰夷來往甚密，必有所謀。」大司命蹙眉，神色凝重。「而且此刻你病危，影又剛回到帝都，新舊交替之際，正是最容易乘虛而入之際。以青王庚的聰明，他未必會放過這個機會。」

「也是。」北冕帝神色凝重起來，苦苦思考著眼前的局面，咳嗽了起來，整個身體佝僂成一團。

「好，你先好好養病，不要再多想。」大司命掌心結印，按在他的背後。「這些事，就讓我們來操心吧。」

北冕帝咳嗽著喘息，微微點頭，閉目靜養。

「咳咳……我記得你上次讓我寫下一道誅滅赤王滿門的旨意。」沉默了許久，北冕帝忽地開口，問了一個問題：「後來……用上了嗎？」

「用上了。」大司命淡淡說道。

北冕帝盯著他，咳嗽著追問：「是為了促成這一次白赤兩族聯姻而用的嗎？」

大司命忍不住再次看了一眼兄長，眼裡掠過一絲意外。「阿珺，真是沒想到，到了此刻，你的腦子還這般聰明。」

「大概……咳咳，大概是迴光返照吧。」北冕帝苦笑著搖頭。「你是為了讓影順利繼位，才極力促成兩族聯姻吧？」

「不只為了這個。」大司命搖了搖頭，聲音忽地低了下去。

是的，不只為了這個。

空桑的新帝君，必須要迎娶白之一族的郡主為后。如果不把那個女娃從影的身邊徹底帶走，不把他們兩人的牽絆徹底斬斷，又怎能讓影心無掛礙地登上帝位？如果影不在這個位置上，又有誰來守護空桑的天下？星象險惡，要和天命相抗，又需要多大的力量啊……

風還在夜空舞動，而頭頂的星野已悄然變幻。

從今夜開始，整個空桑的局面，將要發生巨大的轉折。

得到帝君的正式賜婚，白赤兩族的王室聯姻便提上了日程。賜婚的旨意下達後，短短幾天之內，一道道繁瑣的王族婚禮流程已經走完。

用了整整一個早上，赤王府才把禮單上的物品都清點完畢。朱顏在赤王府帝都的行宮裡，看著一箱箱的珠寶首飾，忍不住嘆了口氣，回頭對坐在對面的人說：「這份單子是妳擬的吧，雪鶯？」

「妳怎麼看出來的？」坐在對面的是白之一族的郡主雪鶯，聽得好友如此問，不禁笑了笑。

朱顏撇了撇嘴說：「這上面的東西，全都是妳喜歡的啊。」

「難道妳不喜歡嗎？」雪鶯笑了一下，那個笑容卻是心事重重。「我記得妳以前看到我的駐顏珠啊、辟塵犀啊，一直嚷嚷著說希望自己也有一顆……妳看，現在不都給妳送上了？」

朱顏連忙拍了拍雪鶯的手背道：「我很喜歡……妳別胡思亂想。」

雪鶯點了點頭，不說話。不過短短幾日不見，她顯得更加消瘦，下頷尖尖，手腕伶仃，眉目之間都是愁容。朱顏知道她是心裡掛念不知下落的時雨，而且此刻朝野巨變，時雨被廢黜，白王轉了風向開始全力輔佐新太子，此事對雪鶯來說更是絕大的打

擊。

除了她以外，整個帝都只怕已經沒有人再記得時雨。

朱顏看著好友如此鬱鬱寡歡，卻不知如何安慰，只能將面前的茶點推過去。「好歹吃一點吧？看妳瘦成了這樣。」

雪鶯的手一顫，默默握緊茶盞，垂下頭去。

「阿顏，我、我覺得……時雨不會回來了。」她聲音輕微地說著，忽然抬起頭，語調發抖。「他、他一定是被他們害死了！」

朱顏吃了一驚問：「被誰？」

「那個白皇后的兒子，時影！一定是他！」雪鶯咬著牙說道：「為了搶這個王位，他們可是什麼事都做得出來！」

「不會的！妳別胡說！」朱顏也是一顫，口裡雖然這麼說，聲音卻已經不如之前反駁時響亮。在深宮裡驟然見到師父出現的瞬間，她心裡也是掀起了極大震撼——那個超然出塵、不理權勢爭奪的人，竟然來到帝都。

他口口聲聲對自己說，辭去神職後要離開雲荒、遠遊七海，為何轉頭又殺回了這個權謀的中心，從弟弟手裡奪走王位？

這一系列的變故影響重大，一環扣著一環，步步緊逼，顯然非一時半刻可以安排妥當。師父……師父是不是真的早就謀劃好了？他是如此厲害的人，只要他想，要翻覆天下也在隻手之間。

可是……他怎麼會是這樣的人呢？

朱顏心裡隱約覺得刺痛，又極其混亂，低下頭去不說話。

「其實不回來也好。現在這種情況，時雨他就算回來也是死路一條。」回過神來的時候，只聽雪鶯在一旁呢喃：「我最近總是作夢……夢見他滿身是血的樣子。他、他想對我說什麼，可是我……可是我怎麼也聽不清楚！」

她抽泣起來，單薄的肩膀一顫一顫，梨花帶雨。朱顏無語地凝視著好友，心裡覺得疼惜，卻不知道說什麼好，訥訥了一會兒問：「那現在……妳打算怎麼辦？」

「我……我不知道。我想死。」雪鶯啜泣著，將臉埋入手掌心，哀傷而絕望地喃喃說：「時雨都不在了……我還活著幹嘛？」

朱顏心裡一緊，看著她灰冷絕望的眼神，忽然間彷彿看到昔日的自己——這種心情，她也曾經歷過。當所愛之人都離開後，恨不得自己也就此死去，一刻都不想在這個世上獨自停留。現在的雪鶯，是不是和那時候的自己一樣無助絕望？

自己要怎樣才能幫上忙呢？

下次有機會再見到師父，怎麼也要抓住機會問問他時雨的下落。可是……萬一他

真的回答了，而答案又是她不願意知道的，那……她又該怎麼辦？

「別這樣。」朱顏嘆了口氣。「妳可要好好活著。」

「活著幹什麼？不如死了一了百了。」雪鶯的啜泣停頓一下，尖尖的瓜子臉上露出哀傷的表情，搖了搖頭說：「唉，真是逼得人喘不過氣。如、如果不是因為……」

她抬起手放在小腹上，卻沒有說下去，神色複雜。

朱顏是個粗心大意的人，沒有追問原因，只是道：「妳可千萬別滿腦子想著死，要多想想好的事情。妳一定要繼續等，萬一時雨沒死，明天就回來了呢？妳要是死了，豈不是就見不到他？」

「是嗎？明天就回來？如果是那樣，可真的像是作夢一樣呢……」雪鶯苦笑了一下，眼裡露出淒迷的神色。「可是……我等不得了。父王已經在籌劃把我嫁出去，嫁給那個……那個快五十歲的老頭。」

說到最後她又顫了一下，低聲抽泣起來。

「那怎麼行？」朱顏一驚。「妳可千萬不能答應！」

「不答應有什麼用？」雪鶯苦笑。「在父王嫡出的女兒裡，唯一還沒出嫁的就是我……此刻空桑政局動盪，不拿我來聯姻，還能拿誰呢？」

「逃吧！」朱顏脫口而出。「我幫妳逃出去！」

雪鶯震了一下，眼裡掠過一絲光，卻又黯淡下來，搖了搖頭說：「這個念頭……也只能想想罷了。父王的手段我是知道的，無論逃到天涯海角，還不是會被他抓回來？而且……我一點本事都沒有，逃出去了又能怎樣？」

朱顏知道好友從小性格柔弱順從，只能無奈地嘆一口氣。每個人都有自己的命運，別人又怎能干涉？

「我悶在家裡許多時日，今天趁著過來送聘禮，好不容易出來透透氣，和妳說了這一些，心裡好受多了。」雪鶯呢喃說著，神情有些恍惚。「我……我真的怕自己悶在家裡，哪天一時想不開，就真的去尋了短見。」

「可千萬別！」朱顏不由得著急起來，抓緊好友的手說道：「妳別一時糊塗，忍一忍，一切會好起來的。」

「嗯，我會儘量忍著的。現在我的命也不是我自己一個人的……一定會用盡力氣活下去。」雪鶯苦笑一下，意味深長地搖了搖頭，看了一眼好友，眼眶紅紅的，哽咽道：「阿顏，妳比我命好……別像我一樣。」

「我哪裡又比妳好？妳不知道我……」朱顏不由得也苦笑起來，咬了咬嘴唇停住話語——雪鶯，妳可知道我並不比妳好多少？我也是被迫離開了不願意離開的人，即將嫁給一個不願意嫁的人，甚至連反抗一下的機會都沒有，只能微笑著，裝作若無其事、心甘情願地嫁出去。

她們這些朱門王侯之女，無論有著什麼樣的性格和本領，是否一個個都如籠子裡被金鎖鏈鎖住的鳥兒，永遠無法展翅飛上天宇？

在白王府邸裡，將聘禮送到赤王那邊之後，氣氛卻是有些凝重。白風麟臉色陰晴不定，想了又想，終於還是對父親說出自己的想法。

「父王，我覺得，這門婚事應該再斟酌一下。」

不出所料，白王果然悚然動容，幾乎是拍案而起。

「你在說什麼？你想悔婚嗎？」白王蹙眉盯著長子，聲音裡全是不悅。「今天已經把所有的禮單都送去赤王府，你現在忽然提出異議，要把婚事暫緩是什麼意思？難道是不想結這門親了嗎？好大的膽子！」

「父王息怒。」白風麟低聲說著，臉色也是青白不定。「孩兒只是覺得事情似乎有些不妥，若能緩一緩再辦，可能更好。」

「怎麼又不妥？」白王眼裡隱約有怒意，幾乎要對最倚重的長子咆哮起來，指著他的腦門斥道：「這門親是你自己提出要結的，我也由得你。現在帝君的旨意都下來了，你卻說不妥？兩族聯姻，是能隨便出爾反爾的嗎？」

「當初是孩兒考慮得不周全。現在看起來，萬一這門親結得不對，反而是為整個白之一族埋下禍根。」白風麟神色有些複雜微妙，停頓了片刻，忽然問：「對於這門親事，表兄……不，皇太子殿下有何看法？」

「你說時影？」白王怔愣一下。「此事和他有何關聯？」

白風麟遲疑一下，不知道該說什麼好。

他是個心思縝密、滴水不漏的人，把一切都看在眼裡，心裡自然有自己的盤算。可是，又該怎麼對父王說明白呢？難道要他說，他懷疑時影心裡所愛的女子其實是朱顏，所以對締結這門婚事惴惴不安？

這個表兄，原本是個不理時政的大神官，得罪也就得罪了，以白之一族的赫赫權勢，其實並沒有太大關係。如今，這個人卻忽然翻身成為皇太子，未來還會是雲荒的帝君。

自己若真是奪了對方的心頭愛，這門親一旦結下，反而會變成白之一族的大禍。

可是這種猜測無根無據，又怎能憑空和父王說？

「那……太子妃的人選定了嗎？」遲疑片刻，他只能開口，從另一個角度委婉提問：「皇太子是否答應要在妹妹們裡選一人做妃子？」

若是時影準備冊立白之一族的郡主為妃，那就證明自己的猜測有誤。而且只要白之一族的郡主成為太子妃，他也不必再捕風捉影地提心吊膽。

「當然。」白王似乎很奇怪兒子會提這種問題，看了他一眼說：「歷代皇后都必須從白之一族裡遴選，時影若要即位，自然不能例外。三天後，我安排了王府裡的賞燈遊園會，皇太子到時候也會蒞臨。一來是為了替帝君表示對你們大婚的關心，二來也是打算先非正式地拜會一下你的妹妹們，好在裡面選一個當太子妃。」

「這樣啊……太好了。」白風麟聽到這樣的回答，不由得長長鬆一口氣，表情放鬆下來。「看來是我多慮了。」

白王有些不解地看著長子，蹙眉問道：「你到底對此事有什麼疑問？」

「沒有……沒有了。」白風麟搖了搖頭，如釋重負。「如果皇太子真的從妹妹裡選一個當妃子，我就沒有什麼好擔心的。」

「真不明白你心裡想的是什麼。」白王搖了搖頭，看了兒子一眼。「總而言之，現在正是關鍵時分，一點差錯都不能出，早點完成聯姻對我們都好。」

「是。」白風麟低下頭應道：「孩兒知道了。」

「何況，你不也挺喜歡那個丫頭的嗎？你一向風流自賞、眼高於頂，卻偏偏對那個丫頭一見鍾情。」白王看著這個最倚重的長子，搖頭嘆氣。「不過成親以後，你給我少去幾趟秦樓楚館，免得赤王那邊臉上難看。他對這個唯一的女兒可是視若掌上明珠。你若不想委屈自己，將來多娶幾房姬妾便是。」

「是、是。」白風麟連忙頷首。「謹遵父王命令。」

白王揮了揮手道：「好，你去忙吧。三天後皇太子要來府邸裡賞燈，需要打理的事情很多。」

「是。」葉城總督退了出去。

雪鶯走後，朱顏一個人在花園裡，盯著池水怔怔出神。

盛嬤嬤點完禮單，回來向郡主稟告，遠遠一眼看到，心裡不由得一沉。這些日子以來，經常看到郡主發呆，一坐就是半天，完全不像是昔日活潑的樣子，不知道她心裡到底藏了什麼樣的事情。

難道，她是為了這門婚事不開心嗎？

葉城總督白風麟，是六部年輕一代裡的佼佼者，英俊倜儻、知書識禮、出身高貴，多半是未來的白王。能嫁給他，也算是六部貴族少女們人人夢想的事情吧？為何郡主還是如此不開心？

是不是……她心裡還想著那個離開很久、杳無消息的鮫人？

然而盛嬤嬤不知道的是，朱顏此刻心裡想著的，是另一個鮫人。

「嬤嬤。」在池水裡看到了盛嬤嬤走近的影子，她轉過頭問老婦人：「有那個小兔崽子的消息嗎？」

盛嬤嬤怔了一下問：「哪個小兔崽子？」

「蘇摩呀！」朱顏跺腳說：「一直都沒聽到他的消息，急死我了。」

盛嬤嬤暗地裡鬆一口氣，搖了搖頭道：「葉城的管家尚未傳來任何消息，只怕還是不知下落。」

「怎麼會這樣？」朱顏不由得有些焦躁，語氣也變了。「這都已過去一個半月。這些日子我放了那麼多飛鶴出去，沒有一隻帶回消息。要不，我還是自己去一趟葉城找找看吧。」

「那可不行！」盛嬤嬤嚇了一跳，連忙拚命勸阻。「郡主妳剛從外面回來，馬上就要大婚了，怎麼還能到處亂跑？」

「離大婚不是還有一段時間嗎？」她跺著腳，惴惴不安。「萬一那個小兔崽子出什麼事，我……」

「唉，郡主就算去了，又能做什麼？若論對葉城的熟悉，管家可比妳強上百倍。他都找不到，妳去了也是浪費時間。」盛嬤嬤竭力想打消朱顏的這個念頭。「而且，明天皇太子就要來府邸，妳可不能再出什麼岔子。」

「什麼？」朱顏吃了一驚。「皇太子？他……他來府裡做什麼？」

「天恩浩蕩。大婚臨近，皇太子奉帝君之命，前來賜禮。」盛嬤嬤想說得熱鬧一些讓朱顏開心，卻不料自己說的字字句句都扎在她的心上。「據說這次大婚，北冕帝賞賜了整整一百件國庫裡的珍寶，由皇太子親自將禮單送到府邸，以示對赤之一族的恩寵。」

「是嗎？」朱顏顫了一下，臉色有些蒼白。

他……他要來了？還是以皇太子的身分，前來賜婚？

九嶷山分別之後，她心裡想的是從此以後永不相見。她會遠遠地離開，獨自躲在另一個角落舔舐著傷口，默默等待生命消逝，直到終點。

然而她發現自己錯了，她不可能永不見他。

因為他將擁有雲荒的每一寸土地，她的一生都會活在他的陰影之下，看著他來賜婚、看著他登基、看著他大婚……他的每一個訊息，都會傳到她耳畔，她卻只能眼睜睜地看著，無法說一句話。

咫尺天涯，各自終老——原來，這才是他們的結局。

直到盛嬤嬤離開，朱顏還是在園子裡望著池水怔怔發呆，一坐就是一個下午，連天色將暗、新月升起，有人悄然出現在身後都不知道。

周圍似乎起了微風，池水裡映出一襲白衣，在波光裡微微搖動。

「師……師父！」朱顏情不自禁地驚呼出來，倏地回頭。

時影果然站在深沉的夜色裡，默默看著她，眉頭微微鎖緊。一身白衣籠罩在月光下，恍如夢境。

他這次出來，換下了宮廷裡華麗繁複的禮服，只穿一襲樸素的白袍，一時間彷彿恢復昔年九嶷山上修行者的模樣，只是眼神複雜而深遠，已不復昔年的明澈。

朱顏跳起來，往前衝一步，卻又硬生生地忍住。她竭盡全力讓自己平靜下來，看著對方，只是聲音還是有些控制不住地發抖：「你……你不是應該明天才來嗎？」

「我來問妳一個問題。」他終於開了口。「等到明天，就遲了。」

朱顏心頭猛地一跳，一時間有無數猜測掠過腦海。「什……什麼問題？」

「你……」時影看著她，眼神微微動了一動。不過幾日不見，她明顯又瘦了，豐潤的臉頰變得蒼白，下頷尖尖的，連帶著一雙眼睛顯得分外大起來。他錯開了視線，凝望著池塘裡的殘荷，低聲開口：「妳是自願嫁給白風麟的嗎？還是妳父王逼妳的？」

朱顏一震，嘴唇動了動，卻是一個字也沒說。

原來，他特意來這裡，就是為了問她這句話？

可是……要怎麼說呢？她當然是不願意嫁給白風麟，可是她又是心甘情願的——這樣錯綜複雜的前因後果，怎麼能一、兩句說清楚？

而且，她又能怎麼說？說她參與了復國軍的叛亂，赤之一族包庇復國軍的領袖，而空桑的大司命利用這一點，逼迫她答應兩族聯姻？大司命是他的師長，如今又是支持他繼位的股肱，她這麼一說，會導致什麼樣的後果？

無數的話語湧到嘴邊，卻又凍結，總歸是一句也說不出。

「說實話就行。」他看著她的表情，蹙眉說道：「妳不必這樣怕我。」

她明顯地顫抖一下，卻不是因為恐懼。朱顏鼓起勇氣抬頭看他，然而他的瞳子漆黑如夜，看不到底。她只是瞄了他一眼，心裡就猛然一震，觸電般別開了頭，心裡撲通直跳。

「說吧，不要再猜測怎麼回答最好，只要說實話即可。」他看到她這樣的表情，誤以為她還是害怕。「我答應過，從此不再對妳用讀心術。所以，妳必須要把妳的想法告訴我。」

「父王……他沒逼我。」半晌，她終於說出話來。

時影的眼神動了一下，似乎有閃電一掠而過，又恢復無比深黑。他沉默片刻，苦笑了一聲說：「果然，妳是自願的。否則以妳的脾氣和本事，又有誰能逼妳？」

「我……」朱顏心裡一冷，想要分辯什麼，卻又停住。

「如果妳後悔了，或者有絲毫的不情願，現在就告訴我。」雖然是最後一次的爭取，時影的聲音依舊平靜。「別弄得像在蘇薩哈魯那一次一樣，等事到臨頭，又來逃婚。」

「不會的！」彷彿被他這句話刺激到，她握緊了拳頭大聲說道：「我……我答應過父王，再也不會亂來！」

時影沉默地看著她，暮色裡有風吹來，他全身的白衣微微舞動，整個人卻沉靜如古井無波，唯有眼神極亮，看著她時幾乎能看到心底深處。朱顏雖然知道師父素來恪守承諾，說了不再對她用讀心術便不會再用，但在這一刻，依舊有被人看穿的膽怯。

然而他停了許久，只是嘆一口氣說：「妳好像真的有點變了……阿顏。妳真的從此聽話，再也不會亂來了嗎？」

「是的。」她震了一下，竭力維持著平靜。「你以前在蘇薩哈魯，不是教訓過我嗎？身為赤之一族郡主，既然平時受子民供養，錦衣玉食，享盡萬人之上的福分，那麼參與家族聯姻這種事，也是理所應當的職責……」

說到後面，她的聲音越來越輕，終於停住了。

時影默默聽著，唇角掠過一絲苦笑——是的，這些話都是當日他教訓她時親口說過的，如今從她嘴裡原樣說出來，幾乎有一種刻骨的諷刺。那時候他恨鐵不成鋼，如今她成長了、懂事了，學會考慮大局，他難道不應該讚賞有加嗎？

「既然妳都想定了，那就好。」許久，他終於開口。「我……也放心了。」

「嗯。」她垂下頭去，聲音很輕。「多謝師父關心。」

那一聲師父令他微微震了震，忽然正色道：「以後就不要再叫我『師父』。妳從來不是九嶷神廟的正式弟子。現在妳應該叫我『皇太子殿下』，再過一陣子，就應該叫『帝君』了。」

她愣一下，一時間不知道該怎麼回答。

他卻已經不再看她，拂袖轉身，只淡淡留下一句話：「好了，妳早點回去休息……我明天來赤王府的時候，妳可以不必出來迎接。」

時影抬起手，天空裡傳來一陣「撲簌簌」的聲響，綠蔭深處有一隻雪白的鷂鷹飛來。時影躍上重明神鳥，眼神裡有無數複雜的情緒，卻終究化為沉默。

「按妳的想法好好生活吧。」時影最後回頭看了她一眼，眼神變得溫和，幾不可聞地嘆了一口氣。「再見，阿顏。」

朱顏看著他轉身，心裡大痛，卻說不出話來。

「等一下，我還有一個問題要……」

在他離開的那一瞬，朱顏忽地想起還要問時雨的事，卻已經來不及了。重明神鳥展翅飛去，轉瞬在暮色裡變成目力不能及的小小一點。

——時雨呢？他去了哪裡？是不是……已經死了？是不是你做的？

然而，她曾經想過要幫雪鶯問的這個問題，終究沒來得及問出口。

（未完待續）

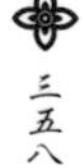

國家圖書館出版品預行編目資料

朱顏 / 滄月作. -- 初版. -- 臺北市：臺灣角川股份有限公司, 2021.10

冊； 公分. -- (Kadokawa fantastic novels DX)

ISBN 978-986-524-877-2(第3冊：平裝). --
ISBN 978-986-524-878-9(第4冊：平裝)

857.7 110013826

Kadokawa Fantastic Novels DX

朱顏 參

（原著名：朱颜Ⅱ）

2021年10月25日　初版第1刷發行

作　　者：滄月
封面插圖：容鏡
封面題字：廖學隆

發 行 人：岩崎剛人
總 編 輯：蔡佩芬
編　　輯：溫佩蓉
美術設計：吳佳昫
印　　務：李明修（主任）、張加恩（主任）、張凱棋

發 行 所：台灣角川股份有限公司
地　　址：104台北市中山區松江路223號3樓
電　　話：（02）2515-3000
傳　　真：（02）2515-0033
網　　址：www.kadokawa.com.tw
劃撥帳戶：台灣角川股份有限公司
劃撥帳號：19487412
法律顧問：有澤法律事務所
製　　版：巨茂科技印刷有限公司
ISBN：978-986-524-877-2